时习文库

长生殿

〔清〕洪昇 著
李悔吾 注释

齐鲁书社
·济南·

图书在版编目（CIP）数据

长生殿 / (清) 洪昇著 ; 李悔吾注释. -- 济南 : 齐鲁书社, 2025. 3. -- ISBN 978-7-5333-5102-1

Ⅰ. I237.2

中国国家版本馆CIP数据核字第2025F8E377号

出 品 人：王　路
项目统筹：张　丽
责任编辑：刘　强
　　　　　周　磊
装帧设计：亓旭欣

长生殿

CHANGSHENGDIAN

〔清〕洪昇　著　李悔吾　注释

主管单位	山东出版传媒股份有限公司
出版发行	齊魯書社
社　　址	济南市市中区舜耕路517号
邮　　编	250003
网　　址	www.qlss.cn
电子邮箱	qilupress@126.com
营销中心	（0531）82098521　82098519　82098517
印　　刷	山东华立印务有限公司
开　　本	710mm × 1000mm　1/16
印　　张	17.5
插　　页	2
字　　数	157千
版　　次	2025年3月第1版
印　　次	2025年3月第1次印刷
标准书号	ISBN 978-7-5333-5102-1
定　　价	59.00元

《时习文库》
专家委员会

《时习文库》
出版委员会

出版说明

文化乃国本所系，国运所依；文化兴盛则国家昌盛，民族强大。在源远流长的中华文化长河中，经典古籍宛如熠熠星辰，承载着先辈们的智慧、思想与情感，是中华民族精神内核的深厚积淀。

2017 年以来，中共中央办公厅、国务院办公厅相继出台《关于实施中华优秀传统文化传承发展工程的意见》及《关于推进新时代古籍工作的意见》等重要文件，有力推动了大众对中华优秀传统文化的关注与重视，古籍事业亦借此良好契机，迎来了前所未有的跨越发展，步入了一个崭新的黄金时代。齐鲁书社作为文化传承的重要阵地，始终秉持对中华优秀传统文化的敬畏之心，肩负守正创新之使命，积建社四十余年之精华，汇国内学界群贤之伟力，隆重推出中华经典名著普及丛书——《时习文库》。

“学而时习之，不亦说乎？”文库之名，正是源自《论语》的这句经典语录。“时习”不仅是对知识的反复学习与实践，更是一种对中华优秀传统文化持续探索、深入理解的态度。文库共分为文化类和文学类两大辑，囊括了经史子集、诗词歌赋、戏曲小说等诸多经典，旨在为读者搭建一座通往中国古代文化瑰宝的坚实桥梁。文库的编纂宗旨在于，引导读者在阅读经典著作的过程中，将学习与思考深度融合，不断从古人的智慧海洋中汲取营养，从而得到心灵的润泽与智慧的启迪。通过对经史子集、诗词歌赋、戏曲小说等多元内容的系统整理与精良审校，让中华古籍真正成为可亲、可读、可传的“活的文化”。

为了确保文库的品质，我们除升级广受好评的原有经典版本作为开发基础外，亦精选其他优质底本，以确保版本选择的卓越性；文库会聚文史学界权威，如高亨、陆侃如、王仲荦、来新夏等学界大家，群贤毕至，各方咸集；文库延聘名家成立专家委员会，严格把控丛书质量，确保学术水准；文库针对不同层次读者，精心设计文化类与文学类品种：前者左原文右译文下注释，后者文中加简注评析，实用性强；文库采用纸面布脊精装，正文小四号字，双色印刷，装帧精美，版面舒朗，典雅大方，方便易读。

在习近平文化思想指导下，《时习文库》的出版是对中华优秀传统文化“两创”“两个结合”的一次重要尝试。我们希望通过这套文库，让更多的人了解和喜爱中国古代典籍，让中华优秀传统文化在新时代焕发出新的生机与活力。同时，我们也期待广大读者在阅读文库的过程中，能够与古圣先贤进行跨越时空的对话，汲取智慧，启迪心灵，不断提升自我的文化素养和精神境界。让我们一起在经典的海洋中遨游，感受中华文化的博大精深，共同书写中华优秀传统文化传承与发展的新篇章。

齐鲁书社

2025 年 3 月

导　读

《长生殿》是中国戏曲史上最杰出的剧作之一，它在17世纪后期一经问世，立即产生了巨大的反响，成为当时剧坛竞相传抄和演出的剧目。据徐麟写的《长生殿·序》说：“一时朱门绮席，酒社歌楼，非此曲不奏，缠头（酬金）为之增价。”到现在，《长生殿》的一些精彩片段，还常常在戏场里演出，受到观众的喜爱。

从16世纪中叶开始，中国社会开始出现转型的趋势。那时候，城市规模越来越大，商业、手工业日益繁荣。市场交易的频繁，导致对人的价值有了初步的认识，对人性、人情以及民主思想的追求也逐步强烈。同时，明王朝的统治江河日下，地主阶级和农民阶级的矛盾日益加深，全国各地爆发了多次农民起义。最后，以李自成为首的农民起义军，还攻陷了明朝的首都北京。

正在明王朝的统治者手忙脚乱地镇压中原地区农民起义的时候，居住在中国东北地区的满族贵族爱新觉罗集团迅速崛起。他们进入山海关，趁李自成起义军立足未稳之际，联合汉族地主武装，打败了农民起义军，宣布建立以满族贵族为核心的清王朝。

可以说，从16世纪的下半期到17世纪的上半期，是中国国内阶级矛盾、民族矛盾极其复杂激烈的年代，是“天崩地解”的年代。

洪昇是在清朝开始建立起有效统治的第二年，即 1645 年出生的。他是浙江钱塘（今杭州）人，家境比较富裕。但在青年时代，生活很不安定。因为清朝为扫荡朱明势力，驱使满洲铁骑南下，江浙地区经历了多次血与火的洗礼，人民安定富足的生活不复存在，“扬州十日”“嘉定三屠”成了中国历史上惨痛的代名词。洪昇在战乱中长大，体察到战争的残酷和人民的痛苦。他在诗集《稗畦集》里，就留下了不少作为汉族知识分子不满现实，对改朝换代怀有伤感情绪的诗篇。

清王朝在建立之初，便注意延揽汉族知识分子参与对人民的管治。洪昇的父亲很早就入仕于清，洪昇也跟着父亲到了北京。到二十岁时，洪昇娶了大学士黄机的孙女黄兰次为妻，大约在二十四岁的时候，洪昇在北京入太学，为国子监生。显然，他也希望“学而优则仕”，寻找机遇为清王朝服务。

洪昇和妻子的感情很好，可是，他和父母之间却产生了严重的家庭矛盾，又由于他性情孤傲耿介，常常得罪朋友乃至权贵，“交游宴集，每白眼踞坐，指古摘今”[①]。因此，常常受到不公正的对待，也没有得到有力者的推荐提掖。在京多年，竟没有混得一官半职，一辈子穷愁潦倒。在苦闷无聊的日子里，他写了《长生殿》的剧本。谁知道，这个剧本给他带来了灾难，他不得不回到家乡。1704 年，他酒后乘船，失足溺亡，终年六十岁。

《长生殿》是在 1688 年写成的。定稿后，立即产生强烈的反响，剧本被人们争相传抄、演出。可是，洪昇因此而闯祸了。就在 1689 年，北京的几十名官员聚在一起，观看《长生殿》演出，有人告密，说这批人在皇后去世全国哀悼的日子里演戏，触犯了朝廷

① （清）查为仁：《莲坡诗话》卷下，中华书局 1985 年版。

的禁令。于是，皇帝震怒，把洪昇从国子监中除名，连许多看客也被革职查办。这件事，被称为“《长生殿》之祸”。其实，在“国丧日”演剧犯忌，这不过是朝廷的借口。据说康熙皇帝曾经读过《长生殿》，认为“有心讽刺”，于是找个岔子狠狠惩治。

《长生殿》是一部以唐代皇帝李隆基和贵妃杨玉环爱情故事为主干的历史剧。在17世纪后期，经历激烈的社会动荡之后，人们往往抚今追昔，思前想后。历史故事也成了作家们热衷的创作题材。《长生殿》长达五十出，戏中交织着人民和统治阶级的矛盾、统治阶级内部以及中央政权和少数民族部族之间的矛盾。这里面，唐代的故事，影影绰绰地有着明清时代的影子。

唐代是中国最为强盛的王朝，从公元713年到755年，李隆基管治着中国。他为中国做出过重大的贡献，又犯了重大的错误。他曾稳定社会秩序，励精图治，在唐朝开国一百多年生产不断发展的基础上，把中国国力推上高峰。但是，后来李隆基却走向反面。长期以来积聚起来的社会矛盾逐步激化，他不注意疏导解决，反而纵情声色，听信谗言，特别是重用了杨玉环的堂兄杨国忠，弄得朝政日非，人心涣散，最终导致了“安史之乱”爆发。人民遭受浩劫，中国封建社会的发展也从最高峰开始下滑。李隆基和杨玉环恰恰处在历史关键时刻的关键位置。

关于李、杨之间的感情纠葛以及他们的命运，历来是亚洲地区许多人深感兴趣的话题，许多作家也以李、杨的故事作为题材，写过许多作品，并且产生过很大的影响。像唐代诗人白居易的《长恨歌》，元代剧作家白朴的《梧桐雨》，等等。在民间，流传着许多有关李、杨的传说。有人说杨玉环死后成仙，甚至有人说她东渡日本，至今日本山口县油谷町还有杨玉环的墓。

洪昇对历史上李、杨的事迹是做过周密细致的调查的。在《长生殿》中，不少细节和场景，均以历史事实为依据，包括“献发”“献饭”等情节，都可以从《新唐书》《旧唐书》《开天传信记》《杨太真外传》等典籍中，找到来龙去脉。当然，对待历史上发生过的事实，洪昇有自己取舍的准则，他说“凡史家秽语，概削不书”①。同时，他还把有关李、杨的民间传说和历史事实扭合在一起，经过艺术加工，让李、杨的形象以及唐代的历史面貌，更加生动地展现在舞台之上。

洪昇创作《长生殿》的动机，是很复杂的。他在剧本的自序中，说过这样的一段话：“乐极哀来，垂戒来世，意即寓焉。”又说：“且古今来逞侈心而穷人欲，祸败随之，未有不悔者也。玉环倾国，卒至殒身；死而有知，情悔何极。”一方面，他想通过李、杨的命运，总结历史的经验，说明奢侈腐败是使统治者必然走向灭亡的规律；另一方面，他又对李、杨因一念之差铸成大错表示同情，强调他们怀有强烈的后悔情绪。很明显，洪昇对唐代那段历史的看法，实际上也包含着他对人生的认识，包含着他对明王朝失败的总结以及对民主思想的追求等复杂的情绪。

在洪昇看来，李、杨对唐朝政权的崩溃，负有不可推卸的责任。但是，他又非常同情他们的命运。因为，洪昇认为他们有着真挚的爱情。在《长生殿》开场的第一首曲子里，洪昇通过第一个出场的演员表明他对爱情的态度：

> 今古情场，问谁个真心到底？但果有精诚不散，终成连理。万里何愁南共北，两心那论生和死。笑人间儿女怅缘悭，无情耳。

---

① （清）洪昇：《长生殿·自序》。

《长生殿》的全部情节，就是环绕着李、杨的爱情故事展开的。不过，洪昇又清楚地知道，作为皇帝和后妃，李、杨的情缘不同于封建时代一般少男少女的爱情，他们的悲剧命运，更不同于在家长压迫下许多青年男女的悲惨遭遇。而他们的悲剧，却依然是封建制度派生的恶果。由于他们身份的特殊，洪昇就根据他们所处的特殊环境展现矛盾冲突，从中塑造他们独特的个性。

杨玉环在出场时，和宫女们同唱了一首歌：

> （旦）恩波自喜从天降，浴罢妆成趋彩仗。
>
> （宫女）六宫未见一时愁，齐立金阶偷眼望。

杨玉环是很得意的，“天恩”的突然降临，使她飘飘欲仙；但宫女们的心境就不同了，她们当然也希望得到皇帝的宠幸，可是只能眼巴巴地望着李、杨的“定情”。洪昇在同一首曲子里巧妙地表现出两种不同的情绪，细腻地安排了戏剧的规定情景，曲折地反映了宫廷内部的纷争。

其实，杨玉环也知道自己的处境，后宫的三千佳丽，就是三千个竞争者。她深知自己攀上了富贵荣华的高峰，又面临着深不可测的悬崖。她的担心，也并非多余，“定情”不久，李隆基便和其他的女人鬼混了。杨玉环深爱李隆基，她不能容忍第三者插足，于是一次又一次设法捆绑他的心猿意马。由于杨玉环容颜的美丽，体态的娇妍，手段的老练，后宫里无人可及，因而她也一次又一次地取得了胜利。

“情深妒亦真”，这是杨玉环性格的核心，她的排他性行为，实质是专一地爱着李隆基，要求丈夫爱情专一的表现。

要求爱情专一，这当然是合理的，但在封建时代夫权的统治下，这种要求被视为触犯礼教的恶行。为女子者，敢于干涉丈夫的私生活，被称之为“妒”，就有足够的被驱逐的口实了①，何况杨玉环干预的是有权享受三宫六院的皇帝。从人类社会婚姻关系发展的轨迹看，夫妇爱情专一，一夫一妻制，是历史的必然要求，然而，杨玉环处在一个不可能实现这种要求的时代。历史的必然要求，与现实产生了矛盾，这就导致出现悲剧性的冲突，洪昇同情杨玉环的处境，同情她的妒，这反映了他对封建时代婚姻关系的看法。他注视着在一夫多妻制底下妇女的命运，提出爱情专一这一不可能实现却又顺应历史发展方向的理想，无疑是民主思想的表现。

由于李隆基和杨玉环身份的特殊，他们感情上的风波，带来了一连串政治后果。不可否认，李隆基最爱的女人是杨玉环，而当他的爱情越是走向专一，越是无法摆脱杨玉环布下的情网；依附着杨玉环的贵族集团，就越能得到更多的利益。所以，《长生殿》在《幸恩》《献发》《复召》之后，杨氏兄妹便竞造新的宅第，“这一家造来，要胜似那一家的”，“朱甍碧瓦，总是血膏涂”。洪昇清楚地意识到，杨玉环弥合了她和李隆基之间的感情裂缝，却更深地挖掘着他们和人民百姓之间的壕沟。总之，在争取爱情专一的斗争中，杨玉环得到“恩情更添十倍”的收获，但由此产生的连锁反应是：李隆基越来越不理朝政，凭着裙带关系爬上高位的杨国忠越来越专横，少数民族的叛乱分子越来越猖獗，卒而爆发战乱，大好河山遭受践踏，人民群众流离失所，连皇帝也仓皇逃难，杨玉环也被迫在马嵬坡下自缢。不错，在专宠的斗争中，杨玉环逐步掌握了开启李隆基心房的钥匙，而这钥匙又给她打开了通向死亡的墓门，这真是他俩无法预料的悲剧。

关于李、杨在宫闱里精心地编织情网所带来的后果，洪昇在剧

① 封建时代中国有所谓“七出”的规定：“妇有七出，不顺父母，去；无子，去；淫，去；妒，去；有恶疾，去；多言，去；窃盗，去。”（见《大戴礼记·本命》）

本里描写得十分深刻。例如，李隆基为表示对杨玉环的爱，限期限刻命令从千里外骑马送来新鲜的荔枝。使者一路飞驰，践踏了农民的庄稼，撞死了可怜的老人，还沿途抢掠马匹。杨、李自然及时享受到了鲜果，人民却不得不吞下苦果。又如安禄山占领了长安，召集百官“做个太平筵宴”，乐工雷海青就在殿上哀叹人民的苦难，讽刺变节的官吏，痛斥少数民族的叛乱分子。他一字一泪，激昂慷慨，实际上，这也是对陷入温柔乡里不能自拔的李、杨有力的控诉。“弛了朝纲，占了情场”，这就是《长生殿》所要揭示的主题。

洪昇强烈地批判李、杨的“弛了朝纲”，同时又热情地歌颂他们的“占了情场”。这矛盾的对立面，最后统一到李、杨对他们所犯错误的认识上。在杨玉环死后，她的鬼魂和苟全性命的李隆基，反复地悔恨。“一悔能教万孽清”，洪昇极写他们内心的痛苦，让他们用眼泪洗涤灵魂，也让观众原谅了他们的过失，为他们一掬同情之泪。如果说，《长生殿》的上半部，力写各种矛盾的激烈斗争，其势如火如荼；那么，下半部则极力写李、杨内心的矛盾和痛苦。那一段表达懊悔和思恋的曲文，就像一首首缠绵哀艳、文采斐然的抒情诗。最后剧本写连上帝也对李、杨表示同情，让他们的灵魂在天上重聚。“但果有精诚不散，终成连理。”这又进一步深化了对爱情的歌颂。

李、杨乐极哀来，国家也由盛而衰，尽管其后平定了“安史之乱”，但唐朝的政局，也和李、杨二人灵魂虽然重聚，而实际上肉体无法团圆一样，不可能恢复升平的气象了。所以，《长生殿》的整体风格，既是热闹的，又是哀伤的。当然，作者在舞台上穿插许多歌舞表演，像《闻乐》《舞盘》等让人们赏心悦目。但其后的《埋玉》《哭像》《见月》《雨梦》，则使人越看越感到心情沉重。连最后李、杨灵魂的重聚，也不过是苦涩的补偿。在《弹词》一出，洪昇还通过老伶工李龟年，唱出了【转调货郎儿】一曲，这是一首为世人传诵的曲子："唱不尽兴亡梦幻，弹不尽悲伤感叹，大古里凄凉满眼对江山。"集中表现了人们对国家兴亡和人生变幻的慨叹。显然，生活在社会大变动的时代，在官场上又无所作为的洪昇，希望通过李、杨的遭遇，探索历史的教训和人生的奥秘。他歌颂爱情，又觉得无法掌握自己的命运，"情缘总归虚幻"，因此，他希望能"跳出痴迷洞，割断相思鞚"，能够从李、杨的爱情悲剧中，体悟人生的无奈。当然洪昇的想法有消极的一面，却又是17世纪后期许多中国知识分子思想的反映。

在洪昇笔下，人物性格有着鲜明的个性。杨玉环美艳动人，多才多艺。为了爱，她有时很倔强，很尖刻，有时则楚楚可怜，内心充满苦闷和委屈；为了爱，她不惜用种种手段争取李隆基，甚至甘心地却又无奈地献出生命。纯真的爱情追求和复杂的内心世界，构成了这个宠妃的生动形象。李隆基是个风流天子，他既聪明，又糊涂；既深爱杨玉环，又纵情声色，用情不专。不过，他到底感受到杨玉环的真挚，接受了百姓的批评，从国破家亡的苦难中醒悟过来，并且得到人们的谅解。在封建时代，皇帝的权威不可侵犯，洪昇却揭开他的龙袍，显示他在奢华生活中的狂态，受制于杨玉环时的窘态；描写他爱恋时的温柔，逃亡时的狼狈，悔恨时的凄凉，把他还原为有血有肉有个性的凡人。此外，《长生殿》还写了骄横跋扈、昏庸无能的杨国忠，野心勃勃、手段凶残的安禄山，不畏强暴、敢于抗争的雷海青，忠心耿耿、威风凛凛的郭子仪。这些人物，性格各异，也都栩栩如生。

《长生殿》是中国戏曲发展到成熟阶段的作品。戏曲，是唱、做、念、打与叙事性文学相结合的综合性艺术。在《长生殿》里，情节的安排，曲词、说白的性格化，舞蹈和打斗场面的运用，都达到很高的艺术水平。

在创作技巧的层面上说，《长生殿》有以下几点特色：

第一，它按照历史面貌反映历史，但又从芜杂的素材中，适当地选择、改造，加以必要的虚构。例如剧中重要人物杨国忠，与杨玉环之间，原只是同属曾祖父的“兄妹”关系。但洪昇却把他们改成为同胞兄妹；在安禄山接受唐朝王爵之封时，杨国忠官职不高，谈不上彼此争权，洪昇却改为他已官居相位，让安、杨从一开始便展开势均力敌的斗争。这一来，杨国忠成了各种矛盾关系的汇合点。通过他的行为，可以集中反映朝廷的裙带关系以及外戚与藩镇既勾结又斗争的腐败情况。

第二，《长生殿》既注意描绘广阔的社会生活，它所涵盖的内容丰富而复杂；又注意让故事情节发展的线索，安排得十分清晰；洪昇把杨、李爱情作为剧本的主线，贯串在主线中的是象征着爱情见证的金钗盒。这道具的每次出现，都有不同的寓意，杨、李盟誓时把玩它，马嵬兵变时以它殉葬，杨、李魂魄在天上见面时它又重新出现。作者反复运用这让人注目的道具，清楚地显示出杨、李爱情发展的不同阶段，勾勒出悲欢离合、家国兴衰的命运。

第三，作为戏曲，《长生殿》又注意让热闹激烈与婉转抒情的场面，冷热相间，刚柔互济。像在《定情》和《春睡》写杨、李温馨旖旎爱情生活的两出戏之间，安插了反映朝廷权力斗争污秽黑暗的《贿权》一场；在描写轻歌曼舞、表现宫廷富丽堂皇景象的《偷曲》和《舞盘》之间，穿插了反映人民苦难生活的《进果》。这些独具匠心的安排，既能使剧情进展起伏跌宕，产生强烈地吸引观众的作用，又能展现绚烂多彩的图景，有助于揭示人物命运的曲折变化和剧本主题丰富复杂的内涵。

2025 年 1 月

目录

CONTENTS

第一出

传概[1]

【南吕引子·满江红】〔末上〕今古情场，问谁个真心到底？但果有精诚不散，终成连理。万里何愁南共北，两心那论生和死。笑人间儿女怅缘悭[2]，无情耳。　感金石，回天地。昭白日，垂青史。看臣忠子孝，总由情至。[3]先圣不曾删《郑》《卫》[4]，吾侪取义翻宫徵[5]。借太真外传谱新词，情而已。

【中吕慢词·沁园春】天宝明皇，玉环妃子，宿缘正当。自华清赐浴，初承恩泽。长生乞巧，永订盟香。妙舞新成，清歌未了，鼙鼓喧阗起范阳[6]。马嵬驿、六军不发，断送红妆[7]。　西川巡幸[8]堪伤，奈地下人间两渺茫。幸游魂悔罪，已登仙籍。回銮改葬，只剩香囊。证合天孙[9]，情传羽客[10]，钿盒金钗重寄将。月宫会、霓裳遗事，流播词场。

唐明皇欢好霓裳宴，杨贵妃魂断渔阳变。

鸿都客引会广寒宫，织女星盟证长生殿。

【批注】

情场恨事，有情而无缘者不可胜数。但洪昇却执着地要歌颂一种虽阴阳阻隔，却生死不渝、真心到底的男女爱情。它当然不可能在李、杨的宫廷生活里出现，所以他只能“借太真外传谱新词”，来表达他的理想，反映作者当时比较进步的恋爱观。

注释

❶传概：传奇体例，第一出大致包括两项内容：（1）创作意旨；（2）剧情概要。

❷悭：欠缺。

❸“感金石”六句：强调“情之所至，金石为开”。

❹先圣不曾删《郑》《卫》：孔子“删诗”，并不曾删掉其中《郑风》《卫风》，而“郑卫之音”，在封建时代被认为“淫”。

❺翻宫徵（zhǐ）：意指谱写成戏曲。

❻“鼙鼓”句：天宝十四载，安禄山在范阳发动叛乱。鼙鼓，战鼓。

❼断送红妆：指唐明皇迫于马嵬兵变，将杨贵妃赐死。

❽西川巡幸：指唐明皇出逃到四川成都。巡幸，皇帝逃难的讳词。

❾天孙：织女。

❿羽客：和下文鸿都客，均指道士杨通幽。

第二出

定情

【大石引子·东风第一枝】〔生扮唐明皇引二内侍上〕端冕中天，垂衣南面①，山河一统皇唐。层霄雨露回春，深宫草木齐芳。升平早奏，韶华好，行乐何妨。愿此生终老温柔，白云不羡仙乡。

“韶华入禁闱，宫树发春晖。天喜时相合，人和事不违。九歌②扬政要，六舞③散朝衣。别赏阳台乐，前旬暮雨④飞。”朕乃大唐天宝皇帝是也。起自潜邸⑤，入缵⑥皇图。任人不二，委姚、宋于朝堂；从谏如流，列张、韩⑦于省闼。且喜塞外风清万里，民间粟贱三钱。真个太平致治，庶几贞观之年；刑措⑧成风，不减汉文之世。近来机务余闲，寄情声色。昨见宫女杨玉环，德性温和，丰姿秀丽。卜兹吉日，册为贵妃。已曾传旨，在华清池赐浴，命永新、念奴伏侍更衣。即着高力士引来朝见，想必就到也。

【玉楼春】〔丑扮高力士，二宫女执扇，引旦扮杨贵妃上〕恩波自喜从天降，浴罢妆成趋彩仗。〔宫女〕六宫未见一时愁，齐立金阶偷眼望。

〔到介，丑进见生跪介〕奴婢高力士见驾。册封贵妃杨氏，已到殿门候旨。〔生〕宣进来。〔丑

【批注】

吴舒凫曰：“明皇英主也，非汉成昏庸之比。只因行乐一念，便自愿‘老温柔’，酿成天宝之祸，末路犹不若汉成。升平数语，足为宴安之戒。”

【批注】

据历史记载，杨玉环原系唐明皇儿子寿王李瑁的妃子。明皇爱其姿色，便命她入宫做女道士，作为占为己有的过渡。后果封为贵妃。从《长恨歌》起，就有意回避这段

定情

出介〕万岁爷有旨，宣贵妃杨娘娘上殿。〔旦进，拜介〕臣妾贵妃杨玉环见驾，愿吾皇万岁！〔内侍〕平身。〔旦〕臣妾寒门陋质，充选掖庭，忽闻宠命之加，不胜陨越[9]之惧。〔生〕妃子世胄名家，德容兼备。取供内职，深惬朕心。〔旦〕万岁。〔丑〕平身。〔旦起介，生〕传旨排宴。〔丑传介〕〔内奏乐。旦送生酒，宫女送旦酒。生正坐，旦傍坐介〕

【大石过曲·念奴娇序】〔生〕寰区万里，遍征求窈窕，谁堪领袖嫔嫱？佳丽今朝、天付与，端的绝世无双。思想，擅宠瑶宫，褒封玉册[10]，三千粉黛总甘让。〔合〕惟愿取恩情美满，地久天长。

【前腔】【换头】〔旦〕蒙奖。沉吟半晌，怕庸姿下体，不堪陪从椒房。受宠承恩，一霎里身判人间天上。须仿，冯嫕当熊[11]，班姬辞辇[12]，永持彤管侍君傍。〔合〕惟愿取恩情美满，地久天长。

【前腔】【换头】〔宫女〕欢赏，借问从此宫中，阿谁第一？似赵家飞燕在昭阳[13]，宠爱外，应是一身承当。休让，金屋[14]装成，玉楼歌彻，千秋万岁捧霞觞。〔合〕惟愿取恩情美满，地久天长。

【前腔】【换头】〔内侍〕瞻仰，日绕龙鳞，云移雉尾[15]，天颜有喜对新妆。频进酒，合殿春风飘香。堪赏，圆月摇金，余霞散绮，五云[16]多处易昏黄。〔合〕惟愿取恩情美满，地久天长。

〔丑〕月上了。启万岁爷撤宴。〔生〕朕与妃子同步阶前，玩月一回。〔内作乐。生携旦前立，

秽闻，因为诗人要借以表达生死不渝的爱情，不能把自己寄予理想的人物丑化。

【批注】

一开始便极写李、杨恩情美满，希望地久天长，目光直注后来《仙忆》《补恨》《重圆》等出。

写杨玉环得宠，惊喜逼肖。

众退后，齐立介〕

【中吕过曲·古轮台】〔生〕下金堂，笼灯就月细端相，庭花不及娇模样。轻偎低傍，这鬓影衣光，掩映出丰姿千状。〔低笑，向旦介〕此夕欢娱，风清月朗，笑他梦雨暗高唐。〔旦〕追游宴赏，幸从今得侍君王。瑶阶小立，春生天语，香萦仙仗，玉露冷沾裳。还凝望，重重金殿宿鸳鸯。

〔生〕掌灯往西宫去。〔丑应介，内侍、宫女各执灯引生、旦行介〕〔合〕

【前腔】【换头】辉煌，簇拥银烛影千行。回看处珠箔[17]斜开，银河微亮。复道、回廊，到处有香尘飘扬。夜色如何？月高仙掌[18]。今宵占断好风光，红遮翠障，锦云中一对鸾凰。《琼花》《玉树》《春江夜月》[19]，声声齐唱，月影过宫墙。褰罗幌[20]，好扶残醉入兰房。

〔丑〕启万岁爷，到西宫了。〔生〕内侍回避。〔丑〕春风开紫殿，〔内侍〕天乐下珠楼。〔同下〕

【余文】〔生〕花摇烛，月映窗，把良夜欢情细讲。〔合〕莫问他别院离宫玉漏长。

〔宫女与生、旦更衣，暗下，生、旦坐介，生〕银烛回光散绮罗，〔旦〕御香深处奉恩多。〔生〕六宫此夜含颦望，〔合〕明日争传"得宝歌"[21]。〔生〕朕与妃子偕老之盟，今夕伊始。〔袖出钗、盒介〕特携得金钗、钿盒在此，与卿定情。

【越调近词·绵搭絮】〔生〕这金钗、钿盒，百宝翠花攒。我紧护怀中，珍重奇擎[22]有万般。今夜

【吴评】

"月华写艳，梦雨翻新，俱是绝妙好辞。"

【批注】

从宴上"圆月摇金"到"笼灯就月细端相""月影过宫墙"三支曲子，皆以月宫映带。与后来月下密誓、月宫团圆等出遥相映衬。

【吴评】

"钗盒乃本传始终作合处，

把这钗呵，与你助云盘，斜插双鸾；这盒呵，早晚深藏锦袖，密裹香纨。愿似他并翅交飞，牢扣同心结合欢。〔付旦介，旦接钗、盒谢介〕

【前腔】【换头】谢金钗、钿盒，赐予奉君欢。只恐寒姿，消不得天家雨露团。〔作背看介〕恰偷观，凤翥龙蟠，爱杀这双头旖旎，两扇团圞[23]。惟愿取情似坚金，钗不单分盒永完。

〔生〕胧明春月照花枝，元稹　〔旦〕始是新承恩泽时。白居易

〔生〕长倚玉人心自醉，雍陶　〔合〕年年岁岁乐于斯。赵彦昭

故于进宫更衣后，特写二曲，以致珍重之意。非止文情尽致，场上并有关目。”

注释

❶“端冕”二句：谓坐享太平，无为而治。端冕，帝王的衣帽；中天，喻太平盛世。垂衣，表示无为之治；南面，作统治解。

❷九歌：传说是夏朝的庙堂乐曲。

❸六舞：本指周武王“大武”六章，后为周代用于祭祀的乐舞。

❹阳台、暮雨：喻男女欢会。

❺潜邸：皇帝未即位前住的府第。

❻缵（zuǎn）：继承。

❼姚、宋、张、韩：指姚崇、宋璟、张说（或为张九龄）、韩休，都是唐开元时著名的贤相。

❽刑措：刑罚搁置不用。措，废置。

❾陨（yǔn）越：没落、死亡。此作贬谪解。

❿玉册：刻在玉版上的文书，此指册封贵妃的证书。

⓫冯嫕当熊：汉元帝的婕妤冯嫕用身体挡住兽圈里跑出来的熊，以免元帝受伤害。

⑫班姬辞辇：汉成帝婕妤班姬推拒同皇帝乘车，认为成帝应该远女色、近贤臣。

⑬赵家飞燕在昭阳：赵飞燕，汉成帝皇后，与妹昭仪长期受宠。昭阳，汉宫，赵飞燕的住处。

⑭金屋：班固《汉武故事》记长公主问胶东王（后来成为汉武帝）："阿娇好否？"答云："好，若得阿娇作妇，当作金屋贮之。"后以"金屋藏娇"形容娇妻宠妾。

⑮"日绕龙鳞"二句：龙鳞，皇帝衮衣上绣的鳞纹。云移，形容开扇时光彩闪耀，犹如云彩移动。雉尾，用雉尾制作的障扇。句本杜甫《秋兴》八首之一："云移雉尾开宫扇，日绕龙鳞识圣颜。"

⑯五云：传说天子所在的地方有五色云气。

⑰珠箔：用珍珠串成的帘箔。

⑱仙掌：汉武帝建铜柱承露仙人掌。月高仙掌，指夜已深。

⑲《琼花》《玉树》《春江夜月》：都是古曲名。后两曲指陈后主作的《玉树后庭花》《春江花月夜》。

⑳罗幌：罗帷。

㉑"得宝歌"：《得宝子》，传为唐明皇与杨贵妃定情之夕制的曲子。

㉒奇擎：双声词。奇，助声无义。

㉓"双头""两扇"：双头，指两股金钗；两扇，指钿盒。

第三出

贿权

【正宫引子·破阵子】〔净扮安禄山箭衣、毡帽上〕失意空悲头角①，伤心更陷罗罝②。异志十分难屈伏，悍气千寻怎蔽遮？权时宁耐些。

“腹垂过膝力千钧，足智多谋胆绝伦。谁道孽龙甘蠖屈③，翻江搅海便惊人。”自家安禄山，营州柳城人也。俺母亲阿史德，求子轧荦山中，归家生俺，因名禄山。那时光满帐房，鸟兽尽都鸣窜。后随母改嫁安延偃，遂冒姓安氏。在节度使张守珪帐下投军。他道我生有异相，养为义子。授我讨击使之职，去征讨奚契丹，一时恃勇轻进，杀得大败逃回。幸得张节度宽恩不杀，解京请旨。昨日到京，吉凶未保。且喜有个结义兄弟，唤作张千，原是杨丞相府中干办。昨已买嘱解官，暂时松放。寻他通个关节，把礼物收去了。着我今日到彼候复。不免前去走遭。〔行介〕唉，俺安禄山，也是个好汉，难道便这般结果了么？想起来好恨也！

【正宫过曲·锦缠道】莽龙蛇、本待将河翻海决，反做了失水瓮中鳖，恨樊笼霎时困了豪杰。早知道失军机要遭斧钺，倒不如丧沙场免受缧绁，蓦

【批注】

定情之后，紧写此出，暴露外戚杨国忠纳贿招权；又在《春睡》后接写《禊游》一出，揭开安禄山与杨国忠争权的序幕。爱情和朝政两条线交叉发展，说明本剧主旨，并非仅写爱情。

【吴评】

“将禄山跋扈之本，略为逗露。”

地里脚双跌。全凭仗金投暮夜[4]，把一身离阱穴。算有意天生吾也，不争待半路枉摧折。

来此已是相府门首，且待张兄弟出来。〔丑扮张千上〕“君王舅子三公位，宰相家人七品官。”〔见介〕安大哥来了。丞相爷已将礼物全收，着你进府相见。〔净揖介〕多谢兄弟周旋。〔丑〕丞相爷尚未出堂，且到班房少待。全凭内阁调元[5]手，〔净〕救取边关失利人。〔同下〕

【仙吕引子·鹊桥仙】〔副净扮杨国忠引祗从上〕荣夸帝里，恩连戚畹[6]，兄妹都承天眷。中书[7]独坐揽朝权，看炙手威风赫烜。

“国政归吾掌握中，三台八座[8]极尊崇。退朝日晏归私第，无数官僚拜下风。”下官杨国忠，乃西宫贵妃之兄也。官居右相，秩晋司空。分日月之光华，掌风雷之号令。〔冷笑介〕穷奢极欲，无非行乐及时；纳贿招权，真个回天有力。左右回避。〔从应下〕〔副净〕适才张千禀说，有个边将安禄山，为因临阵失机，解京正法。特献礼物到府，要求免死发落。我想胜败乃兵家常事，临阵偶然失利，情有可原。〔笑介〕就将他免死，也是为朝廷爱惜人才。已曾分付令他进见，再作道理。〔丑暗上，见介〕张千禀事：安禄山在外伺候。〔副净〕着他进来。〔丑〕领钧旨。〔虚下，引净青衣、小帽上，丑〕这里来。〔净膝行进见介〕犯弁[9]安禄山，叩见丞相爷。〔副净〕起来。〔净〕犯弁是应死囚徒，理当跪禀。〔副净〕你的来意，张千已讲过了。且把犯罪情由，细

【吴评】

“贿宥禄山本李林甫事，剧中恐多枝节，移置国忠。”

【批注】

按安禄山犯罪遇赦，是玄宗开元二十四年(736)的事，这时杨玉环未入选，杨国忠也没有在朝做官。

【吴评】

“从来权奸变乱黑白，皆有曲说自文，今以爱惜人才，附会古人使过之意，真足蔽聪。”

说一番。〔净〕丞相爷听禀：犯弁遵奉军令，去征讨奚契丹呵，〔副净〕起来讲。〔净起介〕

【仙吕过曲·解三醒】恃勇锐，冲锋出战，指征途所向无前。不堤防番兵夜来围合转，临白刃，剩空拳[10]。〔副净〕后来怎生得脱？〔净〕那时犯弁杀条血路，奔出重围。单枪匹马身幸免，只指望鉴录微功折罪愆。谁想今日呵，当刑宪！〔叩首介〕望高抬贵手，曲赐矜怜。

【前腔】【换头】〔副净起介〕论失律丧师关巨典，我虽总朝纲敢擅专？况刑书已定难更变，恐无力可回天。〔净跪哭介〕丞相爷若肯救援，犯弁就得生了。〔副净笑介〕便道我言从计听微有权，这就里机关不易言。〔净叩头介〕全仗丞相爷做主！〔副净〕也罢。待我明日进朝，相机而行便了。乘其便，便好开罗撤网，保汝生全。

〔净叩头介〕蒙丞相爷大恩，容犯弁犬马图报。就此告辞。〔副净〕张千引他出去。〔丑应，同净出介〕"眼望捷旌旗，耳听好消息。"〔同下〕〔副净想介〕我想安禄山乃边方末弁，从未著有劳绩。今日犯了死罪，我若特地救他，必动圣上之疑。〔笑介〕哦，有了。前日张节度疏[11]内，曾说他通晓六番言语，精熟诸般武艺，可当边将之任。我就授意兵部，以此为辞，奏请圣上，召他御前试验。于中乘机取旨，却不是好。

专权意气本豪雄，卢照邻　万态千端一瞬中。吴融

【吴评】

"奸相行事，必授意他人发之，又必令主上自裁之，以免疑而固宠。此段曲尽小人肺肝。"

多积黄金买刑戮，李咸用 不妨私荐也成公。
杜荀鹤

注释

❶头角：比喻显露出来的气概或才华。

❷罗罝（jū）：罗网。

❸蠖屈：不得志。蠖，尺蠖，爬虫，行动一伸一缩。

❹金投暮夜：暗地里贿赂权要。借用《后汉书·杨震传》杨震拒收贿赂的典故，此指安禄山私贿杨国忠。

❺调元：调和阴阳。指宰臣治理国家。

❻戚畹：外戚居住的地方，又称戚里。

❼中书：唐代中书省的长官叫中书令，是仅次于皇帝的最高执政官。杨国忠曾为右相，地位相当于中书令。

❽三台八座：封建王朝的最高执政机构。汉朝以尚书、御史、谒者为三台，唐朝以左右相及六部尚书为八座。

❾弁：下级武官。

❿桊（quān）：弩弓。

⓫疏：奏章。

第四出

春睡

【越调引子·祝英台近】〔旦引老旦扮永新、贴旦扮念奴上〕梦回初，春透了，人倦懒梳裹。欲傍妆台，羞被粉脂涴[①]。〔老旦、贴旦〕趁他迟日房栊，好风帘幕，且消受熏香闲坐。

永新、念奴叩头。〔旦〕起来。【海棠春】流莺窗外啼声巧，睡未足，把人惊觉。〔老〕翠被晓寒轻，〔贴〕宝篆沉烟袅[②]。〔旦〕宿酲[③]未醒宫娥报，〔老、贴〕道别院笙歌会早。〔旦〕试问海棠花，〔合〕昨夜开多少？〔旦〕奴家杨氏，弘农人也。父亲元琰，官为蜀中司户。早失怙恃[④]，养在叔父之家。生有玉环在于左臂，上隐“太真”二字。因名玉环，小字太真。性格温柔，姿容艳丽。漫揩罗袂，泪滴红冰；薄试霞绡，汗流香玉。荷蒙圣眷，拔自宫嫔。位列贵妃，礼同皇后。有兄国忠，拜为右相，三姊尽封夫人，一门荣宠极矣。昨宵侍寝西宫，〔低介〕未免云娇雨怯。今日晌午时分，才得起来。〔老、贴〕镜奁齐备，请娘娘理妆。〔旦行介〕绮疏[⑤]晓日珠帘映，红粉春妆宝镜催。

【越调过曲·祝英台】〔坐对镜介〕把鬟轻撩，鬟细整，临镜眼频睃。〔老〕请娘娘贴上这花钿。

【吴评】

“一承恩便作如许娇慵，的是怙宠人情态。”

〔旦〕贴了翠钿，〔贴〕再点上这胭脂。〔旦〕注了红脂，〔老〕请娘娘画眉。〔旦画眉介〕着意再描双蛾。〔旦立起介〕延俄，慢支持杨柳腰身。〔贴〕呀，娘娘花儿也忘戴了。〔代旦插花介〕好添上樱桃花朵。〔老、贴作看旦介〕看了这粉容嫩，只怕风儿弹破。〔老、贴〕请娘娘更衣。〔与旦更衣介〕

【前腔】【换头】 飘堕、麝兰香，金绣影，更了杏衫罗。〔旦步介〕〔老、贴看介〕你看小颤步摇，轻荡湘裙，〔旦兜鞋介〕低蹴半弯凌波[⑥]，停妥。〔旦顾影介〕〔老、贴〕袅临风，百种娇娆。〔旦回身临镜介〕〔老、贴〕还对镜，千般婀娜。〔旦作倦态，欠伸介〕〔老、贴扶介〕娘娘，恁恹恹，何妨重就衾窝。

〔旦〕也罢，身子困倦，且自略睡片时。永新、念奴，与我放下帐儿。正是："无端春色熏人困，才起梳头又欲眠。"〔睡介〕〔老、贴放帐介〕〔老〕万岁爷此时不进宫来，敢是到梅娘娘[⑦]那边去么？〔贴〕姐姐，你还不知道，梅娘娘已迁置上阳楼东了！〔老〕哦，有这等事！〔贴〕永新姐姐，这几日万岁爷专爱杨娘娘，不时来往西宫，连内侍也不教随驾了。我与你须要小心伺候。〔生行上〕

【前腔】【换头】 欣可，后宫新得娇娃，一日儿摩挲！〔生作进，老、贴见介〕万岁爷驾到。娘娘刚才睡哩。〔生〕不要惊他。〔作揭帐介〕试把绡帐慢开，龙脑[⑧]微闻，一片美人香和。〔瞧科〕爱他，红玉一团，压着鸳衾侧卧。〔老、贴背介〕

【批注】

曲文、宾白、动作结合，写玉环临镜试妆，妆成复临镜，百媚千娇，顾影自许，形容尽致。

【吴评】

"闲谈中写出关目，曲家解此者惟玉茗与稗畦耳。"

【批注】

按这里在闲谈中点出梅妃，为《絮阁》张本。

春睡

这温存怎不占了风流高座！

【前腔】【换头】〔旦作惊醒，低介〕谁个？蓦然揭起鸳帏，星眼倦还挼。〔作坐起，摩眼、撩鬓介〕〔生〕早则浅淡粉容，消褪唇朱，掠削鬓儿欹矬[9]。〔老、贴作扶旦起，旦作开眼复闭，立起又坐倒介〕〔生〕怜他，侍儿扶起腰肢，娇怯怯难存难坐。〔老、贴扶旦坐介〕〔生扶住介〕恁朦腾，且索消详停和[10]。

〔旦〕万岁！〔生〕春昼晴和，正好及时游赏，为何当午睡眠？〔旦低介〕夜来承宠，雨露恩浓，不觉花枝力弱。强起梳头，却又朦胧睡去。因此失迎圣驾。〔生笑介〕这等说，倒是寡人唐突了。〔旦娇羞不语介〕〔生〕妃子，看你神思困倦，且同到前殿去，消遣片时。〔旦〕领旨。〔生、旦同行，老、贴随行介〕〔生〕落日留王母，〔旦〕微风倚少儿。〔老、贴合〕宫中行乐秘，少有外人知。[11]〔生、旦转坐介〕〔丑上〕“昼漏稀闻高阁报，天颜有喜近臣知。”启万岁爷：国舅杨丞相，遵旨试验安禄山，在宫门外回奏。〔生〕宣奏来。〔丑宣介〕杨丞相有宣。〔副净上〕“天下表章经院过，宫中笑语隔墙闻。”〔拜见介〕臣杨国忠见驾。愿吾皇万岁，娘娘千岁！〔丑〕平身。〔副〕臣启陛下：蒙委试验安禄山，果系人才壮健，弓马熟娴，特此复旨。〔生〕朕昨见张守珪奏称：禄山通晓六番言语，精熟诸般武艺，可当边将之任。今失机当斩，是以委卿验之。既然所奏不诬，卿可传旨禄山，赦其前罪。明日早朝引见，授职在京，以观后效。〔副〕领旨。〔下〕〔丑〕启万岁爷：沉香亭牡丹盛开，请万岁爷同娘娘赏玩。〔生〕今日对妃子，赏名花。高力士，可宣翰林李白，到沉香亭上，立草新词供奉。〔丑〕领旨。〔下〕〔生〕妃子，和你赏花去来。

倚槛繁花带露开，罗虬　〔旦〕相将游戏绕池台。孟浩然

〔生〕新歌一曲令人艳，万楚　〔合〕只待相如奉诏来。李商隐

【批注】

沉香亭赏花事放在幕后，李白写《清平调》也只于白中带过，在二十四出《惊变》中补写更觉生色。

注释

❶涴（wò）：沾污。

❷宝篆沉烟袅：珍贵的沉香升起了袅袅如篆字的烟缕。

❸宿酲（chéng）：宿醉。

❹怙恃：父母。

❺绮疏：绮窗。

❻半弯凌波：指纤纤小脚。

❼梅娘娘：梅妃，即江采蘋。

❽龙脑：冰片，外国进贡的一种名贵香料。

❾掠削鬓儿攲矬：掠削，用手整理。攲矬（qīcuó），偏斜的样子。

❿消详停和：消停，休息。

⓫“落日”四句：原为杜甫《宿昔》诗的后四句。王母，借指杨贵妃。少儿，卫少儿，汉武帝皇后卫子夫的姊妹。“微风倚少儿”暗指杨氏三国夫人因贵妃而得宠。

第五出

禊游[1]

【双调引子·贺圣朝】〔丑上〕崇班内殿称尊，天颜亲奉朝昏。金貂玉带蟒袍新，出入荷殊恩。

咱家高力士是也，官拜骠骑将军。职掌六宫之中，权压百僚之上。迎机导窾[2]，揣揣圣情；曲意小心，荷承天宠。今乃三月三日，万岁爷与贵妃娘娘游幸曲江，命咱召杨丞相并秦、韩、虢三国夫人，一同随驾。不免前去传旨与他。“传声报戚里，今日幸长杨[3]。”〔下〕

【前腔】〔净冠带引从上〕一从请托权门，天家雨露重新。累臣[4]今喜作亲臣，壮怀会当伸。

俺安禄山，自蒙圣恩复官之后，十分宠眷。所喜俺生的一个大肚皮，直垂过膝。一日圣上见了，笑问此中何有？俺就对说，惟有一片赤心。天颜大喜，自此愈加亲信，许俺不日封王。岂不是非常之遇！左右回避。〔从应下〕〔净〕今乃三月三日，皇上与贵妃游幸曲江。三国夫人随驾。倾城士女，无不往观。俺不免换了便服，单骑前往，游玩一番。〔作更衣、上马行介〕出得门来，你看香尘满路，车马如云，好不热闹也。正是：“当路游丝萦醉客，隔花啼鸟唤行人。”〔下〕〔副净、外扮王

【吴评】

“此折高力士、安禄山、王孙公子、三国夫人、杨国忠、村姑、丑女杂沓上下，几如满地散钱，而以春游贯之，线索自相牵缀。尤妙在措注三国夫人，一意转折，先从高、安白中引出三国夫人、王孙公子，首曲亦然。次曲三国夫人登场，三曲禄山窥探，四曲国忠嗔阻，五曲村姬辈寻拾簪履，总为三国夫人形容佚丽。六曲三国夫人再见，结尾又归重虢国，起下《傍

褉遊

孙，末扮公子；各丽服，同行上〕〔合〕

【仙吕入双调·夜行船序】 春色撩人，爱花风如扇，柳烟成阵。行过处，辨不出紫陌[5]红尘。〔见介〕请了。〔副净、外〕今日修禊之辰，我每同往曲江游玩。〔末、小生〕便是，那边簇拥着一队车儿，敢是三国夫人来了。我每快些前去。〔行介〕纷纭，绣幕雕轩，珠绕翠围，争妍夺俊。氤氲，兰麝逐风来，衣彩珮光遥认。〔同下〕

〔老旦绣衣扮韩国，贴白衣扮虢国，杂绯衣扮秦国，引院子、梅香各乘车行上〕〔合〕

【前腔】【换头】 安顿，罗绮如云，斗妖娆，各逞黛蛾蝉鬓。蒙天宠，特敕共探江春。〔老旦〕奴家韩国夫人，〔贴〕奴家虢国夫人，〔杂〕奴家秦国夫人，〔合〕奉旨召游曲江。院子把车儿趱行前去。〔院〕晓得。〔行介〕〔合〕朱轮、碾破芳堤，遗珥坠簪，落花相衬。荣分，戚里从宸[6]游，几队宫妆前进。〔同下〕

【黑嘛序】【换头】〔净策马上，目视三国下介〕妙啊，回瞬，绝代丰神，猛令咱一见，半晌销魂。恨车中马上，杳难亲近。俺安禄山，前往曲江，恰好遇着三国夫人，一个个天姿国色。唉，唐天子，唐天子！你有了一位贵妃，又添上这几个阿姨，好不风流也！评论，群花归一人，方知天子尊。且赶上前去，饱看一回。望前尘，馋眼迷奚[7]，不免挥策频频。

〔作鞭马前奔，杂扮从人上，拦介〕咄，丞相

讶》《幸恩》诸折。虽满纸春光撩乱，而渲花染柳，分晰不爽，真觉笔有化工。”

【吴评】

“行文之妙，更在用侧笔衬写，如以游人盛丽，映出明皇、贵妃之纵佚；以遗钿、坠舄映出三国夫人之奢淫。并禄山之无状，国忠之荡检，皆于虚处传神。观者当思其经营惨淡，莫徒赏绝妙好辞也。”

爷在此，什么人这等乱撞！〔副净骑马上〕为何喧嚷？〔净、副净作打照面，净回马急下〕〔从〕小的方才见一人，骑马乱撞过来，向前拦阻。〔副净笑介〕那去的是安禄山。怎么见了下官，就疾忙躲避了。〔作沉吟介〕三位夫人的车儿在那里？〔从〕就在前面。〔副净〕呀，安禄山那厮怎敢这般无礼！

【前腔】【换头】堪恨，藐视皇亲，傍香车行处，无礼厮混。陡冲冲怒起，心下难忍。叫左右，紧紧跟随着车儿行走，把闲人打开。〔众应行介〕〔副净〕忙奔，把金鞭辟路尘，将雕鞍逐画轮。〔合〕语行人，慎莫来前，怕惹丞相生嗔。〔同下〕

【锦衣香】〔净扮村妇，丑扮丑女，老旦扮卖花娘子，小生扮舍人，行上〕〔合〕妆扮新，添淹润[8]；身段村，乔丰韵[9]，更堪怜芳草沾裾，野花堆鬓。〔见介〕〔净〕列位都是去游曲江的么？〔众〕正是。今日皇帝、娘娘，都在那里，我每同去看一看。〔丑〕听得皇帝把娘娘爱的似宝贝一般，不知比奴家容貌如何？〔老旦笑介〕〔小生作看丑介〕〔丑〕你怎么只管看我？〔小生〕我看大姐的脸上，倒有几件宝贝。〔净〕什么宝贝？〔小生〕你看眼嵌猫睛石，额雕玛瑙纹，蜜蜡装牙齿，珊瑚镶嘴唇。〔净笑介〕〔丑将扇打小生介〕小油嘴，偏你没有宝贝。〔小生〕你说来。〔丑〕你后庭像银矿，掘过几多人！〔净笑介〕休得取笑。闻得三国夫人的车儿过去，一路上有东西遗下，我每赶上寻看。〔丑〕如此快走。〔行介〕〔丑作娇态与小生

【吴评】

“国忠初见禄山，犹疑其畏己回避也，故尔笑问；及知从三国夫人车前来，不觉怒发。一颦一笑，声色毕现，妙处正在含蓄。”

【批注】

借村妇打诨，神情略似《西游记杂剧》中“村姑演说”。

诨介〕〔合〕和风徐起荡晴云，钿车一过，草木皆春。〔小生〕且在这草里寻一寻，可有甚么？〔老旦〕我先去了。向朱门绣阁，卖花声叫的殷勤。〔叫卖花下〕〔众作寻、各拾介〕〔丑问净介〕你拾的甚么？〔净〕是一枝簪子。〔丑看介〕是金的，上面一粒绯红的宝石。好造化！〔净问丑介〕你呢？〔丑〕一只凤鞋套儿。〔净〕好好，你就穿了何如？〔丑作伸脚比介〕啐，一个脚指头也着不下。鞋尖上这粒真珠，摘下来罢。〔作摘珠、丢鞋介〕〔小生〕待我袖了去。〔丑〕你倒会作揽收拾！你拾的东西，也拿出来瞧瞧。〔小生〕一幅鲛绡帕儿，裹着个金盒子。〔净接作开看介〕咦，黑黑的黄黄的薄片儿，闻着又有些香，莫不是要药[10]么？〔小生笑介〕是香茶。〔丑〕待我尝一尝。〔净争吃，各吐介〕呸！稀苦的，吃他怎么！〔小生作收介〕罢了，大家再往前去。〔行介〕〔合〕蜂蝶闲相趁，柳迎花引，望龙楼倒写，曲江将近。

〔小生、净先下，丑吊场[11]叫介〕你们等我一等。阿呀，尿急了，且在这里打个沙窝儿[12]去。〔下〕〔老旦、贴、杂引院子、梅香行上〕

【浆水令】 扑衣香，花香乱熏；杂莺声，笑声细闻。看杨花雪落覆白蘋，双双青鸟，衔堕红巾。春光好，过二分[13]，迟迟丽日催车进。〔院〕禀夫人，到曲江了。〔老旦〕丞相爷在那里？〔院〕万岁爷在望春宫，丞相爷先到那边去了。〔老旦、杂、贴作下车介〕你看果然好风景也！环曲岸，环曲岸，红酣绿匀。临曲水，临曲水，柳细蒲新。

〔丑引小内侍、控马上〕“敕传玉勒桃花马，骑坐金泥[14]蛱蝶裙。”〔见介〕皇上口敕：韩、秦二国夫人，赐宴别殿。虢国夫人，即令乘马入宫，陪杨娘娘饮宴。〔老旦、杂、贴跪介〕万岁！〔起介〕〔丑向贴介〕就请夫人上马。〔贴〕

【尾声】内家官，催何紧。姐姐妹妹，偏背了春风独近。〔老旦、杂〕不枉你淡扫蛾眉朝至尊。

〔贴乘马，丑引下〕〔杂〕你看裴家姐姐，竟自扬鞭去了。〔老旦〕且自由他。〔梅香〕请夫人别殿里上宴。

红桃碧柳禊堂春，沈佺期　〔老旦〕一种佳游事也均。张谔

〔杂〕愿奉圣情欢不极，武平一　〔合〕向风偏笑艳阳人。杜牧

【吴评】

“起用力士传旨，收用力士口敕，前后照应，章法缜密。”

注释

❶禊游：在修禊节游春。禊，修禊。古人于三月三日在水边举行祓除邪祟的祭礼。

❷迎机导窾（kuǎn）：比喻察颜观色，见机行事。窾，骨节之间的小缝隙。

❸长杨：秦汉时代的宫殿名。这里指曲江池。

❹累臣：被囚禁的罪臣。

❺紫陌：都城中的道路。

❻宸：紫宸，皇帝居住的宫殿。这里代指皇帝。

❼迷奚：双目半闭的样子。

❽淹润：姿色妩媚。

❾乔丰韵：装模作样。

❿耍药：疑即春药。

⓫吊场：一出戏，其他角色下场，只留下一二个演员唱下场诗或打诨称吊场。这里是一出戏中一个场面结束，即将转入另一个场面。

⓬打个沙窝儿：俗语，指妇女寻个方便地方，就地小便。

⓭过二分：过了三分之二。

⓮金泥：金屑制作的一种颜料。

第六出

傍讶

【中吕过曲·缕缕金】〔丑上〕欢游罢，驾归来。西宫因个甚，恼君怀？敢为春筵畔，风流尴尬，怎一场乐事陡成乖？教人好疑怪，教人好疑怪。

前日万岁爷同杨娘娘游幸曲江，欢天喜地。不想昨日娘娘忽然先自回宫，万岁爷今日才回，圣情十分不悦。未知何故？远远望见永新姐来了，咱试问他。〔老旦上〕

【前腔】宫帏[①]事，费安排。云翻和雨覆，蓦地闹阳台。〔丑见介〕永新姐，来得恰好。我问你，万岁爷为何不到杨娘娘宫中去？〔老〕唉，公公，你还不知么！两下参商[②]后，装幺作态。〔丑〕为着甚来？〔老〕只为并头莲傍有一枝开。〔丑〕是那一枝呢？〔老笑介〕公公，你聪明人自参解，聪明人自参解。

〔丑笑介〕咱那里得知！永新姐，你可说与我听。〔老〕若说此事，原是我娘娘自己惹下的。〔丑〕为何？〔老〕只为娘娘把那虢国夫人呵，

【剔银灯】常则向君前喝采，妆梳淡，天然无赛[③]。那日在望春宫，教万岁召他侍宴。三杯之后，便暗中筑座连环寨[④]，哄结上同心罗带。〔丑拍手

【吴评】

“贵妃宠幸未几，即以虢国承恩一事摹写悲离，览者疑其情爱易移矣。不知未经离别，则欢好虽浓，习而不觉。惟意中人去，触处伤心，必得之而后快，始见钟情之至。所谓佳人难再得，生别死离，其致一也。”

笑介〕阿呀，咱也疑心有此。却为何烦恼哩？〔老〕后来娘娘恐怕夺了恩宠，因此上嫌猜。恩情顿乖，热打对鸳鸯散开[5]。

〔丑〕原来虢国夫人，在望春宫有了言语，才回去的。〔老〕便是。那虢国夫人去时，我娘娘不曾留得。万岁爷好生不快，今日竟不进西宫去了。娘娘在那里只是哭哩。〔丑〕咱想杨娘娘呵，

【前腔】娇痴性，天生忒利害。前时逼得个梅娘娘，直迁置楼东无奈。如今这虢国夫人，是自家的妹子，须知道连枝同气情非外，怎这点儿也难分爱。〔老〕这且休提。只是往常，万岁爷与娘娘行坐不离，如今两下不相见面，怎生是好？〔丑〕吾侪，如何布摆，且和你从旁看来。

〔内〕有旨宣高公公。〔丑〕来了。

狎宴临春[6]日正迟，韩偓　〔老旦〕宠深还恐宠先衰。罗虬

〔丑〕外头笑语中猜忌，陆龟蒙　〔老旦〕若问傍人那得知！崔颢

注释

❶宫帏：宫闱，后妃居住的地方。

❷两下参商：两人闹意见。参商，两颗星名，此出则彼没，两不相见。

❸无赛：无与伦比。

❹“暗中”句：这里指李隆基与虢国夫人勾搭。

❺“热打”句：指打得火热的李、杨因虢国夫人事闹别扭了。

❻临春：南朝陈后主的宫殿名。这里指望春宫。

第七出

幸恩

【商调引子·绕池游】〔贴上〕瑶池陪从[①]，何意承新宠？怪青鸾[②]把人和哄，寻思万种。这其间无端啾动[③]，奈谣诼蛾眉未容[④]。

玉燕轻盈弄雪辉，杏梁偷宿影双依。赵家姊妹多相妒[⑤]，莫向昭阳殿里飞。奴家杨氏，幼适裴门。琴断朱弦，不幸文君早寡[⑥]；香含青琐，肯容韩掾轻偷[⑦]？以妹玉环之宠，叨膺虢国之封。虽居富贵，不爱铅华。敢夸绝世佳人，自许朝天素面[⑧]。不想前日驾幸曲江，敕陪游赏。诸姊妹俱赐宴于外，独召奴家到望春宫侍宴。遂蒙天眷，勉尔承恩。圣意虽浓，人言可畏。昨日要奴同进大内[⑨]，再四辞归。仔细想来，好侥幸人也。

【商调过曲·字字锦】恩从天上浓，缘向生前种。金笼花下开，巧赚娟娟凤。[⑩]烛花红，只见弄盏传杯。传杯处，蓦自里话儿唧哝。匆匆，不容宛转，把人央入帐中。思量帐中，帐中欢如梦。绸缪处，两心同。绸缪处，两心暗同。奈朝来背地，有人在那里，人在那里，妆模作样，言言语语，讥讥讽讽。咱这里羞羞涩涩，惊惊恐恐，直恁被他抟弄。

【批注】

此曲分三层写明皇的诱奸、杨妃的吃醋、虢国的羞恨，口角逼真，神情如画，是白描高手。

【不是路】〔末扮院子、副净扮梅香暗上〕

〔老旦引外扮院子，丑扮梅香上〕吹透春风，戚畹花开别样秾。前日裴家妹子独承恩幸。我约柳家妹子，同去打觑一番。不料他气的病了，因此独自前去。〔外〕禀夫人，到虢府了。〔老旦〕通报去。〔外报介〕〔末传介〕韩国夫人到。〔贴〕道有请。〔副净请介〕〔外、末暗下〕〔贴出，迎老旦进介〕〔贴〕姊姊请。〔副净、丑诨下〕〔老旦〕妹妹喜也。〔贴〕有何喜来？〔老旦〕邀殊宠，一枝已傍日边红。〔贴作羞介〕姊姊，说那里话！我进离宫，也不过杯酒相陪奉，湛露君恩内外同。〔老旦笑介〕虽则一般赐宴，外边怎及里边。休调哄，九重春色偏知重[11]，有谁能共？〔贴〕有何难共？

〔老旦〕我且问你，看见玉环妹妹，在宫光景如何？

【满园春】〔贴〕春江上，景融融。催侍宴，望春宫。那玉环妹妹呵，新来倚贵添尊重。〔老旦〕不知皇上与他怎生恩爱？〔贴〕春宵里，春宵里，比目儿和同。谁知得雨云踪？〔老旦〕难道一些不觉？〔贴〕只见玉环妹妹的性儿，越发骄纵了些。细窥他个中，漫参他意中，使惯娇憨。惯使娇憨，寻瘢索绽[12]，一谜儿自逞心胸[13]。

〔老旦〕他自小性儿是这般的，妹妹，你还该劝他才是。〔贴〕那个耐烦劝他？

【前腔】【换头】〔老旦〕他情性多骄纵，恃天生百样玲珑，姊妹行且休傍作诵[14]。况他近日呵，昭阳内，昭阳内，一人独占三千宠，问阿谁能与竞

【批注】

惟妙惟肖地描写了杨家三姊妹的心理状态：虢国夫人虽独承恩幸，却惊多喜少；秦国夫人为此气病了，既羞惭又妒恨；韩国夫人虽来道喜，却语语含讥，酸味可闻。

倖恩

雌雄？〔贴〕谁与他争！只是他如此性儿，恐怕君心不测！〔老旦起，背介〕细听裴家妹子之言，必有缘故。细窥他个中，漫参他意中，使恁骄嗔。恁使骄嗔，藏头露尾，敢别有一段心胸！

【吴评】

“同一语而略更数字，口吻各别，一憨一嗔，更宛肖两人情事。”

〔末上〕“意外闻严旨，堂前报贵人。”〔见介〕禀夫人，不好了。贵妃娘娘忤旨，圣上大怒，命高公公送归丞相府中了。〔老旦惊介〕有这等事！〔贴〕我说这般心性，定然惹下事来。〔老旦〕虽然如此，我与你姊妹之情，且是关系大家荣辱，须索前去看他才是！〔贴〕正是，就请同行。〔老旦〕

【尾声】忽闻严谴心惊恐，〔贴〕整香车同探吉凶。姊姊，那玉环妹妹，可不被梅妃笑杀也！〔合〕倒不如冷淡梅花仍开紫禁中！

【吴评】

“合语在虢国是冷笑，在韩国是热痛。若单作虢国语，反不隽永矣。”

〔贴〕传闻阙下降丝纶[15]，刘长卿　〔老旦〕出得朱门入戟门[16]。贾岛

〔贴〕何必君恩能独久，乔知之　〔老旦〕可怜荣落在朝昏。李商隐

注释

❶瑶池陪从：指曲江池侍宴。

❷青鸾：传说中西王母给汉武帝送信的青鸟。这里可作爱情的使者解。

❸歆（xīn）动：春心萌动。

❹奈谣诼蛾眉未容：句本屈原《离骚》：“众女嫉余之蛾眉兮，谣诼谓余以善淫。”谣诼，造谣，说坏话。蛾眉，虢国夫人自称。

❺赵家姊妹多相妒：赵飞燕、赵昭仪姊妹都受汉成帝宠幸，两人却相互妒忌。这里用来比喻杨贵妃和虢国夫人自己。

❻“琴断朱弦”两句：是说丈夫死了，自己像卓文君那样年轻守寡。

❼“香含青琐”两句：全句反用“韩寿偷香”的故事，说自己谨守妇道。韩掾，韩寿。

❽朝天素面：不涂脂抹粉，便去朝见天子。

❾大内：皇宫。

❿“金笼”两句：用花下暗开金笼，巧骗美丽的凤鸟作喻，婉转地说自己被唐明皇哄骗，和他发生了暧昧关系。

⓫九重春色偏知重：意说皇帝偏偏看中了你。九重，本指天子住处，这里指皇帝。

⓬寻瘢索绽：无端挑剔，找人家的不是。

⓭一谜儿自逞心胸：一味地自逞心性。

⓮作诵：埋怨。

⓯丝纶：代指圣旨。

⓰出得朱门入戟门：指杨贵妃被遣出宫门，送归杨国忠的私第。戟门，唐代规定三品以上者可以在私第立戟，以示荣宠。

第八出

献发

〔副净急上〕 “天有不测风云，人有旦夕祸福。”下官杨国忠，自从妹子册立贵妃，权势日盛。不想今早，忽传贵妃忤旨，被谪出宫，命高内监单车送到门来。未知何故，好生惊骇！且到门前迎接去。〔暂下〕

【仙吕过曲·望吾乡】〔丑引旦乘车上〕无定君心，恩光那处寻？蛾眉忽地遭撷窨[①]，思量就里知他怎？弃掷何偏甚！长门隔，永巷深[②]，回首处，愁难禁。

〔副净上，跪接介〕臣杨国忠迎接娘娘。〔丑〕丞相，快请娘娘进府，咱家还有话说。〔副〕院子，分付丫鬟每，迎接娘娘到后堂去。〔丫鬟上，扶旦下车，拥下〕〔副净揖丑介〕老公公请坐，不知此事因何而起？〔丑〕娘娘呵，

【一封书】 君王宠最深，冠椒房专侍寝。昨日呵，无端忤圣心，骤然间商与参。丞相不要怪咱家多口，娘娘呵，生性娇痴多习惯，未免嫌疑生抱衾。〔副净〕如今谪遣出来，怎生是好？〔丑〕丞相且到朝门谢罪，相机而行。〔副净〕老公公，全仗你进规箴，悟当今[③]。〔丑〕这个自然。〔合〕管

【吴评】

“妒宠之时惟恐入长门永巷，及宫车谪遣，并欲求长门永巷而不可得，此种伤心真是不堪回首。”

重取宫花入上林[4]。

〔丑〕就此告别。〔副净〕下官同行。〔向内介〕分付丫鬟，好生伺候娘娘。〔内应介〕〔副净〕"乌鸦与喜鹊同行，吉凶事全然未保。"〔同丑下〕

【中吕引子·行香子】〔旦引梅香上〕乍出宫门，未定惊魂，渍愁妆满面啼痕。其间心事，多少难论。但惜芳容，怜薄命，忆深恩。

君恩如水付东流，得宠忧移失宠愁。莫向樽前奏《花落》[5]，凉风只在殿西头。我杨玉环，自入宫闱，过蒙宠眷。只道君心可托，百岁为欢。谁想妾命不犹[6]，一朝逢怒。遂致促驾宫车，放归私第。金门一出，如隔九天。〔泪介〕天那，禁中明月，永无照影之期；苑外飞花，已绝上枝之望。抚躬自悼，掩袂徒嗟。好生伤感人也！

【中吕过曲·榴花泣】【石榴花】罗衣拂拭，犹是御香熏，向何处谢前恩。想春游春从晓和昏，【泣颜回】岂知有断雨残云？我含娇带嗔，往常间他百样相依顺，不堤防为着横枝，陡然把连理轻分。

丫鬟，此间可有那里望见宫中？〔梅〕前面御书楼上，西北望去，便是宫墙了。〔旦〕你随我楼上去来。〔梅〕晓得。〔旦登楼介〕"西宫渺不见，肠断一登楼。"〔梅指介〕娘娘，这一带黄设设的琉璃瓦，不是九重宫殿么？〔旦作泪介〕

【前腔】凭高洒泪，遥望九重阍[7]，咫尺里隔红云。叹昨宵还是凤帏人，冀回心重与温存。天乎

【吴评】

"甫遭严谴，犹含望幸之心，更多不测之虑，此惊魂所以未定也。"

【批注】

"连理轻分"祸由虢国不可不言，又不便明言。"横枝"一喻，怨情如诉。

太忍，未白头先使君恩尽。〔梅指介〕呀，远远望见一个公公，骑马而来，敢是召娘娘哩！〔旦叹介〕料非他丹凤衔书[8]，多又恐乌鸦传信。

〔旦下楼介〕〔丑上〕“暗将怀旧意，报与失欢人。”〔见介〕高力士叩见娘娘。〔旦〕高力士，你来怎么？〔丑〕奴婢恰才覆旨，万岁爷细问娘娘回府光景，似有悔心。现今独坐宫中，长吁短叹，一定是思想娘娘。因此特来报知。〔旦〕唉，那里还想着我！〔丑〕奴婢愚不谏贤，娘娘未可太执意了。倘有什么东西，付与奴婢，乘间进上。或者感动圣心，也未可知。〔旦〕高力士，你教我进什么东西去好？〔想介〕

【喜渔灯犯】【喜渔灯】 思将何物传情悃，可感动君？我想一身之外，皆君所赐，算只有愁泪千行，作珍珠乱滚；又难穿成金缕把雕盘进。哦，有了，**【剔银灯】** 这一缕青丝香润，曾共君枕上并头相偎衬，曾对君镜里撩云。丫鬟，取镜台金剪过来。〔梅应，取上介〕〔旦解发介〕哎，头发，头发！**【渔家傲】** 可惜你伴我芳年，剪去心儿未忍。只为欲表我衷肠，〔作剪发介〕剪去心儿自悯。〔作执发起，哭介〕头发，头发！**【喜渔灯】** 全仗你寄我殷勤。〔拜介〕我那圣上呵，奴身，止鬖鬖发数根，这便是我的残丝断魂。

〔起介〕高力士，你将去与我转奏圣上。〔哭介〕说妾罪该万死，此生此世，不能再睹天颜！谨献此发，以表依恋。〔丑跪接发搭肩上介〕娘娘请

【批注】

【喜渔灯犯】曲文描写悲剧主人公的心境极为细腻。

獻髮

免愁烦，奴婢就此去了。“好凭缕缕青丝发，重结双双白首缘。”〔下〕〔旦坐哭介〕〔老旦、贴上〕

【榴花灯犯】【剔银灯】听说是贵妃妹忤君，【石榴花】听说是返家门，【普天乐】听说是失势兄忧悯，听说是中官[9]至，未审何云？〔进介〕贵妃娘娘那里？〔梅〕韩、虢二国夫人到了。〔旦作哭不语介〕〔老旦、贴见介〕〔老旦〕贵妃请免愁烦。〔同哭介〕〔贴〕前日在望春宫，皇上十分欢喜，为何忽有此变？【渔家傲】我只道万岁千秋欢无尽，【尾犯序】我只道任伊行笑颦，【石榴花】我只道纵差池，谁和你评论！〔老旦〕裴家妹子，【锦缠道】休只管闲言絮陈。贵妃，你逢薄怒其中有甚根因？〔旦作不理介〕〔贴〕贵妃，你莫怪我说，【剔银灯】自来宠多生嫌衅，可知道秋叶君恩？恁为人，怎趋承至尊？〔老旦合〕【雁过声】姊妹每情切来相问，为什么耳畔哝哝，总似不闻！〔旦〕

【尾声】秋风团扇原吾分，多谢连枝特过存[10]。总有万语千言，只在心上忖。

〔竟下〕〔贴〕姊姊，你看这个样子，如何使得？〔老旦〕正是，我每特来看他，他心上有事，竟自进房去了。妹子，你再到望春宫时，休要学他。〔贴羞介〕啐！

今朝忽见下天门，张籍　〔老旦〕相对那能不怆神。廖匡图

〔贴〕冷眼静看真好笑，徐夤　〔老旦〕中含芒刺欲伤人。陆龟蒙

【吴评】

“贵妃因虢国而见摈，心事本不可言，又遭虢国讥讪不已，无言可答，羞与怒，怨与悔，百端交集，结语足以括之。”

注释

❶攧窨（diānyìn）：元代方言，顿足忍气之意。这里作摧折解释，指被谪出宫。

❷长门隔，永巷深：长门，汉武帝陈皇后失宠后居住的长门宫。永巷，有罪的宫女罚居的住所。全句意思是，连长门、永巷也没有居住的份儿。

❸当今：称在位的皇帝。

❹上林：上林苑，御花园名。

❺《花落》：古乐曲名，即《梅花落》。

❻不犹：不同平常，比平常坏。

❼九重阍：皇宫。阍，宫中大门。

❽丹凤衔书：赦免的圣旨。

❾中官：太监。

❿过存：慰问。

第九出

复召

【南吕引子·虞美人】〔生上〕无端惹起闲烦恼，有话将谁告？此情已自费支持，怪杀鹦哥不住向人提。

辇路生春草，上林花满枝。凭高何限意，无复侍臣知。寡人昨因杨妃娇妒，心中不忿，一时失计，将他遣出。谁想佳人难得，自他去后，触目总是生憎，对景无非惹恨。那杨国忠入朝谢罪，寡人也无颜见他。〔叹介〕咳，欲待召取回宫，却又难于出口，若是不召他来，教朕怎生消遣，好刬划[1]不下也！

【吴评】

“言无可告，情不能支，力士早有以窥之矣。”

【南吕过曲·十样锦】【绣带儿】春风静，宫帘半启，难消日影迟迟。听好鸟犹作欢声，睹新花似斗容辉。追悔，【宜春令】悔杀咱一划儿粗疏，不解他十分的娇殢[2]。枉负了怜香惜玉，那些情致。〔副净扮内监上〕脍下玉盘红缕细，酒开金瓮绿醅浓。〔跪见介〕请万岁爷上膳。〔生不应介〕〔副净又请介〕〔生恼介〕唗，谁着你请来！〔副净〕万岁爷自清晨不曾进膳，后宫传催排膳伺候。〔生〕唗，什么后宫！叫内侍。〔二内侍应上〕〔生〕揣这厮去打一百，发入净军所[3]去。〔内侍〕领旨。

【吴评】

“风定日迟，鸟声花影，纯写寂寥光景，与贵妃在宫繁艳之状不同，而又以愁境引起欢情，转到追悔之意，无限婉折。”

〔同揣副净下〕〔生〕哎，朕在此想念妃子，却被这厮来搅乱一番。好烦恼也！**【降黄龙换头】** 思伊，纵有天上琼浆，海外珍馐，知他甚般滋味！除非可意立向跟前，方慰调饥。〔净扮内监上〕尊前绮席陈歌舞，花外红楼列管弦。〔见跪介〕请万岁爷沉香亭上饮宴，听赏梨园新乐。〔生〕咗，说甚沉香亭，好打！〔净叩头介〕非干奴婢之事，是太子诸王，说万岁爷心绪不快，特请消遣。〔生〕咗，我心绪有何不快！叫内侍。〔内侍应上〕〔生〕揣这厮去打一百，发入惜薪司[④]当火者去。〔内侍〕领旨。〔同揣净下〕〔生〕内侍过来。〔内侍应上〕〔生〕着你二人看守宫门，不许一人擅入，违者重打。〔内侍〕领旨。〔作立前场介〕〔生〕唉，朕此时有甚心情，还去听歌饮酒。**【醉太平】** 想亭际、凭阑仍是玉阑干，问新妆有谁同倚？就有新声呵，知音人逝，他鹍弦[⑤]绝响，我玉笛羞吹。〔丑肩搭发上〕**【浣溪纱】** 离别悲，相思意，两下里抹媚[⑥]谁知！我从旁参透个中机，要打合鸾凰在一处飞。〔见内侍介〕万岁爷在那里？〔内侍〕独自坐在宫中。〔丑欲入，内侍拦介〕〔丑〕你怎么拦阻咱家？〔内侍〕万岁爷十分着恼，把进膳的连打了两个，特着我每看守宫门，不许一人擅入。〔丑〕原来如此，咱家且候着。〔生〕朕委无聊赖，且到宫门外闲步片时。〔行介〕看一带瑶阶依然芳草齐，不见蹴裙裾，珠履追随。〔丑望介〕万岁爷出来了，咱且闪在门外，觑个机会。〔虚下，即上，听介〕〔生〕

【批注】

写李隆基满怀愁绪，无可发泄，以责打内监出气，略似《琵琶记》“琴诉荷池”中蔡伯喈责打仆从情态，却描得更细致。

寡人在此思念妃子，不知妃子又怎生思念寡人哩！早间问高力士，他说妃子出去，泪眼不干，教朕寸心如割。这半日间，无从再知消息。高力士这厮，也竟不到朕跟前，好生可恶！〔丑见介〕奴婢在这里。〔生〕〔作看丑介〕〔生〕高力士，你肩上搭的什么东西？〔丑〕是杨娘娘的头发。〔生笑介〕什么头发？〔丑〕娘娘说道：自恨愚昧，上忤圣心，罪应万死。今生今世，不能够再睹天颜。特剪下这头发，着奴婢献上万岁爷，以表依恋之意。〔献发介〕〔生执发看，哭介〕哎哟，我那妃子呵！**【啄木儿】**记前宵枕边闻香气，到今朝剪却和愁寄。觑青丝，肠断魂迷。想寡人与妃子，恩情中断，就似这头发也。一霎里落金刀，长辞云髻。〔丑〕万岁爷！**【鲍老催】**请休惨凄，奴婢想杨娘娘既蒙恩幸，万岁爷何惜宫中片席之地，乃使沦落外边！春风肯教天上回，名花便从苑外移。〔生作想介〕只是寡人已经放出，怎好召还？〔丑〕有罪放出，悔过召还，正是圣主如天之度。〔生点头介〕〔丑〕况今早单车送出，才是黎明，此时天色已暮，开了安庆坊，从太华宅而入，外人谁得知之。〔叩头介〕乞鉴原，赐迎归，无淹滞⑦。稳情取一笑愁城自解围。〔生〕高力士，就着你迎取贵妃回宫便了。〔丑〕领旨。〔下〕〔生〕咳，妃子来时，教寡人怎生相见也！**【下小楼】**喜得玉人归矣，又愁他惯娇嗔，背面啼，那时将何言语饰前非！罢，罢，这原是寡人不是，拚把百般亲媚，酬他半日分离。〔丑同内

【吴评】

“前此或嗟或恼或悲，皆为无妃子消息也。故一见发而辄笑，再睹发而忽哭，写尽一时沉乱。”

復召

侍、宫女纱灯引旦上〕【双声子】香车曳，香车曳，穿过了宫槐翠。纱笼对，纱笼对，掩映着宫花丽。〔内侍、宫女下〕〔丑进报介〕杨娘娘到了。〔生〕快宣进来。〔丑〕领旨。杨娘娘有宣。〔旦进见介〕臣妾杨氏见驾，死罪，死罪！〔俯伏介〕〔生〕平身。〔丑暗下〕〔旦跪泣介〕臣妾无状，上干天谴。今得重睹圣颜，死亦瞑目。〔生同泣介〕妃子何出此言？〔旦〕【玉漏迟序】念臣妾如山罪累，荷皇恩如天容庇。今自艾[8]，愿承鱼贯[9]，敢妒蛾眉？

〔生扶旦起介〕寡人一时错见，从前的话，不必再提了。〔旦泣起介〕万岁！〔生携旦手与旦拭泪介〕

【尾声】从今识破愁滋味，这恩情更添十倍。妃子，我且把这一日相思诉与伊！

〔宫娥上〕西宫宴备，请万岁爷、娘娘上宴。

〔生〕陶出真情酒满尊，李中 〔旦〕此心从此更何言。罗隐

〔生〕别离不惯无穷忆，苏颋 〔旦〕重入椒房拭泪痕。柳公权

【批注】

玉环宠幸不久，即以虢国承恩事，连写五出，表面上似乎是写李隆基情意不专，实际上却在对离别后互相想念的描写中，显出李、杨钟情之深。

注释

❶刮（bāi）划：筹划，安排。

❷娇殢（tì）：意与撒娇相近。殢，纠缠不清。

❸净军所：监禁太监的地方。

❹惜薪司：宫中太监供役的机关，专管柴、炭的供给。
❺鹍弦：鹍鸡筋制作的琵琶弦。这里代指琵琶。
❻抹媚：魔魅，形容害相思像着了邪魔。
❼淹滞：淹留，停顿。
❽自艾：自己埋怨自己。
❾愿承鱼贯：愿意像游鱼一样先后相续，不再嫉妒别人。

第十出

疑谶[1]

〔外扮郭子仪将巾、佩剑上〕壮怀磊落有谁知，一剑防身且自随。整顿乾坤济时了，那回方表是男儿。自家姓郭名子仪，本贯华州郑县人氏。学成韬略，腹满经纶。要思量做一个顶天立地的男儿，干一桩定国安邦的事业。今以武举出身，到京谒选[2]。正值杨国忠窃弄威权，安禄山滥膺宠眷。把一个朝纲，看看弄得不成模样了。似俺郭子仪，未得一官半职，不知何时，才得替朝廷出力也呵！

【商调集贤宾】论男儿壮怀须自吐，肯空向杞天呼[3]？笑他每似堂间处燕，有谁曾屋上瞻乌！[4]不堤防柙虎樊熊，任纵横社鼠城狐。[5]几回家听鸡鸣，起身独夜舞。[6]想古来多少乘除[7]，显得个勋名垂宇宙，不争便姓字老樵渔！

且到长安市上，买醉一回。〔行科〕

【逍遥乐】向天街徐步，暂遣牢骚，聊宽逆旅。俺则见来往纷如，闹昏昏似醉汉难扶，那里有独醒行吟楚大夫[8]！俺郭子仪呵，待觅个同心伴侣，怅钓鱼人去，射虎人遥，屠狗人无[9]。〔下〕〔丑扮酒保上〕我家酒铺十分高，罚誓无赊挂酒标。只要有钱凭你饮，无钱滴水也难消。小子是这长安市

【吴评】

“外戚骄奢，番儿窃宠，从郭帅眼中写出，此史家补笔法也。更入李遐周一诗，见山野之士预识祸机，而处朝堂者泄泄不察，闲中衬出关系，下曲‘堂间处燕’二句，正是此意。”

【批注】

前出以南词抒宫情，此出以北曲抒怀抱，声情密合，视听一新，又起调剂剧情作用。

上，新丰馆大酒楼，一个小二哥的便是。俺这酒楼，在东、西两市中间，往来十分热闹。凡是京城内外，王孙公子，官员市户，军民百姓，没一个不到俺楼上来吃三杯。也有吃寡酒的，吃案酒的，买酒去的，包酒来的，打发个不了。道犹未了，又一个吃酒的来也。〔外行上〕

【上京马】遥望见绿杨斜靠画楼隅，滴溜溜一片青帘风外舞，怎得个燕市酒人[10]来共沽！〔唤科〕酒家有么？〔丑迎科〕客官，请楼上坐。〔外作上楼科〕是好一座酒楼也。敞轩窗，日朗风疏。见四周遭粉壁上，都画着醉仙图。

〔丑〕客官自饮，还是待客？〔外〕独饮三杯，有好酒呵取来。〔丑〕有好酒。〔取酒上科〕酒在此。〔内叫科〕小二哥，这里来。〔丑应忙下〕〔外饮酒科〕

【梧叶儿】俺非是爱酒的闲陶令[11]，也不学使酒的莽灌夫[12]，一谜价痛饮兴豪粗。撑着这醒眼儿谁偢睬？问醉乡深可容得吾？听街市恁喳呼，偏冷落高阳酒徒[13]。

〔作起看科〕〔老旦扮内监，副净、末、净扮官，各吉服，杂捧金币，牵羊担酒随行上，绕场下〕〔丑捧酒上〕客官，热酒在此。〔外〕酒保，我问你咱，这楼前那些官员，是往何处去来？〔丑〕客官，你一面吃酒，我一面告诉你波。只为国舅杨丞相，并韩国、虢国、秦国三位夫人，万岁爷各赐造新第。在这宣阳里中，四家府门相连，俱照大内

【吴评】

“壁画醉仙，举目即见。李遐周题诗系细字，故后起视始睹之，正是遥相照映处。”

一般造法。这一家造来，要胜似那一家的；那一家造来，又要赛过这一家的。若见那家造得华丽，这家便拆毁了，重新再造。定要与那家一样，方才住手。一座厅堂，足费上千万贯钱钞。今日完工，因此合朝大小官员，都备了羊酒礼物，前往各家称贺，打从这里过去。〔外惊科〕哦，有这等事！〔丑〕待我再去看热酒来波。〔下〕〔外叹科〕呀，外戚宠盛，到这个地位，如何是了也！

【醋葫芦】怪私家恁僭窃，竞豪奢，夸土木。一班儿公卿甘作折腰趋[14]，争向权门如市附[15]。再没有一个人呵，把舆情向九重分诉。可知他朱甍碧瓦，总是血膏涂！

【批注】

此曲疾首权门，关怀民疾，想见作者"白眼踞座，指摘古今"时气象。

〔起科〕心中一时忿懑，不觉酒涌上来，且向四壁闲看一回。〔作看科〕这壁厢细字数行，有人题的诗句。我试觑波。〔作看念科〕"燕市人皆去，函关马不归。若逢山下鬼，环上系罗衣。"呀，这诗是好奇怪也！

【幺篇】我这里停睛一直看，从头儿逐句读。细端详诗意少祯符[16]。且看是什么人题的？〔又看念科〕李遐周[17]题。〔作想科〕李遐周，这名字好生识熟！哦，是了，我闻得有个术士李遐周，能知过去未来，必定就是他了。多则是就里难言藏谶语，猜诗谜杜家[18]何处？早难道醉来墙上，信笔乱鸦涂！

【吴评】

"郭帅看诗惟作疑讶之语，并不以意见妄为猜拟，智深勇沉，正合英雄本色。"

〔内作喧闹科〕〔外唤科〕酒保那里？〔丑上〕客官，做甚么？〔外〕楼下为何又这般喧闹？〔丑〕

客官，你靠着这窗儿，往下看去就是。〔外看科〕〔净王服、骑马，头踏职事前导引上，绕场行下科〕〔外〕那是何人？〔丑笑指科〕客官，你不见他那个大肚皮么？这人姓安名禄山。万岁爷十分宠爱他，把御座的金鸡步障，都赐与他坐过，今日又封他做东平郡王。方才谢恩出朝，赐归东华门外新第，打从这里经过。〔外惊怒科〕呀，这、这就是安禄山么？有何功劳，遽封王爵？唉，我看这厮面有反相，乱天下者，必此人也！

【金菊香】见了这野心杂种牧羊的奴，料蜂目豺声定是狡徒。怎把个野狼引来屋里居？怕不将题壁诗符？更和那私门贵戚，一例逞妖狐。

〔丑〕客官，为甚事这般着恼来？〔外〕

【柳叶儿】哎，不由人冷嗖嗖冲冠发竖，热烘烘气夯胸脯，咭当当把腰间宝剑频频觑。〔丑〕客官，请息怒，再与我消一壶波。〔外〕呀，便教俺倾千盏，饮尽了百壶，怎把这重沉沉一个愁担儿消除！

〔作起身科〕不吃酒了，收了这酒钱去者。〔丑作收科〕别人来三杯和万事，这客官一气惹千愁。〔下〕〔外作下楼、转行科〕我且回到寓中去波。

【浪来里】见着那一桩桩伤心的时事逻[19]，凑着那一句句感时的诗谶伏，怕天心人意两难摸，好教俺费沉吟，跄踣[20]地将眉对蹙。看满地斜阳欲暮，到萧条客馆，兀自意踌躇。

〔作到寓进坐科〕〔副净扮家将上〕〔见科〕禀爷，朝报到来。〔外看科〕“兵部一本：为除授官员事。奉圣旨，郭子仪授为天德军使。钦此。”原来旨意已下，索早收拾行李，即日上任去者。〔副净应科〕〔外〕俺郭子仪虽则官卑职小，便可从此报效朝廷也呵！

【高过随调煞】赤紧似尺水中展鬣鳞，枳棘中拂毛羽。[21]且喜奋云霄有分上天衢。直待的把乾坤重整顿，将百千秋第一等勋业图。纵有妖氛孽蛊[22]，少不得肩担日月，手把大唐扶。

马蹄空踏几年尘，胡宿　长是豪家据要津[23]。司空图

卑散[24]自应霄汉隔，王建　不知忧国是何人？吕温

注释

❶谶：包含对未来事件发展征兆的预见性暗语、童谣或诗句。

❷调选：投告有司，听候选用。

❸肯空向杞天呼：岂肯效杞人空自忧天。

❹“笑他每”两句：笑他们像躲避于堂屋的燕雀，不知大厦将倾，为国家的命运担忧。

❺“不堤防”两句：柙虎、樊熊，关进兽笼的虎熊，一旦出笼，必为大害。以此暗指安禄山。社鼠、城狐，指倚势横行的奸臣，以此暗指杨国忠。

❻“听鸡鸣”句：用东晋祖逖“闻鸡起舞”故事，表示自己久有报国壮志。

❼乘除：兴盛衰亡。

❽“那里有”句：指屈原。屈原诗中有举世混浊而我独清、众人皆醉而我独

醒之句。

❾“钓鱼人”三句：钓鱼人，西周开国功臣吕尚。射虎人，西汉名将李广。屠狗人，汉初骁将樊哙。

❿燕市酒人：战国时著名的侠士荆轲。燕市，代指燕国都城。

⓫陶令：陶渊明，曾任县令。

⓬灌夫：西汉人，好使酒骂座。

⓭高阳酒徒：郦食其，高阳人，自称高阳酒徒。

⓮折腰趋：对大官卑躬屈膝，趋炎附势。

⓯如市附：像去赶集。

⓰少祯符：不吉利。

⓱李遐周：相传是唐玄宗时的术士、预言家。

⓲猜诗谜杜家：《辍耕录》辑录金元院本中，猜诗谜有《杜大伯》一种。杜家疑指这个“杜大伯”。另据《西厢记》第三本第二折有“俺是个猜诗谜的社家”，疑“杜”乃“社”之误。

⓳逻（wù）：不顺遂，不满意。

⓴跄踏：疙瘩，形容眉头紧皱。

㉑“赤紧似”两句：比喻自己官卑职低，处境艰难，恰如鱼翔浅水，鸟入荆丛。鬣（liè），鱼头部附近的鳍。

㉒孽蛊：祸害。

㉓要津：国家机构中的要职。

㉔卑散：官职低下，职务闲散。

第十一出

闻乐

【南吕引子·步蟾宫】〔老旦扮嫦娥，引仙女上〕清光独把良宵占，经万古纤尘不染。散瑶空，风露洒银蟾[①]，一派仙音微飐[②]。

药捣长生离劫尘[③]，清妍面目本来真。云中细看天香[④]落，仍倚苍苍桂一轮。吾乃嫦娥是也，本属太阴之主，浪传后羿之妻。七宝团圞，周三万六千年内[⑤]；一轮皎洁，满一千二百里中。玉兔、金蟾，产结长明至宝；白榆、丹桂，种成万古奇葩。向有《霓裳羽衣》[⑥]仙乐一部，久秘月宫，未传人世。今下界唐天子，知音好乐。他妃子杨玉环，前身原是蓬莱玉妃，曾经到此。不免召他梦魂，重听此曲，使其醒来记忆，谱入管弦。竟将天上仙音，留作人间佳话。却不是好！寒簧过来。〔贴〕有。〔老旦〕你可到唐宫之内，引杨玉环梦魂到此听曲。曲终之后，仍旧送回。〔贴〕领旨。〔老旦〕好凭一枕游仙梦，暗授千秋法曲[⑦]音。〔引丑下〕〔贴〕奉着娘娘之命，不免出了月宫，到唐宫中走一遭也。〔行介〕

【南吕过曲·梁州序犯】【本调】 明河斜映，繁星微闪。俯将尘世遥觇，只见空蒙香雾。早离却玉

【批注】

此曲自月府下至人间，下三

府清严，一任珮摇风影，衣动霞光，小步红云垫。待将天上乐，授宫襜[8]，密召芳魂入彩蟾。来此已是唐宫之内。【贺新郎】你看鱼钥[9]闭，龙帷掩，那杨妃呵，似海棠睡足增娇艳。【本序尾】轻唤起，拥冰簟。

〔唤介〕杨娘娘起来。〔旦扮梦中魂上〕

【渔灯儿】恰才的追凉后，雨困云淹。畅好是酣眠处，粉腻黄黏[10]。〔贴〕娘娘有请。〔旦〕呀，深宫之内，檐下何人叫唤？悄没个宫娥报，轻来画檐。〔贴〕娘娘快请。〔旦作倦态欠身介〕我娇怯怯朦胧身欠，慢腾腾待自起开帘。

〔作出见贴介〕呀，原来是一个宫人！〔贴〕

【前腔】俺不是隶长门，帚奉曾嫌[11]；〔旦〕不是宫人，敢是别院的美人？〔贴〕俺不是列昭容[12]，御座曾瞻。〔旦〕这等你是何人？〔贴〕儿家月中侍儿，名唤寒簧，则俺的名在瑶宫月殿佥。〔旦惊介〕原来是月中仙子，何因到此？〔贴〕恰才奉姮娥口敕亲传点，请娘娘到桂宫中花下消炎。

〔旦〕哦，有这等事！〔贴〕娘娘不必迟疑。儿家引导，就请同行。〔引旦行介〕〔合〕

【锦渔灯】指碧落[13]，足下云生冉冉；步青霄，听耳中风弄纤纤。乍凝眸，星斗垂垂似可拈，早望见烂辉辉宫殿影在镜中潜[14]。

〔旦〕呀，时当仲夏，为何这般寒冷？〔贴〕此即太阴月府，人间所传广寒宫者是也。就请进去。〔旦喜介〕想我浊质凡姿，今夕得到月府，好

曲自宫中上至月府，情景各异，摹写宛然。

【吴评】

“追凉消炎，处处照合时景，后即以仲夏寒凉，转入月宫，草蛇灰线，绝无形迹。”

侥幸也。〔作进看介〕

【锦上花】清游胜，满意忺[15]。〔想介〕这些景物都似曾见过来！环玉砌，绕碧檐，依稀风景漫猜嫌。那壁桂花开的恁早！〔贴〕此乃月中丹桂，四时常茂，花叶俱香。〔旦看介〕果然好花也。看不足，喜更添。金英缀，翠叶兼。氤氲芳气透衣缣，人在桂阴潜。

〔内作乐介〕〔旦〕你看一群仙女，素衣红裳，从桂树下奏乐而来，好不美听。〔贴〕此乃《霓裳羽衣》之曲也。〔杂扮仙女四人、六人或八人，白衣、红裙、锦云肩、璎珞、飘带，各奏乐，唱，绕场行上介，旦贴旁立看介〕

【锦中拍】携天乐，花丛斗拈，拂霓裳露沾。迥隔断红尘荏苒[16]，直写出瑶台清艳。纵吹弹舌尖、玉纤，韵添；惊不醒人间梦魇，停不驻天宫漏签。[17]一枕游仙，曲终闻盐[18]，付知音重翻检。

〔同下〕〔旦〕妙哉，此乐！清高宛转，感我心魂，真非人间所有也！

【锦后拍】缥缈中，簇仙姿，宛曾觇。听彻清音意厌厌，数琳琅琬琰；数琳琅琬琰，一字字偷将凤鞋轻点，按宫商掐记指儿尖。晕羞脸，枉自许舞娇歌艳，比着这钧天雅奏多是歉。

请问仙子，愿求月主一见。〔贴〕要见月主还早。天色渐明，请娘娘回宫去罢。

【尾声】你攀蟾有路应相念，〔旦〕好记取新声无欠，〔贴〕只误了你把枕上君王半夜儿闪[19]。

【批注】

这出写杨玉

聞樂

〔旦下〕〔贴〕杨妃已回唐宫，我索向月主娘娘覆旨则个。

碧瓦桐轩月殿开，曹唐　还将明月送君回。丁仙芝

钧天虽许人间听，李商隐　却被人间更漏催。黄滔

环梦中游月宫，为后面的证仙张本。

注释

❶银蟾：传说月宫里有金蟾蜍，故用蟾来指代月亮。

❷仙音微飐（zhǎn）：音乐微微地随风飘送过来。飐，因风而微微颤动。

❸药捣长生离劫尘：传说嫦娥偷吃西王母送给后羿的不死药，因而飞离尘世。又，传说月宫有捣药的玉兔。

❹天香：月中的桂花。

❺“七宝”二句：七宝团圞，指月宫。周三万六千年内，指月宫年代久远。

❻《霓裳羽衣》：古舞曲名。本名《婆罗门》，是西域乐舞中的一种。唐开元中，河西节度杨敬述依曲创声，才流入中原。

❼法曲：乐曲名，因用于佛教法会而得名，传入中原后与汉族清商乐结合，唐又掺入道曲达于极盛。玄宗酷爱法曲，命梨园子弟学习，称为法部。

❽宫襜：宫帷，代指杨贵妃。襜，通“幨”，车上的帷幕。

❾鱼钥：锁。古代锁常制成鱼形，取鱼目常醒。

❿粉腻黄黏：形容脸上宿妆残剩。黄，花黄，古代妇女贴在额头上的饰物。

⓫帚奉曾嫌：汉成帝时班婕妤失宠，退侍太后于长信宫。帚奉，本指洒扫之类的妇道事，这里指侍奉太后。

⓬列昭容：位列昭容。昭容，内宫女官名，地位比贵妃略低。

⓭碧落：天空。

⓮镜中潜：镜，月亮；潜，隐隐约约地存在。

⓯满意忺（xiān）：满意。忺，高兴，适意。

⓰迥隔断红尘荏苒：多少年习惯了的凡尘被这一派仙音迥然隔断。荏苒，时

光不知不觉地过去。

⑰“纵吹弹舌尖……停不驻天宫漏签”：纵然月宫仙子们舌尖吹，玉手弹，风韵动人，却惊不醒杨贵妃的红尘梦幻，也止不住日月夜去晨来。漏签，漏壶中漏箭。

⑱曲终闻盐：盐即艳，曲引，本来是一支曲子的开头。这里似乎是指《霓裳》曲结尾的“长引”。

⑲闪：抛开。

第十二出

制谱

【仙吕过曲·醉罗歌】【醉扶归】〔老旦上〕西宫才奉传呼罢，安排水榭要清佳。慢卷晶帘散朝霞，玉钩却映初阳挂。奴家永新是也。与念奴妹子同在西宫，承应贵妃杨娘娘。我娘娘再入宫闱，万岁爷更加恩幸。真乃“三千宠爱在一身，六宫粉黛无颜色”。今早娘娘分付，收拾荷亭，要制曲谱。念奴妹子在那里伏侍晓妆，奴家先到此间，不免将文房四宝，摆设起来。【皂罗袍】你看笔床初拂，光分素札①，砚池新注，香浮墨华，绿阴深处多幽雅。【排歌尾】竹风引，荷露洒，对波纹帘影弄参差。

呀，兰麝香飘，珮环风定，娘娘早则到也。〔旦引贴上〕

【正宫引子·新荷叶】幽梦清宵度月华，听《霓裳羽衣》歌罢。醒来音节记无差，拟翻新谱消长夏。

斗画长眉翠淡浓，远山②移入镜当中。晓窗日射胭脂颊，一朵红酥旋欲融。我杨玉环自从截发感君之后，荷宠弥深。只有梅妃《惊鸿》一舞，圣上时常夸奖。思欲另制一曲，掩出其上。正在推敲，

【批注】

《疑谶》之后，忽然引出《闻乐》《制谱》，为的是和梅妃争

昨夜忽然梦入月宫。见桂树之下，仙女数人，素衣红裳，奏乐甚美。醒来追忆，音节宛然。因此分付永新，收拾荷亭，只待细配宫商，谱成新曲。〔老旦〕启娘娘：纸、墨、笔、砚，已安排齐备了。〔旦〕你与念奴一同在此伺候。〔老旦、贴应，作打扇、添香介〕〔旦作制谱介〕

【正宫过曲·刷子带芙蓉】【刷子序】荷气满窗纱，鸾笺慢伸，犀管轻拿，待谱他月里清音，细吐我心上灵芽。这声调虽出月宫，其间转移过度，细微曲折之处，须索自加细审。安插，一字字要调停如法，一段段须融和入化。这几声尚欠调匀，拍𠆤怎下[3]？〔内作莺啼，旦执笔听介〕呀，妙阿！〔作改介〕【玉芙蓉】听宫莺数声，恰好应红牙[4]。

〔搁笔介〕谱已制完，永新，是什么时候了？〔老旦〕晌午了。〔旦〕万岁爷可曾退朝？〔老旦〕尚未。〔旦〕永新，且随我更衣去来。念奴在此伺候，万岁爷到时，即忙通报。〔贴〕领旨。〔旦〕“好凭晚镜增蛾翠，漫试香纱换蝶衣。”〔引老旦随下〕〔生行上〕

【渔灯映芙蓉】【山渔灯】散千官，朝初罢。拟对玉人，长昼闲话。寡人方才回宫，听说妃子在荷亭上，因此一径前来。依流水待觅胡麻[5]，把银塘路踏。〔作到介〕〔贴见介〕呀，万岁爷到了。〔生〕念奴，你娘娘在何处闲欢耍，怎堆香儿，有笔砚交加？〔贴〕娘娘在此制谱，方才更衣去了。〔生〕妃子，妃子！美人韵事，被你都占尽也。但

宠。在宫廷里要得到皇帝的恩宠，或者长得美丽，或者擅长技艺，玉环兼而有之，这就使得作品对李、杨爱情的描写更可信。

【吴评】

“圣人师万物，仙乐何独不然，莺声一触最灵妙。”

【批注】

洪氏此曲，吴氏此评，非深知艺术创作的诀窍者所不能下笔。虽然我们并不信有圣人，更不信有仙乐。

製譜

不知制甚曲谱，待寡人看来。〔作坐翻看介〕消详，从头觑咱。妙哉，只这锦字荧荧银钩小，更度羽换宫没半米差[6]。好奇怪，这谱连寡人也不知道。细按音节，不是人间所有，似从天下，果曲高和寡。妃子，不要说你娉婷绝世，只这一点灵心，有谁及得你来？【玉芙蓉】恁聪明，也堪压倒上阳花[7]。

【普天赏芙蓉】【普天乐】〔旦换妆，引老旦上〕换轻妆，多幽雅；试生绡，添潇洒。〔见生介〕臣妾见驾。〔生扶介〕妃子坐了。〔坐介〕〔生〕妃子，看你晚妆新试，妩媚益增。似迎风袅袅杨枝，宛凌波濯濯莲花。芳兰一朵斜把云鬟压，越显得庞儿风流煞。〔旦〕陛下今日退朝，因何恁晚？〔生〕只为灵武太守员缺，地方紧要，与廷臣议了半日，难得其人。朕特擢郭子仪，补授此缺[8]，因此退朝迟了。〔旦〕妾候陛下不至，独坐荷亭，爱风来一弄明纱，闲学谱新声奏雅。【玉芙蓉】怕输他舞《惊鸿》，曲终满座有光华。

〔生〕寡人适见此谱，真乃千古奇音，《惊鸿》何足道也！〔旦〕妾凭臆见，草草创成。其中错误，还望陛下更定。〔生〕再同妃子，细细点勘一番。〔老旦、贴暗下〕〔生、旦并坐翻谱介〕

【朱奴折芙蓉】【朱奴儿】倚长袖，香肩并亚[9]；翻新谱，玉纤同把。〔生〕妃子，似你绝调佳人世真寡，要觅破绽并无毫发。再问妃子，此谱何名？〔旦〕妾于昨夜梦入月宫，见一群仙女奏乐，尽着霓裳羽衣。意欲取此四字，以名此曲。〔生〕

【吴评】

“先安顿贵妃更衣，然后明皇看谱，写玩索赞叹之意，方得尽致，并后文贵妃同勘一番，更加精采。”

【吴评】

“点明郭子仪关目，且补写明皇知人善任，犹得收之桑榆，是大有关系处。”

【批注】

按这样写明皇，贬中有褒，符合他的历史面目，才不至把人物简单化。

【吴评】

“明皇先问乐名，妃子更不

好个“霓裳羽衣”！非虚假，果合伴天香桂花。【玉芙蓉】〔作看旦介〕觑仙姿，想前身原是月中娃。

此谱即当宣付梨园，但恐俗手伶工，未谙其妙。朕欲令永新、念奴，先抄图谱，妃子亲自指授。然后传与李龟年等，教习梨园子弟，却不是好。〔旦〕领旨。〔生携旦起介〕天已薄暮，进宫去来。

【尾声】晚风吹，新月挂，〔旦〕正一缕凉生凤榻。〔生〕妃子，你看这池上鸳鸯，早双眠并蒂花。

〔生〕芙蓉不及美人妆，王昌龄 〔旦〕杨柳风多水殿凉。刘长卿

〔老旦〕花下偶然歌一曲，曹唐 〔合〕传呼法部按“霓裳”。王建

推辞，即以霓裳羽衣为对。盖此乐传自月府，无可更名，而妃子又攘为心得，不肯直说，自合如此问答，若笨伯为之，必向明皇请名，彼此推逊，而后及此，增无限蛇足矣。”

【批注】

按作者写李隆基看谱、勘谱，与杨玉环有共同的文艺爱好，实际是把一些风流文人的生活寄托在他们身上。

注释

❶素札：白纸。

❷远山：指远山眉。古时妇女以黛画眉，望去如同青黛的远山。

❸拍衾（qí）怎下：乐曲与节拍不和谐，怎样谱曲才好呢？衾，参差不齐。

❹红牙：调节音乐板眼的拍板，用檀木制作，色红，故名。

❺依流水待觅胡麻：传说刘晨、阮肇入天台山采药，见流水上漂来一杯胡麻饭，二人寻踪而得遇仙女。胡麻，芝麻。觅胡麻，寻仙女。此处指找寻杨贵妃。

❻更度羽换宫没半米差：作曲没半点儿差错。

❼上阳花：借宫苑内的花草代指众嫔妃。上阳，宫殿名。

❽缺：缺人待补的官位。

❾香肩并亚：两人的肩膀并排着紧挨在一起。亚，压。

第十三出

权哄

【双调引子·秋蕊香】〔副净引祗从上〕狼子野心难料，看跋扈渐肆咆哮，挟势辜恩更堪恼，索假①忠言入告。

下官杨国忠。外凭右相之尊，内恃贵妃之宠。满朝文武，谁不趋承！独有安禄山这厮，外面假作痴愚，肚里暗藏狡诈。不知圣上因甚爱他，加封王爵！他竟忘了下官救命之恩，每每遇事欺凌，出言挺撞。好生可恨！前日曾奏圣上，说他狼子野心，面有反相，恐防日后酿祸，怎奈未见听从。今日进朝，须索相机再奏，必要黜退了他，方快吾意。来此已是朝门，左右回避。〔从下〕〔内喝道介〕〔副净〕呀，那边呵殿②之声，且看是谁？〔净引祗从上〕

【玉井莲后】宠固君心，暗中包藏计狡。

左右回避。〔从下〕〔净见副净介〕请了。〔副净笑介〕哦，原来是安禄山！〔净〕老杨，你叫我怎么？〔副净〕这是九重禁地，你怎敢在此大声呵殿？〔净作势③介〕老杨，你看我：脱下御衣亲赐着，进来龙马每教骑。常承密旨趋朝数，独奏边机出殿迟。我做郡王的，便呵殿这么一声，也不妨，比似你右相还早哩！④〔副净冷笑介〕好，好个

【批注】

本折写安、杨争权固宠，继承《邯郸记》写宇文融、《鸣凤记》写严嵩父子的传统而远过之。盖前者尚多皮相之处，此则深入脏腑，表里俱到也。

“不妨”！安禄山，我且问你，这般大模大样是几时起的？〔净〕下官从来如此。〔副净〕安禄山，你也还该自去想一想！〔净〕想甚么？〔副净〕你只想当日来见我的时节，可是这个模样么？〔净〕彼一时，此一时，说他怎的。〔副净〕唉，安禄山，

【仙吕入双调过曲·风入松】你本是刀头活鬼罪难逃，那时节长跪阶前哀告。我封章入奏机关巧，才把你身躯全保。〔净〕赦罪复官，出自圣恩。与你何涉？〔副净〕好，倒说得干净！只太把良心昧了。恩和义，付与水萍飘。

〔净〕唉，杨国忠，你可晓得，

【前腔】世间荣落偶相遭？休夸着势压群僚。你道我失机之罪，可也记得南诏的事[5]么？胡卢提掩败将功冒，怪浮云蔽遮天表[6]。〔副净〕圣明在上，谁敢蒙蔽？这不是谤君么！〔净〕还说不蒙蔽，你卖爵鬻官多少？贪财货，竭脂膏。〔副净〕住了，你道卖官鬻爵，只问你的富贵，是那里来的？〔冷笑介〕〔净〕也非止这一桩。若论你恃戚里，施奸狡；误国罪，有千条。〔副净〕休得把诬蔑语，凭虚造。〔扯净介〕我与你同去面当朝！

〔净〕谁怕你来，同去，同去！〔作同扭进朝俯伏介〕〔副净〕臣杨国忠谨奏：

【前腔】【本调】禄山异志腹藏刀，外作痴愚容貌，奸同石勒倚东门啸[7]。他不拜储君，公然桀傲[8]，这无礼难容圣朝。望吾皇立赐罢斥，除凶恶，早绝祸根苗。

〔净伏介〕臣安禄山谨奏：

【前腔】念微臣谬荷主恩高，遂使嫌生权要，愚蒙触忤知难保。〔泣介〕陛下呵，怕孤立终落他圈套。微臣呵，寸心赤，只有吾皇鉴昭。容出镇，犬马效微劳。〔内〕圣旨道来：杨国忠、安禄山互相讦奏，将相不和，难以同朝共理。特命安禄山为范阳节度使，克期赴镇。谢恩。〔净、副净〕万岁！〔起介〕〔净向副净拱手介〕老丞相，下官今日去了，你再休怪我大模大样。朝门内，一任你张牙爪，我去开幕府，自逍遥。〔副净冷笑介〕〔净欲下，复转向副净介〕还有一句话儿，今日下官出镇，想也仗回天力相提调。〔举手介〕请了，我且将冷眼，看伊曹。

〔下〕〔副净看净下介〕呀，有这等事！

【前腔】【本调】一腔块垒怎生消，我待把他威风抹倒；谁知反分节钺[9]添荣耀，这话靶教人嘲笑。咳，但愿禄山此去，做出事来[10]，方信我忠言最早！圣上，圣上，到此际可也悔今朝！

去邪当断勿狐疑，周昙　祸稔萧墙[11]竟不知。储嗣宗

壮气未平空咄咄，徐铉　甘言狡计奈娇痴！郑嵎

【吴评】

“安禄山不揭杨国忠之短，只以嫌生权要，一味作摇尾乞怜语，明皇不觉入其彀中，而出镇之请允矣。”

注释

❶索假：须借。

❷呵殿：官员出行，从役在前后喝道、护卫。

❸作势：摆架势。

❹“我做郡王的……还早哩”几句：大意是，我已封王，喝道几声圣上不会见怪；像你嘛，仅为右相，想在宫中喝道，还早呢！

❺南诏的事：“天宝十载（751）鲜于仲通讨南诏蛮，士卒死者六万。杨国忠掩其败状，反以捷闻。”（钱谦益《钱注杜诗》卷一）

❻浮云蔽遮天表：古人常用浮云蔽日来比喻权奸蒙蔽皇帝的视听。

❼奸同石勒倚东门啸：《晋书》卷一〇四载，后赵皇帝石勒，“年十四，随邑人行贩洛阳，倚啸上东门。王衍见而异之，顾谓左右曰：‘向者胡雏，吾观其声视有奇志，恐将为天下之患。’”此处借指安禄山。

❽他不拜储君，公然桀傲：《通鉴》卷二一五天宝六载条载，唐玄宗命安禄山拜太子，他拱立不拜。左右催他拜，他狡辩说：“臣胡人，不习朝仪，不知太子者何官。”桀傲，不驯服。

❾节钺：古代授给将领的符节和斧钺，是威权的象征。

❿做出事来：指反叛朝廷。

⓫祸稔萧墙：原来指宫廷内部发生祸变，此处指安禄山谋叛。稔，积久而成。

第十四出

偷曲

【仙吕过曲·八声甘州】〔老旦、贴携谱上〕〔老旦〕霓裳谱定，〔贴合〕向绮窗深处，秘本翻誊。香喉玉口，亲将绝调教成。〔老旦〕奴家永新，〔贴〕奴家念奴。〔老旦〕自从娘娘制就《霓裳》新谱，我二人亲蒙教授。今驾幸华清宫，即日要奏此曲。命我二人，在朝元阁上，传谱与李龟年，连夜教演梨园子弟。〔贴〕散序[①]俱已传习，今日该传拍序[②]了。〔老旦〕你看月明如水，正好演奏。我和你携了曲谱，先到阁中便了。〔行介〕〔合〕凉蟾正当高阁升，帘卷薰风映水晶。高清，恰称广寒宫仙乐声声。〔下〕

【道宫近词·鱼儿赚】〔末苍髯，扮李龟年上〕乐部旧闻名，班首新推独老成。早暮趋承，上直更番[③]入内廷。自家李龟年是也，向作伶官，蒙万岁爷点为梨园班首。今有贵妃娘娘《霓裳》新曲，奉旨令永新、念奴传谱出来，在朝元阁上教演，立等供奉。只得连夜趱习，不免唤齐众兄弟每同去，兄弟每那里？〔副净扮马仙期上〕仙期方响[④]鬼神惊，〔外扮雷海青上〕铁拨[⑤]争推雷海青。〔净白须扮贺怀智上〕贺老琵琶擅场屋，〔丑扮黄幡绰上〕黄家

【吴评】

“李谟于凉夜月明潜行偷曲，情景最妙。先以奏曲甚急，连夜教演，安顿在前，方不突如。”

幡绰板尤精。〔同见末介〕李师父拜揖。〔末〕请了。列位呵，君王命，《霓裳》催演不教停。那永新、念奴呵，两娉婷，把红牙小谱携端正，早向朝元待月明。〔众〕如此，我每就去便了。〔末〕请同行。〔同行介〕趁迟迟宫漏夜凉生，把新腔敲订，新腔敲订。〔同下〕

【仙吕过曲·解三酲犯】〔小生巾服扮李谟上〕**【解三酲】**逞风魔少年逸兴，借曲中妙理陶情。传闻今夜蓬莱境，翻妙谱，奏新声。小生李谟是也，本贯江南，遨游京国。自小谙通音律，久以铁笛擅名。近闻宫中新制一曲，名曰《霓裳羽衣》。乐工李龟年等，每夜在朝元阁中演习。小生慕此新声，无从得其秘谱。打听的那阁子，恰好临着宫墙，声闻于外。不免袖了铁笛，来到骊山，趁此月明如昼，窃听一回。一路行来，果然好景致也。〔行介〕林收暮霭天气清，山入寒空月彩横。真佳景，**【八声甘州】**宛身从画里游行。

【批注】

深夜偷傍宫墙，不顾身临不测，非风魔逸兴，不能有此。

〔场上设红帷作墙，墙内搭一阁介〕〔小生〕说话之间，早来到宫墙下了。

【道宫调近词·应时明近】只见五云中，宫阙影，窈窕玲珑映月明。光辉看不定，光辉看不定。想潜通御气，处处仙楼，阑干畔有玉人闲凭。

闻那朝元阁，在禁苑西首，我且绕着红墙，迤逦行去。〔行介〕

【前腔】花阴下，御路平，紧傍红墙款款行。〔望介〕只这垂杨影里，一座高楼露出墙头，想就

【吴评】

“光辉看不定，是乍到惊疑光景，又未识朝元阁何在，先从处处仙楼一路摹写。”

【吴评】

“闻姑苏叶

是了。凝眸重细省，凝眸重细省，只见画帘缥缈，文窗掩映。〔指介〕兀的不是上有红灯！

〔老旦、贴在墙内上阁介〕〔末众在内云〕今日该演拍序，大家先将散序，从头演习一番。〔小生〕你看上面灯光隐隐，似有人声，一定是这里了。我且潜听一回。〔作潜立听介〕

【双赤子】悄悄冥冥，墙阴窃听。〔内作乐介〕〔小生作袖出笛介〕不免取出笛来，倚声和之。就将音节，细细记明便了。听到月高初更后，果然弦索齐鸣。恰喜禁垣，夜深人静，琤璁[6]齐应。这数声恍然心领，那数声恍然心领。

〔内细十番[7]，小生吹笛和介〕〔乐止，老旦、贴在内阁上唱后曲，小生吹笛合介〕〔老旦、贴〕

【画眉儿】骊珠散迸[8]，入拍初惊。云翻袂影，飘然回雪舞风轻。飘然回雪舞风轻，约略烟蛾[9]态不胜。〔小生接唱〕这数声恍然心领，那数声恍然心领。

〔内细十番如前，老旦、贴内唱，小生笛合介〕〔老旦、贴〕

【前腔】珠辉翠映，凤翥鸾停。玉山蓬顶，上元挥袂引双成。上元挥袂引双成，萼绿回肩招许琼[10]。〔小生接唱〕这数声恍然心领，那数声恍然心领。

〔内又如前十番，老旦、贴内唱，小生笛合介〕〔老旦、贴〕

【前腔】音繁调骋，丝竹纵横。翔云忽定，慢

氏家乐演此，红墙外加垂柳，掩映湖石一块，李坐吹笛，一面用笔写记，点染极工。”

【批注】

徐灵昭评曰：“此曲及下【画眉儿】二曲作‘赤马儿’四曲，今正之。又按‘数声恍然心领’本止单句，乃‘画眉儿’之首句，非二调尾句也，今姑从俗。”洪氏作曲，审音订律，多得徐氏之助，录此以见一斑。

偷曲

收舞袖弄轻盈。慢收舞袖弄轻盈，飞上瑶天歌一声。〔小生接唱〕这数声恍然心领，那数声恍然心领。

〔内又十番一通，老旦、贴暗下〕〔小生〕妙哉曲也。真个如敲秋竹，似戛[11]春冰，分明一派仙音，信非人世所有。被我都从笛中偷得，好侥幸也！

【鹅鸭满渡船】 霓裳天上声，墙外行人听。音节明，宫商正，风内高低应。偷从笛里，写出无余剩。呀，阁上寂然无声，想是不奏了。人散曲终红楼静，半墙残月摇花影。

你看河斜月落，斗转参横[12]，不免回去罢。〔袖笛转行介〕

【尾声】 却回身，寻归径。只听得玉河流水韵幽清，犹似《霓裳》袅袅声。

倚天楼殿月分明，杜牧　歌转高云夜更清。赵嘏

偷得新翻数般曲，元稹　酒楼吹笛有新声。张祜

【吴评】

“以流水清音挽合霓裳余韵，与江上峰青同一缥缈。”

注释

❶散序：《霓裳羽衣》舞的序曲。白居易在《霓裳羽衣歌》诗中注曰：“散序，六遍，无拍，故不舞也。”（见《全唐诗》卷四四四《白居易·二十一》）

❷拍序：《霓裳羽衣》舞的另一部分。因有拍，故名拍序。

❸上直更番：轮流值班。

❹方响：古代打击乐器名，由十六块铁片组成。

❺铁拨：据乐史《太真外传》载，雷海青弹的是一种“以石为槽，鹍鸡筋为弦，用铁拨弹之”（而不是用指甲弹）的特制琵琶。

❻琤璁：琤琮，乐器的声响。

❼细十番：即十番鼓，由笛、箫、管、弦、提琴、云锣、汤锣、檀板、大鼓、木鱼等十种乐器组成，可奏多种乐曲。

❽骊珠散迸：形容乐曲声如宝珠散落翠盘，铿然作响。骊珠，传说骊龙领下有宝珠，叫骊珠。

❾烟蛾：淡淡的黛眉。此处指代舞女。

❿上元挥袂引双成，萼绿回肩招许琼：上元夫人、董双成、萼绿华、许飞琼，都是仙女的名字。老旦、贴唱的三支【画眉儿】，都是描写霓裳羽衣舞的舞态。

⓫戛：击，敲击。

⓬斗转参横：形容夜深。斗、参，均为星宿，从它们的转移可以看出时间的早晚。

第十五出

进果

【过曲·柳穿鱼】〔末扮使臣持竿、挑荔枝篮，作鞭马急上〕一身万里跨征鞍，为进离支[1]受艰难。上命遣差不由己，算来名利怎如闲！巴得个、到长安，只图贵妃看一看。

自家西州道使臣，为因贵妃杨娘娘，爱吃鲜荔枝，奉敕涪州[2]，年年进贡。天气又热，路途又远，只得不惮辛勤，飞马前去。〔作鞭马重唱“巴得个”三句跑下〕

【撼动山】〔副净扮使臣持荔枝篮、鞭马急上〕海南荔子味尤甘，杨娘娘偏喜啖。采时连叶包，缄封贮小竹篮。献来晓夜不停骖，一路里怕耽，望一站也么奔一站！

自家海南道使臣。只为杨娘娘爱吃鲜荔枝，俺海南所产，胜似涪州，因此敕与涪州并进。但是俺海南的路儿更远，这荔枝过了七日，香味便减，只得飞驰赶去。〔鞭马重唱“一路里”二句跑下〕

【十棒鼓】〔外扮老田夫上〕田家耕种多辛苦，愁旱又愁雨。一年靠这几茎苗，收来半要偿官赋，可怜能得几粒到肚！每日盼成熟，求天拜神助。

老汉是金城县东乡一个庄家。一家八口，单靠

【吴评】

“此折备写贡使之劳，驿骑之苦，并伤残人命，蹂躏田禾，以见一骑红尘，足为千古炯戒。”

【批注】

《进果》一出，放在《偷曲》之后，《舞盘》之前，起着强烈的对比作用：一方是轻歌曼舞，逸态横生；一方是田禾被踏坏，行人被踩死，令人惨不忍睹。

着这几亩薄田过活。早间听说进鲜荔枝的使臣，一路上捎着径道行走，不知踏坏了人家多少禾苗！因此，老汉特到田中看守。〔望介〕那边两个算命的来了。〔小生扮算命瞎子手持竹板，净扮女瞎子弹弦子，同行上〕

【蛾郎儿】住褒城，走咸京，细看流年与五星③。生和死，断分明，一张铁口尽闻名。瞎先生，真灵圣，叫一声赛神仙，来算命。

〔净〕老的，我走了几程，今日脚疼，委实走不动。不是算命，倒在这里挣命了。〔小生〕妈妈，那边有人说话，待我问他。〔叫介〕借问前面客官，这里是什么地方了？〔外〕这是金城东乡，与渭城西乡交界。〔小生斜揖介〕多谢客官指引。〔内铃响，外望介〕呀，一队骑马的来了。〔叫介〕马上长官，往大路上走，不要踏了田苗！〔小生一面对净语介〕妈妈，且喜到京不远，我每叫向前去，雇个毛驴子与你骑。〔重唱"瞎先生"三句走介〕〔末鞭马重唱前"巴得个"三句急上，冲倒小生、净下〕〔副净鞭马重唱前"一路里"二句急上，踏死小生下〕〔外跌脚向鬼门哭介〕天啊，你看一片田禾，都被那厮踏烂，眼见的没用了。休说一家性命难存，现今官粮紧急，将何办纳！好苦也！〔净一面作爬介〕哎呀，踏坏人了，老的啊，你在那里？〔作摸着小生介〕呀，这是老的。怎么不做声，敢是踏昏了？〔又摸介〕哎呀，头上湿渌渌的。〔又摸闻手介〕不好了，踏出脑浆来了！〔哭叫介〕

【吴评】

"意在一路上踏坏多田多人，场上借一田父一瞽者作旁州例耳。于此折极写疾苦，则可见天宝时事，萌乱已在寿筵，而《舞盘》非劝淫之辞矣。"

【吴评】

"一老二瞎，各言所事，排场甚新，后即为抬尸之用，更觉文笔洁净。"

【吴评】

"呼天而哭，下着你看二字，正与雅诗'苍天苍天，视彼骄人'同怨。"

我那天呵，地方[4]救命。〔外转身作看介〕原来一个算命先生，踏死在此。〔净起斜福[5]介〕只求地方，叫那跑马的人来偿命。〔外〕哎，那跑马的呵，乃是进贡鲜荔枝与杨娘娘的。一路上来，不知踏坏了多少人，不敢要他偿命。何况你这一个瞎子！〔净〕如此怎了！〔哭介〕我那老的呵，我原算你的命，是要倒路死的。只这个尸首，如今怎么断送！〔外〕也罢，你那里去叫地方，就是老汉同你抬去埋了罢。〔净〕如此多谢，我就跟着你做一家儿，可不是好！〔同抬小生〕〔哭，诨下〕〔丑扮驿卒上〕

【批注】

此处不能打诨，这是拿穷苦老百姓寻开心。

【小引】驿官逃，驿官逃，马死单单剩马膘[6]。驿子有一人，钱粮没半分。拚受打和骂，将身去招架，将身去招架！

自家渭城驿中，一个驿子便是。只为杨娘娘爱吃鲜荔枝，六月初一是娘娘的生日，涪州、海南两处进贡使臣，俱要赶到。路由本驿经过，怎奈驿中钱粮没有分文，瘦马刚存一匹。本官怕打，不知逃往那里去了，区区就便权知此驿[7]。只是使臣到来，如何应付？且自由他！〔末飞马上〕

【急急令】黄尘影内日衔山，赶赶赶，近长安。〔下马介〕驿子，快换马来。〔丑接马，末放果篮、整衣介〕〔副净飞马上〕一身汗雨四肢瘫，趱趱趱，换行鞍。

〔下马介〕驿子，快换马来。〔丑接马，副净放果篮、与末见介〕请了，长官也是进荔枝的？

〔末〕正是。〔副净〕驿子，下程酒饭在那里？〔丑〕不曾备得。〔末〕也罢，我每不吃饭了，快带马来。〔丑〕两位爷在上，本驿只剩有一匹马，但凭那一位爷骑去就是。〔副净〕哇，偌大一个渭城驿，怎么只有一匹马！快唤你那狗官来，问他驿马那里去了？〔丑〕若说起驿马，连年都被进荔枝的爷每骑死了。驿官没法，如今走了。〔副净〕既是驿官走了，只问你要。〔丑指介〕这棚内不是一匹马么？〔末〕驿子，我先到，且与我先骑了去。〔副净〕我海南的来路更远，还让我先骑。〔末作向内介〕

【恁麻郎】 我只先换马，不和你斗口。〔副净扯介〕休恃强，惹着我动手。〔末取荔枝在手介〕你敢把我这荔枝乱丢！〔副净取荔枝向末介〕你敢把我这竹笼碎扭！〔丑劝介〕请罢休，免气吼，不如把这匹瘦马同骑一路走！〔副净放荔枝打丑介〕哇，胡说！

【前腔】 我只打你这泼腌臜[⑧]死囚！〔末放荔枝打丑介〕我也打你这放刁顽贼头！〔副净〕克官马，嘴儿太油。〔末〕误上用，胆儿似斗。〔同打介〕〔合〕鞭乱抽，拳痛殴，打得你难捱，那马自有！

【前腔】〔丑叩头介〕向地上连连叩头，望台下[⑨]轻轻放手。〔末、副净〕若要饶你，快换马来。〔丑〕马一匹驿中现有。〔末、副净〕再要一匹。〔丑〕第二匹实难补凑。〔末、副净〕没有只是打！〔丑〕且慢纽[⑩]，请听剖，我只得脱下衣裳与你权

【吴评】

“驿子冷语抵对，已拚受打，乃将争先换马使臣角口作一顿折，然后打及驿子，文情便不局促。”

当酒！

〔脱衣介〕〔末〕谁要你这衣裳！〔副净作看衣、披在身上介〕也罢，赶路要紧。我原骑了那马，前站换去。〔取果上马，重唱前“一路里”二句跑下〕〔末〕快换马来我骑。〔丑〕马在此。〔末取果上马，重唱前“巴得个”三句跑下〕〔丑吊场〕咳，杨娘娘，杨娘娘，只为这几个荔枝呵！

铁关金锁彻明开，崔液　黄纸[11]初飞敕字回。元稹

驿骑鞭声砉[12]流电，李郢　无人知是荔枝来。杜牧

【吴评】

“一马应差，一衣当酒，总是极形疲敝之状。若谓近京邮传，当不其然，奚啻痴人说梦？”

【批注】

这是怕人说他借古讽今，乃知文多忌讳，古今皆然。

注释

❶离支：即荔枝，因曲律要求平声字，故改。

❷涪州：今为重庆涪陵区，唐时属山南道。

❸细看流年与五星：“流年”“五星”都是星相学术语。星相家谓一年所行的运为流年，把金、木、水、火、土称为五星，并根据某人出生所值的星位，来推算其禄命。

❹地方：俗称地保为地方。

❺福：古代妇女向人敛衽屈膝行礼。

❻马膫：公马的生殖器。

❼区区就便权知此驿：犹言“小的就权且履行驿丞的职务”。

❽泼腌臜：骂人语，如同今天的“坏蛋”。

❾台下：对官长的尊称，和阁下的意思相似。

❿纽：扭打。

⓫黄纸：唐代用黄麻纸写的皇帝敕书。

⓬砉（huā）：象声词，形容动作迅疾的声音。

第十六出

舞盘

【仙吕引子·奉时春】〔生引二内侍、丑随上〕山静风微昼漏长，映殿角火云千丈。紫气东来[①]，瑶池西望，翩翩青鸟庭前降。

朕同妃子避暑骊山。今当六月朔日，乃是妃子诞辰。特设宴在长生殿中，与他称庆，并奏《霓裳》新曲。高力士，传旨后宫，宣娘娘上殿。〔丑〕领旨。〔向内传介〕〔内应“领旨”介〕〔旦盛妆，引老旦、贴上〕

【唐多令】日影耀椒房，花枝弄绮窗，门悬小帨[②]赭罗黄。绣得文鸾成一对，高傍着五云翔。

〔见介〕臣妾杨氏见驾。愿陛下万岁，万万岁！〔生〕与妃子同之。〔旦坐介〕〔生〕紫云深处婺光明[③]，〔旦〕带露灵桃倚日荣。〔老旦、贴〕岁岁花前人不老，〔丑合〕长生殿里庆长生。〔生〕今日妃子初度，寡人特设长生之宴，同为竟日之欢。〔旦〕薄命生辰，荷蒙天宠。愿为陛下进千秋万岁之觞。〔丑〕酒到。〔旦拜，献生酒，生答赐，旦跪饮，叩头呼“万岁”，坐介〕〔生〕

【高平过曲·八仙会蓬海】【八声甘州】风薰日朗，看一叶阶蓂[④]，摇动炎光。华筵初启，南山遥映霞觞。【玩仙灯】〔合〕果合欢，桃生千岁；花并蒂，莲开十丈。【月上海棠】宜欢赏，恰好殿号长生，境齐蓬阆。

〔小生扮内监，捧表上〕手捧金花红榜子，齐来宝殿祝千秋。〔见介〕启万岁爷、娘娘，国舅杨丞相，同韩、虢、秦三国夫人，献上寿礼贺笺，在外朝贺。〔丑取笺送生看介〕〔生〕生受他每。丞相免行礼，回朝办事。三国夫人，候朕同娘娘回宫筵宴。〔小生〕领旨。〔下〕〔净扮内监捧荔枝、黄袱盖上〕“正逢瑶圃千秋宴，进到炎州十八娘[5]。”〔见介〕启万岁爷，涪州、海南贡进鲜荔枝在此。〔生〕取上来。〔丑接荔枝去袱、送上介〕〔生〕妃子，朕因你爱食此果，特敕地方飞驰进贡。今日寿宴初开，佳果适至，当为妃子再进一觞。〔旦〕万岁！〔生〕宫娥每，进酒。〔老、贴进酒介〕〔旦〕

【杯底庆长生】【倾杯序】【换头】盈筐、佳果香，幸黄封远敕来川广。爱他浓染红绡，薄裹晶丸[6]，入手清芬，沁齿甘凉。【长生导引】〔合〕便火枣交梨[7]应让，只合来万岁台前，千秋筵上，伴瑶池阿母进琼浆。

高力士，传旨李龟年，押梨园子弟上殿承应。〔丑〕领旨。〔向内传介〕〔末引外、净、副净、丑各锦衣、花帽，应“领旨”上〕红牙待拍筝排柱[8]，催着红罗上舞筵，换戴柘枝新帽子[9]，随班行到御阶前。〔见介〕乐工李龟年，押领梨园子弟，叩见万岁爷、娘娘。〔生〕李龟年，《霓裳》散序

【批注】

意在写进荔枝，却先写外戚送礼，作为陪衬。

昨已奏过，《羽衣》第二叠[10]可曾演熟？〔末〕演熟了。〔生〕用心去奏。〔末〕领旨。〔起介〕〔暗下〕〔旦〕妾启陛下，此曲散序六奏，止有歇拍[11]而无流拍。中序六奏，有流拍而无促拍，其时未有舞态。

【八仙会蓬海】【换头】 只是悠扬，声情俊爽。要停住彩云，飞绕虹梁[12]。至羽衣三叠，名曰饰奏。一声一字，都将舞态含藏。其间有慢声[13]，有缠声，有衮声，应清圆，骊珠一串；有入破，有摊破，有出破，合袅娜氍毹千状[14]；还有花犯，有道和，有傍拍，有间拍，有催拍，有偷拍，多音响；皆与慢舞相生，缓歌交畅。

〔生〕妃子所言，曲尽歌舞之蕴。〔旦〕妾制有翠盘一面，请试舞其中，以博天颜一笑。〔生〕妃子妙舞，寡人从未得见。永新、念奴，可同郑观音、谢阿蛮伏侍娘娘，上翠盘来者。〔老、贴〕领旨。〔旦起福介〕告退更衣。整顿衣裳重结束，一身飞上翠盘中。〔引老、贴下〕〔生〕高力士，传旨李龟年，领梨园子弟按谱奏乐。朕亲以羯鼓[15]节之。〔丑〕领旨。〔向内传介〕〔生起更衣，末、众在场内作乐介〕〔场上设翠盘，旦花冠、白绣袍、璎珞、锦云肩、翠袖、大红舞裙，老、贴同净、副净扮郑观音、谢阿蛮，各舞衣、白袍，执五彩霓旌、孔雀云扇，密遮旦簇上翠盘介〕〔乐止，旌扇徐开，旦立盘中舞，老、贴、净、副唱，丑跪捧鼓，生上坐击鼓，众在场内打细十番合介〕

舞盤

【羽衣第二叠】【画眉序】罗绮合花光，一朵红云自空漾。【皂罗袍】看霓旌四绕，乱落天香。【醉太平】安详，徐开扇影露明妆。【白练序】浑一似天仙，月中飞降。〔合〕轻扬，彩袖张，向翡翠盘中显伎长。【应时明近】飘然来又往，宛迎风菡萏[16]，【双赤子】翩翻叶上。举袂向空如欲去，乍回身侧度无方。〔急舞介〕【画眉儿】盘旋跌宕，花枝招飐柳枝扬，凤影高骞[17]鸾影翔。【拗芝麻】体态娇难状，天风吹起，众乐缤纷响。【小桃红】冰弦玉柱声嘹亮，鸾笙象管音飘荡，【花药栏】恰合着羯鼓低昂。按新腔，度新腔，【怕春归】袅金裙，齐作留仙想[18]。〔生住鼓，丑携去介〕【古轮台】舞住敛霞裳，〔朝上拜介〕重低颡，山呼万岁拜君王。

〔老、贴、净、副扶旦下盘介〕〔净、副暗下〕〔生起，前携旦介〕妙哉，舞也！逸态横生，浓姿百出。宛若翾风[19]回雪，恍如飞燕游龙，真独擅千秋矣。宫娥每，看酒来，待朕与妃子把杯。〔老、贴奉酒，生擎杯介〕

【千秋舞霓裳】【千秋岁】把金觞，含笑微微向，请一点点檀口轻尝。〔付旦介〕休得留残，休得留残，酬谢你舞怯腰肢劳攘[20]。〔旦接杯谢介〕万岁！【舞霓裳】亲颁玉醖恩波广，惟惭庸劣怎承当！〔生看旦介〕俺仔细看他模样，只这持杯处，有万种风流殢人肠。

〔生〕朕有鸳鸯万金锦十四，丽水紫磨金步摇

【批注】

红云、天仙、菡萏，都是比喻杨玉环的翩翩舞姿。

【吴评】

“持杯谢舞，无一泛辞，叠句叮咛，口吻惟肖，结用柳词入妙，尤不减柳岸晓风。”

一事，聊作缠头[21]。〔出香囊介〕还有自佩瑞龙脑八宝锦香囊一枚，解来助卿舞珮。〔旦接香囊谢介〕万岁。〔生携旦行介〕

【尾声】〔生〕霓裳妙舞千秋赏，合助千秋祝未央[22]。〔旦〕徼幸杀亲沐君恩透体香。

〔生〕长生秘殿倚青苍，吴融 〔旦〕玉醴还分献寿觞。张说

〔生〕饮罢更怜双袖舞，韩翃 〔旦〕满身新带五云香。曹唐

注释

❶紫气东来：相传函谷关令尹喜，有一天见紫气自东而来，知道将有“真人”过关。果然老子骑青牛而来。后人因以“紫气东来”表示祥瑞。

❷门悬小帨：古时风俗，若生女婴，则在门右上方悬挂一条佩巾，以示志庆。帨，佩巾。

❸紫云深处婺光明：暗喻杨贵妃在深宫受宠。婺光，女宿（星座名）的光芒。

❹一叶阶蓂：即蓂荚，瑞草。据说生于阶前，前半月每日生一荚，后半月每日去一荚。杨贵妃生于六月初一，故谓“一叶阶蓂”。

❺十八娘：荔枝中的著名品种。

❻浓染红绡，薄裹晶丸：形容荔枝皮红肉白。

❼火枣交梨：神仙果，传说食后可以升天。

❽排柱：调好筝柱上的弦。

❾柘枝新帽子：用柘枝的色素染成的黄帽子。

❿叠：音乐术语，又称“遍”，或如下文提及的“六奏”的“奏”。

⓫歇拍：包括下文提到的流拍、促拍，均为表示节拍缓急的古代音乐术语。

⓬飞绕虹梁：余音绕梁，形容乐声悠扬。

⑬慢声：与以下缠声、衮声、入破、摊破、出破、花犯、道和、傍拍、间拍、催拍、偷拍等都是古代音乐术语。

⑭袅娜氍毹千状：形容地毯上的舞女婀娜多姿的舞态。氍毹，地毯。

⑮羯鼓：一种由羯族传入的打击乐器。

⑯菡萏：指荷花。

⑰高骞：高高飞举。

⑱齐作留仙想：据说赵飞燕在一次舞蹈时，飘飘欲飞，汉成帝忙叫侍女拉住她的裙子。这裙便叫留仙裙。

⑲翾（xuān）风：小旋风。

⑳劳攘：劳累。

㉑缠头：古时伎女歌舞毕，以绫帛之类为赠，称缠头彩。

㉒未央：没有完。此处指杨贵妃的寿诞。

第十七出

合围

〔外末、副净、小生扮四番将上〕〔外〕三尺镔刀耀雪光，〔末〕腰间明月角弓张。〔副净〕葡萄酒醉胭脂血，〔小生〕貂帽花添锦绣装。〔外〕俺范阳镇东路将官何千年是也。〔末〕俺范阳镇西路将官崔乾祐是也。〔副净〕俺范阳镇南路将官高秀岩是也。〔小生〕俺范阳镇北路将官史思明是也。〔各弯腰见科〕请了，昨奉王爷将令，传集我等，只得齐至帐前伺候。道犹未了，王爷升帐也。〔内鼓吹、掌号科〕〔净戎装引番姬、番卒上〕

【吴评】

“诗句内皆有身段亦是元人家法。”

【越调紫花拨四】 统貔貅[①]雄镇边关，双眸觑破番和汉，掌儿中握定江山，先把这四周围爪牙迭办[②]。

我安禄山夙怀大志，久蓄异谋。只因一向在朝，受封东平王爵，宠幸无双，富贵已极，咱的心愿倒也罢了。叵耐杨国忠那厮，与咱不合，出镇范阳。且喜跳出樊笼，正好暗图大事。俺家所辖，原有三十二路将官，番汉并用。性情各别，难以任为腹心。因此奏请一概俱用番将。如今大小将领，皆咱部落。〔笑科〕任意所为，都无顾忌了。昨日传集他每俱赴帐前，这咱敢待齐也。〔众进见科〕三十二路将官参见。〔净〕诸将少礼。〔众〕请问王爷，传集某等，不知有何钧令？〔净〕众将官，目今秋高马壮，正好演习武艺。特召你等，同往沙地，大合围场，较猎[3]一番。多少是好！〔众〕谨遵将令。〔净〕就此跨马前去。〔同众作上马科〕〔净〕

【胡拨四犯】紫缰轻挽，〔合〕双手把紫缰轻挽，骗上马[4]，将盔缨低按。〔行科〕闪旗影云殷，没揣的动龙蛇，一直的通霄汉[5]。按奇门布下了九连环[6]，觑定了这小中原在眼，消不得俺众路强蕃。〔众四面立，净指科〕这一员身材慓悍，那一员结束牢拴，这一员莽兀喇拳毛[7]高鼻，那一员恶支沙[8]雕目胡颜，这一员会急迸格邦[9]的弓开月满，那一员会滴溜扑碌的锤落星寒，这一员会咭吒克擦的枪风闪烁，那一员会悉力飒剌的剑雨澎滩，端的是人如猛虎离山涧，显英雄天可汗[10]！〔众行科〕〔合〕振军威，扑通通鼓鸣，惊魂破胆；排阵势，韵悠悠角声，人疾马闲。抵多少雷轰电转，可正是海沸也那河翻。折末的[11]铜作壁，铁作垒，有甚么攻不破、攻不破也雄关！〔净〕这里地阔沙平，就此摆开围场，射猎一回者。〔净同番姬立高处，众排围射猎下〕〔净〕摆围场这间、这间，四下里来挤攒、挤攒。马蹄儿泼剌剌旋风赸[12]，不住的把弓来紧弯，弦来急攀。一回呵滚沙场兔、鹿儿无头赶，都难动弹，就地里踠跧[13]。〔众射鸟兽上〕〔净〕把鹰、犬放过去者。〔众应，放鹰、犬科，跑下〕〔净〕呀呀呀，疾忙里一壁

【批注】

此曲写沙场合围，莽莽苍苍，气象不可一世。曲辞近似元人写李亚子、金章宗射猎之作，正合番将声口，配合各种人物表演的提示，真如吴舒凫说的“如道子写生，吹气欲活”。

厢把翅摩霄的玉爪腾空散，一壁厢把足驾雾的金獒逐路拦，霎时间兽积、兽积如山。〔众上献猎物科〕禀王爷众将献杀。〔净〕打的鸟兽，散给众军。就此高坡上，把人马歇息片时。大家炙肉暖酒，番姬每歌的歌，舞的舞，洒落一回者。〔众〕得令。〔同席地坐，番姬送净酒，众作拔刀割肉，提背壶斟酒，大饮啖科〕〔番姬弹琵琶、浑不是，众打太平鼓板〕〔合〕斟起这酪浆儿，满满的浮金盏，满满的浮金盏。更把那连毛带血肉生餐，笑拥着番姬双颊丹，把琵琶忒楞楞弹也么弹，唱新声《菩萨蛮》。〔净起科〕吃了一会，酒醉肉饱。天色已晚，诸将各回汛地[14]。须要整顿兵器，练习军马，听候将令便了。〔众应科〕得令。〔作同上马吹海螺，侧帽、摆手绕场疾行科〕听罢了令，疾翻身跃登锦鞍，侧着帽、摆手轻儇[15]。各自里回还，镇守定疆藩。摆搠些旗竿，装折着轮幡，听候传番，施逞凶顽。天降摧残，地起波澜。把渔阳凝盼，一飞羽箭[16]，争赴兵坛，专等你个抱赤心的将军、将军来调拣。

〔众下〕〔净〕你看诸路番将，一个个人强马壮，眼见得俺的羽翼已成。〔笑科〕唐天子，唐天子，你怎当得也！

【煞尾】没照会，先去了那掣肘汉家官；有机谋，暗添上这助臂番儿汉。等不的宴华清《霓裳》法曲终，早看俺闹鼓鼙渔阳骁将反。

六州番落从戎鞍，薛逢　战马闲嘶汉地宽。刘禹锡

【批注】

本出上承《权哄》，下启《侦报》，在李、杨故事主线中，加进这些场子，可以调剂剧情。

倏忽抟风生羽翼，骆宾王　山川龙战血漫漫。胡曾

注 释

❶貔貅（píxiū）：猛兽名。借喻勇猛的军士。

❷迭办：备办，准备措置。

❸较猎：比赛谁的猎物打得多。

❹骗上马：跃上马。吴舒凫曰："骗上马，谓上鞍慓疾而马不知也。元曲用骗马，俱如此解。"

❺没揣的动龙蛇，一直的通霄汉：没揣的，料不到，突然。"动龙蛇，一直的通霄汉"均指旗帜上的图案，也暗示安禄山的祸心。

❻按奇门布下了九连环：按奇门遁甲之法布下了九宫八卦连环阵。

❼莽兀喇拳毛：生来莽壮，一头卷发。兀喇，本身无义。

❽恶支沙：恶狠狠。支沙，本身无义。

❾急迸格邦：急迸，开弓疾速有力。格邦，放箭时的响声。

❿天可汗：唐时北方民族尊唐皇帝为"天可汗"。这里说安禄山以"天可汗"自居。

⓫折末的：任凭。

⓬赸（shàn）：跳、跑。

⓭踠跧（wǎnquán）：蜷曲。

⓮汛地：军队驻防的地方。

⓯轻儇（xuān）：轻快。

⓰羽箭：军中的紧急文书。

第十八出

夜怨

【正宫引子·破齐阵】【破阵子头】〔旦上〕宠极难拚轻舍，欢浓分外生怜。【齐天乐】比目游双，鸳鸯眠并，未许恩移情变。【破阵子尾】只恐行云随风引，争奈闲花竞日妍，终朝心暗牵。

【清平乐】卷帘不语，谁识愁千缕。生怕韶光无定主，暗里乱催春去。　心中刚自疑猜，那堪踪迹全乖。风辇却归何处？凄凉日暮空阶。奴家杨玉环，久邀圣眷，爱结君心。叵耐梅精江采蘋，意不相下。恰好触忤圣上，将他迁置楼东。但恐采蘋巧计回天，皇上旧情未断，因此常自堤防。唉，江采蘋，江采蘋，非是我容你不得，只怕我容了你，你就容不得我也！今早圣上出朝，日色已暮，不见回宫，连着永新、念奴打听去了。此时情绪，好难消遣也！

【仙吕入双调·风云会四朝元】【四朝元头】烧残香串，深宫欲暮天。把文窗频启，翠箔高卷，眼儿几望穿。但常时此际，但常时此际，【会河阳】定早驾到西宫，执手齐肩。【四朝元】花映房栊，春生颜面，【驻云飞】百种耽欢恋。嗏，今夕问何缘，【一江风】芳草黄昏，不见承回辇？〔内作鹦哥叫"圣驾来也"介〕〔旦作惊看介〕呀，圣上来了！〔作看介〕呸，原来是鹦哥弄巧言，把愁人故相骗。【四朝元尾】只落得徘徊伫立，思思想想，画栏凭遍。

〔老旦上〕闻道君王前殿宿，内家[①]各自撤红灯。〔见介〕启娘娘：万岁爷已宿在翠华西阁了。〔旦呆介〕有这等事！〔泣介〕

【前腔】君情何浅，不知人望悬！正晚妆慵卸，暗烛羞剪，待君来同笑言。向琼筵启处，向琼筵启处，醉月觞飞，梦雨床连。共命无分，同心不舛，怎蓦把人疏远！〔老旦〕万岁爷今夜偶不进宫，料非有意疏远，娘娘请勿伤怀！〔旦〕嗏，若不是情迁，便宿离宫，阿监何妨遣。我想圣上呵，从来未独眠，鸳衾厌孤展，怎得今宵枕畔，清清冷冷，竟无人荐[②]！

〔贴上〕雪隐鹭鸶飞始见，柳藏鹦鹉语方知。〔见介〕娘娘，奴婢打听翠阁的事来了。〔旦〕怎么说？〔贴〕娘娘听启，奴婢方才呵，【月临江】悄向翠华西阁，守将[③]时近黄昏，忽闻密旨遣黄门。〔旦〕遣他何处去呢？〔贴〕飞鞭乘戏马，灭烛召红裙。〔旦急问介〕召那一个？〔贴〕贬置楼东怨女，梅亭旧日妃嫔。〔旦惊介〕呀，这是梅精了。他来也不曾？〔贴〕须臾簇拥那佳人，暗中归翠阁。〔老旦问介〕此话果真否？〔贴〕消息探来真。〔旦〕唉，天那，原来果是梅精复邀宠幸了。〔做不语闷坐、掩泪介〕〔老旦、贴〕娘娘请免愁烦。〔旦〕

【吴评】

"一时触望之情，曲折写出，妙与夜景切合。"

【前腔】闻言惊颤，伤心痛怎言。〔泪介〕把从前密意，旧日恩眷，都付与泪花儿弹向天。记欢情始定，记欢情始定，愿似钗股成双，盒扇团圆。不道君心，霎时更变，总是奴当谴。嗏，也索把罪名宣，怎教冻蕊寒葩，暗识东风面④。可知道身虽在这边，心终系别院。一味虚情假意，瞒瞒昧昧，只欺奴善。

〔贴〕娘娘还不知道，奴婢听得小黄门说，昨日万岁爷在华萼楼上，私封珍珠一斛去赐他，他不肯受。回献一诗，有"长门自是无梳洗，何必珍珠慰寂寥"之句，所以致有今夜的事。〔旦〕哦，原来如此，我那里知道！

【前腔】他向楼东写怨，把珍珠暗里传。直恁的两情难割，不由我寸心如剪。也非咱心太褊，只笑君王见错；笑君王见错，把一个罪废残妆，认是金屋婵娟。可知我守拙鸾凰，斗不上争春莺燕！〔老旦〕万岁爷既不忘情于他，娘娘何不迎合上意，力劝召回。万岁爷必然欢喜，料他也不敢忘恩。〔旦〕唉，此语休提。他自会把红丝缠⑤。嗏，何必我重牵。只怕没头兴⑥的媒人，反惹他憎贱。你二人随我到翠阁去来。〔贴〕娘娘去怎的？〔旦〕我到那里，看他如何逞媚妍，如何卖机变，取次⑦把君情鼓动，颠颠倒倒，暗中迷恋。

〔贴〕奴婢想今夜翠阁之事，原怕娘娘知道。此时夜将三鼓，万岁爷必已安寝。娘娘猝然走去，恐有未便。不如且请安眠，到明日再作理会。〔旦

【吴评】

"此处提明钗盒，后携至翠阁，方不突如。"

作不语，掩泪叹介〕唉，罢罢，只今夜教我如何得睡也！

【尾声】他欢娱只怕催银箭[8]，我这里寂寥深院，只索背着灯儿和衣将空被卷。

紫禁迢迢宫漏鸣，戴叔伦　碧天如水夜云生。温庭筠

泪痕不与君恩断，刘皋　斜倚薰笼[9]坐到明。白居易

注释

❶内家：指后、妃、宫嫔等。

❷荐：荐枕席，侍寝。

❸守将：等到。

❹冻蕊寒葩，暗识东风面：隐指梅妃被唐明皇暗地复召。冻蕊寒葩，即腊梅。江采蘋号梅妃，故以此指代。

❺红丝缠：相传月老给男女用红线系足，结为夫妇。这里是说作媒。

❻没头兴：多作“没兴头”，倒运的意思。

❼取次：不经意。

❽银箭：银制的漏箭。此谓时刻。

❾薰笼：燃香熏房的笼子。

第十九出

絮阁

〔丑上〕自闭昭阳春复秋，罗衣湿尽泪还流。一种蛾眉明月夜，南宫歌舞北宫愁。咱家高力士，向年奉使闽粤，选得江妃进御，万岁爷十分宠幸。为他性爱梅花，赐号梅妃，宫中都称为梅娘娘。自从杨娘娘入侍之后，宠爱日夺，万岁爷竟将他迁置上阳宫东楼。昨夜忽然托疾，宿于翠华西阁，遣小黄门密召到来。戒饬宫人，不得传与杨娘娘知道。命咱在阁前看守，不许闲人擅进。此时天色黎明，恐要送梅娘娘回去，只索在此伺候咱。〔虚下〕〔旦行上〕

【北黄钟·醉花阴】一夜无眠乱愁搅，未拔白[①]潜踪来到。往常见红日影弄花梢，软咍咍春睡难消，犹自压绣衾倒。今日呵，可甚的凤枕急忙抛，单则为那筹儿[②]撇不掉。

〔丑一面暗上望科〕呀，远远来的，正是杨娘娘，莫非走漏了消息么？现今梅娘娘还在阁里，如何是好？〔旦到科〕〔丑忙见科〕奴婢高力士，叩见娘娘。〔旦〕万岁爷在那里？〔丑〕在阁中。〔旦〕还有何人在内？〔丑〕没有。〔旦冷笑科〕你开了阁门，待我进去看者。〔丑

【吴评】

“有客尝论此剧，虢国梅妃两番争宠，皆未当场扮出，关目近于不显。欲于排场加杨虢相争，然后放归。《絮阁》折中破壁而出时，梅妃绕场走下。近演家有扮梅妃默坐幔内者。余谓虢国事《傍讶》一折，高、永明言。观场者已洞悉。梅妃家门，此折力士又代为叙明，正无烦赘疣耳。”

【批注】

对当时舞台演出时不同处理，作了很好说明。

【吴评】

“起句直接和衣卷被情景，方见挨不到晓，急遽独行，不及待宫女随从，安顿绝妙。”

慌科〕娘娘且请暂坐。〔旦坐科〕〔丑〕奴婢启上娘娘，万岁爷昨日呵，

【南画眉序】只为政勤劳，偶尔违和厌烦扰。〔旦〕既是圣体违和，怎生在此驻宿？〔丑〕爱清幽西阁，暂息昏朝。〔旦〕在里面做甚么？〔丑〕偃龙床，静养神疲。〔旦〕你在此何事？〔丑〕守玉户不容人到。〔旦怒科〕高力士，你待不容我进去么？〔丑慌叩头科〕娘娘息怒，只因亲奉君王命，量奴婢敢行违拗！

【北喜迁莺】〔旦怒科〕哇，休得把虚脾来掉[3]，嘴喳喳弄鬼妆幺。〔丑〕奴婢怎敢？〔旦〕焦也波焦，急的咱满心越恼。我晓得你今日呵，别有个人儿挂眼梢，倚着他宠势高，明欺我失恩人时衰运倒。〔起科〕也罢，我只得自把门敲。

〔丑〕娘娘请坐，待奴婢叫开门来。〔做高叫科〕杨娘娘来了，开了阁门者。〔旦坐科〕〔生披衣引内侍上，听科〕

【南画眉序】何事语声高，蓦忽将人梦惊觉。〔丑又叫科〕杨娘娘在此，快些开门。〔内侍〕启万岁爷，杨娘娘到了。〔生作呆科〕呀，这春光漏泄，怎地开交？〔内侍〕这门还是开也不开？〔生〕慢着。〔背科〕且教梅妃在夹幕中，暂躲片时罢。〔急下〕〔内侍笑科〕哎，万岁爷，万岁爷，笑黄金屋恁样藏娇，怕葡萄架霎时推倒[4]。〔生上作伏桌科〕内侍，我着床傍枕佯推

【吴评】

“一时匆遽之状，色色绝倒。”

睡，你索把兽环[5]开了。

〔内侍〕领旨。〔作开门科〕〔旦直入，见生科〕妾闻陛下圣体违和，特来问安。〔生〕寡人偶然不快，未及进宫。何劳妃子清晨到此。〔旦〕陛下致疾之由，妾倒猜着几分了。〔生笑科〕妃子猜着何事来？〔旦〕

【北出队子】多则是相思萦绕，为着个意中人把心病挑。〔生笑科〕寡人除了妃子，还有甚意中人？〔旦〕妾想陛下向来钟爱，无过梅精。何不宣召他来，以慰圣情牵挂。〔生惊科〕呀，此女久置楼东，岂有复召之理！〔旦〕只怕悄东君偷泄小梅梢，单只待望着梅来把渴消。〔生〕寡人那有此意。〔旦〕既不沙[6]，怎得那一斛珍珠去慰寂寥！

〔生〕妃子休得多心。寡人昨夜呵，

【南滴溜子】偶只为微疴，暂思静悄。恁兰心蕙性，慢多度料，把人无端奚落。〔作欠伸科〕我神虚懒应酬，相逢话言少。请暂返香车，图个睡饱。

〔旦作看科〕呀，这御榻底下，不是一双凤舄么？〔生急起，作欲掩科〕在那里？〔怀中掉出翠钿科〕〔旦拾看科〕呀，又是一朵翠钿！此皆妇人之物，陛下既然独寝，怎得有此？〔生作羞科〕好奇怪！这是那里来的？连寡人也不解。〔旦〕陛下怎么不解？〔丑作急态，一面背对内侍低科〕呀，不好了，见了这翠钿、凤舄，杨

娘娘必不干休。你每快送梅娘娘，悄从阁后破壁而出，回到楼东去罢。〔内侍〕晓得。〔从生背后虚下〕〔旦〕

【北刮地风】只这御榻森严宫禁遥，早难道有神女飞度中宵。则问这两般信物何人掉？〔作将舄、钿掷地，丑暗拾科〕〔旦〕昨夜谁侍陛下寝来？可怎生般凤友鸾交，到日三竿犹不临朝？外人不知呵，都只说殢君王是我这庸姿劣貌。那知道恋欢娱，别有个雨窟云巢！请陛下早出视朝，妾在此候驾回宫者。〔生〕寡人今日有疾，不能视朝。〔旦〕虽则是蝶梦余，鸳浪中，春情颠倒，困迷离精神难打熬，怎负他凤墀前鹄立群僚！

〔旦作向前背立科〕〔丑悄上与生耳语科〕梅娘娘已去了，万岁爷请出朝罢。〔生点头科〕妃子劝寡人视朝，只索勉强出去。高力士，你在此送娘娘回宫者。〔丑〕领旨。〔向内科〕摆驾。〔内应科〕〔生〕风流惹下风流苦，不是风流总不知。〔下〕〔旦坐科〕高力士，你瞒着我做得好事！只问你这翠钿、凤舄，是那一个的？〔丑〕

【南滴滴金】告娘娘省可⑦闲烦恼。奴婢看万岁爷与娘娘呵，百纵千随真是少。今日这翠钿、凤舄，莫说是梅亭旧日恩情好，就是六宫中新窈窕，娘娘呵，也只合佯装不晓，直恁破工夫多计较！不是奴婢擅敢多口，如今满朝臣宰，谁没有个大妻小妾，何况九重，容不得

【吴评】

“力士乖人，亦料定明皇爱梅有心，制杨无术，故为破壁送归之计，以息两争。”

【批注】

说明在允许男子多妻的情况下，这种偷鸡摸狗、争风吃醋的事，必不可免。

这宵！

【北四门子】〔旦〕呀，这非是衾裯不许他人抱，道的咱量似斗筲[8]！只怪他明来夜去装圈套，故将人瞒的牢。〔丑〕万岁爷瞒着娘娘，也不过怕娘娘着恼，非有他意。〔旦〕把似怕我焦，则休将彼邀。却怎的劣云头只思别岫飘[9]。将他假做抛，暗又招，转关儿心肠难料。

〔作掩泪坐科〕〔老旦上〕清早起来，不见了娘娘，一定在这翠阁中，不免进去咱。〔作进见旦科〕呀，娘娘呵，

【南鲍老催】为何泪抛，无言独坐神暗消？〔问丑科〕高公公，是谁触着他情性娇？〔丑低科〕不要说起。〔作暗出钿、舄与老旦看科〕只为见了这两件东西，故此发恼。〔老旦笑，低问科〕如今那人呢？〔丑〕早已去了。〔老旦〕万岁爷呢？〔丑〕出去御朝了。永新姐，你来得甚好，可劝娘娘回宫去罢。〔老旦〕晓得了。〔回向旦科〕娘娘，你慢将眉黛颦，啼痕渗，芳心恼。晨餐未进过清早，怎自将千金玉体轻伤了？请回宫去，寻欢笑。

〔内〕驾到。〔旦起立科〕〔生上〕媚处娇何限，情深妒亦真。且将个中意，慰取眼前人。寡人图得半夜欢娱，反受十分烦恼。欲待呵叱他一番，又恐他反道我偏爱梅妃，只索忍耐些罢。高力士，杨娘娘在那里？〔丑〕还在阁中。〔老旦、丑暗下〕〔生作见旦，旦背立不语掩泣

科］［生］呀，妃子，为何掩面不语？［旦不应科，生笑科］妃子休要烦恼，朕和你到华萼楼上看花去。［旦］

【北水仙子】问、问、问、问华萼娇，怕、怕、怕、怕不似楼东花更好。有、有、有、有梅枝儿曾占先春，又、又、又、又何用绿杨牵绕。［生］寡人一点真心，难道妃子还不晓得！［旦］请、请、请、请真心向故交，免、免、免、免人怨为妾情薄。［跪科］妾有下情，望陛下俯听。［生扶科］妃子有话，可起来说。［旦泣科］妾自知无状，谬窃宠恩。若不早自引退，诚恐谣啄日加，祸生不测。有累君德鲜终⑩，益增罪戾。今幸天眷犹存，望赐斥放。陛下善视他人，勿以妾为念也。［泣拜科］拜、拜、拜、拜辞了往日君恩天样高。［出钗、盒科］这钗、盒是陛下定情时所赐，今日将来交还陛下。把、把、把、把深情密意从头缴。［生］这是怎么说？［旦］省、省、省、省可自承旧赐，福难消。

［旦悲咽，生扶起科］妃子何出此言，朕和你两人呵，

【南双声子】情双好，情双好，纵百岁犹嫌少。怎说到，怎说到，平白地分开了。总朕错，总朕错，请莫恼，请莫恼。［笑觑旦科］见了你这颦眉泪眼，越样生娇。

妃子可将钗、盒依旧收好。既是不耐看花，朕和你到西宫闲话去。［旦］陛下诚不弃妾，妾

【吴评】

“明皇愈温存，贵妃愈娇妒，假使天威稍震，又作鱼贯想矣。然贵妃逆知上意不能反目，故下文即以缴盒动之，情事周密。文章更有针线。”

复何言。〔袖钗、盒，福生科〕

【北尾煞】领取钗、盒再收好，度芙蓉帐暖今宵，重把那定情时心事表。

〔生携旦并下〕〔丑复上〕万岁爷同娘娘进宫去了。咱如今且把这翠钿、凤舄，送还梅娘娘去。

柳色参差映翠楼，司马札　君王玉辇正淹留。钱起

岂知妃后多娇妒，段成式　恼乱东风卒未休。罗隐

【批注】

虢国、梅妃两番争宠，都是写李、杨爱情的波折。前者用五出，后者用两出，都是从侧面写出。《复召》之后，有《舞盘》；《絮阁》之后，有《密誓》。两人的爱情每经一次回旋，更进一高潮，此是情场常态。

注释

❶拔白：天色发白。

❷那筹儿：那点儿事，指唐明皇暗召梅妃那件事。

❸把虚脾来掉：假献殷勤。虚脾，虚情假意。

❹葡萄架霎时推倒：如同今天所谓“倒了醋瓶子”，元代戏曲中常用来指妇人争风吃醋。其中也有“露馅”的意思。

❺兽环：兽形的门环。这里指代门。

❻既不沙：既不然。沙，语气词，无义。

❼省可：免得，休得要。

❽斗筲（shāo）：形容气量狭小。

❾却怎的劣云头只思别岫飘：暗指唐明皇密召梅妃。劣云头，喻唐明皇；别岫，指梅妃。

❿鲜终：（有始）无终。

第二十出

侦报

〔外引末扮中军，四杂执刀棍上〕出守岩疆典巨城，风闻边事实堪惊。不知忧国心多少，白发新添四五茎。下官郭子仪，叨蒙圣恩，擢拜灵武太守。前在长安，见安禄山面有反相，知其包藏祸心。不想圣上命彼出镇范阳，分明纵虎归山。却又许易番将，一发添其牙爪。下官自天德军升任以来，日夜担忧。此间灵武，乃是股肱重地，防守宜严。已遣精细哨卒，前往范阳采听去了。且待他来，便知分晓。

【吴评】

“此折写禄山反形渐露，子仪先事而筹，以为收京张本。且于前后四折生旦戏中，以此间之，便于爨色搬演。”

【双调夜行船】〔小生扮探子，执小红旗上〕两脚似星驰和电捷，把边情打听些些。急离燕山，早来灵武。〔作进见外，一足跪叩科〕向黄堂[①]爆雷般唱一声高喏。

〔外〕探子，你回来了么？〔小生〕我肩挑令字小旗红，昼夜奔驰疾似风。探得边关多少事，从头来报主人公。〔外〕分付掩门。〔众掩门科下〕〔外〕探子，你探的安禄山军情怎地，兵势如何？近前来，细细说与我听者。〔小生〕爷爷听启，小哨一到了范阳镇上呵，

【吴评】

“探子不遽说边情，待郭掩门令其近前细说，足见军机之密，上下同心。”

【乔木查】 见枪刀似雪，密匝匝铁骑连营列。

端的是号令如山把神鬼慑。那知有朝中天子尊，单逞他将军令阃外咋嗻[②]。

〔外〕那禄山在边关，近日作何勾当？〔小生〕

【庆宣和】他自请那番将更来，把那汉将撤，四下里牙爪排设。每日价跃马弯弓斗驰猎，把兵威耀也、耀也！

〔外〕还有什么举动波？〔小生〕

【落梅花】他贼行藏真难料，歹心肠忒肆邪。诱诸番密相勾结，更私招四方亡命者，巢窟内尽藏凶孽。

〔外惊科〕呀，有这等事！难道朝廷之上，竟无人奏告么？〔小生〕闻得一月前，京中有人告称禄山反状，万岁爷暗遣中使，去到范阳，瞰[③]其动静。那禄山见了中使呵，

【风入松】十分的小心礼貌假妆呆，尽金钱遍布盖奸邪。把一个中官哄骗的满心悦，来回奏把逆迹全遮。因此万岁爷愈信不疑，反把告叛的人，送到禄山军前治罪。一任他横行傲桀，有谁人敢再弄唇舌！

〔外叹介〕如此怎生是了也！〔小生〕前日杨丞相又上一本，说禄山叛迹昭然，请皇上亟加诛戮。那禄山见了此本呵，

【拨不断】也不免脚儿跌，口儿嗟，意儿中忐忑，心儿里怯。不想圣旨倒说禄山诚实，丞相不必生疑。他一闻此信，便就呵呵大笑，骂这谗臣奈我耶，咬牙根誓将君侧权奸灭，怒轰轰急待把此仇

来雪。

〔外〕呀，他要诛君侧之奸，非反而何？且住，杨相这本怎么不见邸抄[④]？〔小生〕此是密本，原不发抄。只因杨丞相要激禄山速反，特着塘报[⑤]抄送去的。〔外怒科〕唉，外有逆藩，内有奸相，好教人发指也！〔小生〕小哨还打听的禄山近有献马一事，更利害哩！

【离亭宴带歇拍煞】他本待逞豺狼，魆地里思抄窃[⑥]。巧借着献骅骝，乘势去行强劫。〔外〕怎么献马？可明白说来者。〔小生〕他遣何千年赍表，奏称献马三千匹，每马一匹，有甲士二人，又有二人御马，一人刍牧，共三五一万五千人，护送入京。一路里兵强马劣，闹汹汹怎堤防！乱纷纷难镇压，急攘攘谁拦截。生兵入帝畿，野马临城阙，怕不把长安来闹者。〔外惊科〕唉，罢了，此计若行，西京危矣。〔小生〕这本方才进去，尚未取旨。只是禄山呵，他明把至尊欺，狡将奸计使，险备机关设。马蹄儿纵不行，狼性子终难帖。逗的[⑦]鼙鼓向渔阳动也，爷爷呵，莫待传白羽[⑧]始安排。小哨呵，准备闪红旗再报捷。

〔外〕知道了。赏你一坛酒，一腔羊，五十两花银，免一月打差。去罢。〔小生叩头科〕谢爷。〔外〕叫左右，开门。〔众应上，作开门科〕〔小生下〕〔外〕中军官。〔末应介〕〔外〕传令众军士，明日教场操演，准备酒席犒赏。〔末〕领钧旨。〔先下〕

【吴评】

"千兵万马霎如风雨之来，此种文情直足夺元人高座。"

【吴评】

"收归探子本事，词采壮烈。"

〔外〕数骑渔阳探使回，杜牧 威雄八阵役风雷。刘禹锡

胸中别有安边计，曹唐 军令分明数举杯。杜甫

注释

❶黄堂：太守衙中正堂，后因此称太守为“黄堂”。

❷将军令阃（kǔn）外哞嗻（chēzhē）：都城之外，将军威权重大。阃，郭门门槛。哞嗻，元代俗语，很，厉害。

❸瞰（kàn）：从高处往下看。这里有借慰劳安禄山之名，行窥探他行为之实的意思。

❹邸抄：又名邸报，是唐代藩镇京师留守处传送给本镇的诏、令、奏章的抄件。

❺塘报：正式通过驿站（塘）传送的诏、令、章奏抄本。

❻魆（xū）地里思抄窃：妄图偷袭。魆地，暗地。抄窃，抄近道袭击。

❼逗的：到，等到。

❽白羽：插有白羽毛的最紧急军事文书。

第二十一出

窥浴

【仙吕入双调·字字双】〔丑扮宫女上〕自小生来貌天然，花面；宫娥队里我为先，扫殿。忽逢小监在阶前，胡缠；伸手摸他裤儿边，不见。

“我做宫娥第一，标致无人能及。腮边花粉糊涂，嘴上胭脂狼藉。秋波俏似铜铃，弓眉弯得笔直。春纤十个擂槌，玉体浑身糙漆。柳腰松段十围，莲瓣滩船半只。杨娘娘爱我伶俐，选做《霓裳》部色。只因喉咙太响，歌时嘴边起个霹雳。身子又太狼伉[1]，舞去冲翻了御筵桌席。皇帝见了发恼，打落子弟名籍。登时发到骊山，派到温泉殿中承值。昨日銮舆临幸，同杨娘娘在华清驻跸。传旨要来共浴汤池，只索打扫铺陈收拾。”道犹未了，那边一个宫人来也。

【雁儿舞】〔副净扮宫女上〕担阁青春，后宫怨女，漫跌脚捶胸，有谁知苦。拚着一世没有丈夫，做一只孤飞雁儿舞。

〔见介〕〔丑〕姐姐，你说甚么《雁儿舞》！如今万岁爷，有了杨娘娘的《霓裳》舞，连梅娘娘的《惊鸿》舞，也都不爱了。〔副净〕便是。我原是梅娘娘的宫人。只为我娘娘，自翠阁中忍气回来，

【吴评】

“以前整备诸事皆系力士、永、念，此折用两宫人插科，排场便变换生动。”

【吴评】

“梅妃妒宠原为杨妃点染作波，此便顺手了之，随起随抹，是文章妙法。”

一病而亡，如今将我拨到这里。〔丑〕原来如此，杨娘娘十分妒忌，我每再休想有承幸之日。〔副净〕罢了。〔丑〕万岁爷将次到来，我和你且到外厢伺候去。〔虚下〕〔末、小生扮内侍，引生、旦、老旦、贴随行上〕

【羽调近词·四季花】别殿景幽奇：看雕梁畔，珠帘外，雨卷云飞。逶迤，朱阑几曲环画溪，修廊数层接翠微。绕红墙，通玉扉。〔末、小生〕启万岁爷，到温泉殿了。〔生〕内侍回避。〔末、小生应下〕〔生〕妃子，你看清渠屈注，洄澜皱漪，香泉柔滑宜素肌。朕同妃子试浴去来。〔老、贴与生、旦脱去大衣介〕〔生〕妃子，只见你款解云衣，早现出珠辉玉丽，不由我对你、爱你、扶你、觑你、怜你！

【批注】
景色如画。

〔生携旦同下〕〔老旦〕念奴姐，你看万岁爷与娘娘恁般恩爱，真令人羡杀也。〔贴〕便是。〔老旦〕

【凤钗花络索】【金凤钗】花朝拥，月夜偎，尝尽温柔滋味。【胜如花】〔贴合〕镇[②]相连似影追形，分不开如刀划水。【醉扶归】千般搁纵[③]百般随，两人合一副肠和胃。【梧叶儿】密意口难提，写不迭[④]鸳鸯帐，绸缪无尽期。〔老旦〕姐姐，我与你伏侍娘娘多年，虽睹娇容，未窥玉体。今日试从绮疏隙处，偷觑一觑何如？〔贴〕恰好。〔同作向内窥介〕【水红花】〔合〕悄偷窥，亭亭玉体，宛似浮波菡萏，含露弄娇辉。【浣溪沙】轻盈臂腕

窥浴

消香腻，绰约腰身漾碧漪。【望吾乡】〔老旦〕明霞骨，沁雪肌。【大胜乐】〔贴〕一痕酥透双蓓蕾，〔老旦〕半点春藏小麝脐。【傍妆台】〔贴〕爱杀红巾罅[5]，私处露微微。永新姐，你看万岁爷呵，【解三酲】凝睛睇，【八声甘州】恁孜孜含笑，浑似呆痴。【一封书】〔合〕休说俺偷眼宫娥魂欲化，则他个见惯的君王也不自持。【皂罗袍】〔老旦〕恨不把春泉翻竭，〔贴〕恨不把玉山洗颓[6]，〔老旦〕不住的香肩呜嘬[7]，〔贴〕不住的纤腰抱围，【黄莺儿】〔老旦〕俺娘娘无言匿笑含情对。〔贴〕意怡怡，【月儿高】灵液春风，澹荡恍如醉。【排歌】〔老旦〕波光暖，日影晖，一双龙戏出平池。【桂枝香】〔合〕险把个襄王渴倒阳台下，恰便似神女携将暮雨归。

〔丑、副净暗上笑介〕两位姐姐，看得高兴啊，也等我每看看。〔老旦、贴〕姐姐，我每伺候娘娘洗浴，有甚高兴。〔丑、副净笑介〕只怕不是伺候娘娘，还在那里偷看万岁爷哩。〔老旦、贴〕啐，休得胡说，万岁爷同娘娘出来也。〔丑、副净暗下〕〔生同旦上〕

【二犯掉角儿】【掉角儿】出温泉新凉透体，睹玉容愈增光丽。最堪怜残妆乱头，翠痕干，晚云[8]生腻。〔老旦、贴与生、旦穿衣介〕〔旦作娇软态，老旦、贴扶介〕〔生〕妃子，看你似柳含风，花怯露。软难支，娇无力，倩人扶起。〔二内侍引杂推小车上〕请万岁爷娘娘上如意小车，回华清宫

【批注】

华清同浴，在册立时点明，此处用旁笔写出，两人恩爱，跃然纸上。只是为渲染玉环天生丽质，偏于色情描写，格调不高。

去。〔生〕将车儿后面随着。〔二内侍〕领旨。〔生携旦行介〕妃子，【排歌】朕和你肩相并，手共携，不须花底小车催，【东瓯令】趁扑面好风归。

【尾声】〔合〕意中人，人中意，则那些无情花鸟也情痴，一般的解结双头、学并栖。

〔生〕花气浑如百和香，杜甫 〔旦〕避风新出浴盆汤。王建

〔生〕侍儿扶起娇无力，白居易 〔旦〕笑倚东窗白玉床。李白

注释

❶狼伉：粗壮。

❷镇：整日。

❸搁纵：放任、迁就的意思。

❹写不迭：描画不尽。

❺罅（xià）：瓦器的裂缝。

❻玉山洗颓：玉山，杨贵妃的玉体。颓，倒，这里用人的反向破坏心理来描写唐明皇爱得发狂。

❼呜嘬（zuō）：吻。

❽晚云：指秀发。

第二十二出

密誓

【越调引子·浪淘沙】〔贴扮织女，引二仙女上〕云护玉梭儿，巧织机丝。天宫原不着相思，报道今宵逢七夕，忽忆年时[①]。

【鹊桥仙】“纤云弄巧，飞星传信，银汉秋光暗度。金风玉露一相逢，便胜却人间无数。柔肠似水，佳期如梦，遥指鹊桥前路。两情若是久长时，又岂在朝朝暮暮[②]。”吾乃织女是也。蒙上帝玉敕，与牛郎结为天上夫妇。年年七夕，渡河相见。今乃下界天宝十载，七月七夕。你看明河无浪，乌鹊将填，不免暂撤机丝，整妆而待。〔内细乐扮乌鹊上，绕场飞介〕〔前场设一桥，乌鹊飞止桥两边介〕〔二仙女〕鹊桥已驾，请娘娘渡河。〔贴起行介〕

【越调过曲·山桃红】【下山虎头】俺这里乍抛锦字，暂驾香辎。〔合〕趁碧落无云滓，新凉暮飔[③]，〔作上桥介〕踹上这桥影参差，俯映着河光净泚[④]。【小桃红】更喜杀新月纤，华露滋，低绕着乌鹊双飞翅也，【下山虎尾】陡觉的银汉秋生别样姿。〔做过桥介〕〔二仙女〕启娘娘，已渡过河来了。〔贴〕星河之下，隐隐望见香烟一簇，摇扬腾空，却是何处？〔仙女〕是唐天子的贵妃杨玉环，在宫中乞

巧哩。〔贴〕生受他一片诚心，不免同了牛郎，到彼一看。〔合〕天上留佳会，年年在斯，却笑他人世情缘顷刻时。〔齐下〕

【商调过曲·二郎神】〔二内侍挑灯，引生上〕秋光静，碧沉沉轻烟送暝。雨过梧桐微做冷，银河宛转，纤云点缀双星。〔内作笑声，生听介〕顺着风儿还细听，欢笑隔花阴树影。内侍，是那里这般笑语？〔内侍向介〕万岁爷问，那里这般笑语？〔内〕是杨娘娘到长生殿去乞巧哩。〔内侍回介〕杨娘娘到长生殿去乞巧，故此笑语。〔生〕内侍每不要传报，待朕悄悄前去。撤红灯，待悄向龙墀觑个分明。〔虚下〕

【前腔】【换头】〔旦引老旦、贴同二宫女各捧香盒、纨扇、瓶花、化生金盆[⑤]上〕宫庭，金炉篆霭，烛光掩映。米大蜘蛛厮抱定[⑥]，金盘种豆[⑦]，花枝招飐银瓶。〔老旦、贴〕已到长生殿中，巧筵齐备，请娘娘拈香。〔作将瓶花、化生盆设桌上，老旦捧香盒，旦拈香介〕妾身杨玉环，虔爇心香，拜告双星，伏祈鉴祐。愿钗盒情缘长久订，〔拜介〕莫使做秋风扇冷。〔生潜上窥介〕觑娉婷，只见他拜倒在瑶阶，暗祝声声。

〔老旦、贴作见生介〕呀，万岁爷到了。〔旦急转，拜生介〕〔生扶起介〕妃子在此，作何勾当？〔旦〕今乃七夕之期，陈设瓜果，特向天孙乞巧。〔生笑介〕妃子巧夺天工，何须更乞。〔旦〕惶愧。〔生、旦各坐介〕〔老旦、贴同二宫女暗下〕

【吴评】

“明皇闻欢笑，本秽事也，借用于此处，映出杨妃娇横，甚有微词，且引起下文乞巧殿中撤灯独步，增无限文情。”

【吴评】

“拜倒时潜上，最妙。若在未拜及拜起时觌面，措词便费周折。”

【批注】

按《汉宫秋》中已有类似描绘。

〔生〕妃子，朕想牵牛、织女隔断银河，一年才会得一度，这相思真非容易也。

【集贤宾】秋空夜永碧汉清，甫[8]灵驾逢迎，奈天赐佳期刚半顷，耳边厢容易鸡鸣。云寒露冷，又趱上经年孤另。〔旦〕陛下言及双星别恨，使妾凄然。只可惜人间不知天上的事。如打听，决为了相思成病。

【吴评】

“极为牛、女写愁，直欲逼出杨妃堕泪。”

〔做泪介〕〔生〕呀，妃子为何掉下泪来？〔旦〕妾想牛郎织女，虽则一年一见，却是地久天长。只恐陛下与妾的恩情，不能够似他长远。〔生〕妃子说那里话！

【黄莺儿】仙偶纵长生，论尘缘也不恁争[9]。百年好占风流胜，逢时对景，增欢助情，怪伊底事翻悲哽？〔移坐近旦低介〕问双星，朝朝暮暮，争似我和卿！

〔旦〕臣妾受恩深重，今夜有句话儿……〔住介〕〔生〕妃子有话，但说不妨。〔旦对生呜咽介〕妾蒙陛下宠眷，六宫无比。只怕日久恩疏，不免白头之叹[10]！

【吴评】

“杨妃猝然伤感，虽为要盟之故，然乐极生哀，已动埋玉之几。下折即惊破霓裳矣。”

【莺簇一金罗】【黄莺儿】提起便心疼，念寒微侍掖庭，更衣傍辇多荣幸。【簇御林】瞬息间，怕花老春无剩，【一封书】宠难凭。〔牵生衣泣介〕论恩情，【金凤钗】若得一个久长时，死也应；若得一个到头时，死也瞑。【皂罗袍】抵多少平阳歌舞，恩移爱更[11]；长门孤寂，魂销泪零：断肠枉泣红颜命！

〔生举袖与旦拭泪介〕妃子，休要伤感。朕与你的恩情，岂是等闲可比。

【簇御林】 休心虑，免泪零，怕移时，有变更。〔执旦手介〕做酥儿拌蜜胶粘定，总不离须臾顷。〔合〕话绵藤[12]，花迷月暗，分不得影和形。

〔旦〕既蒙陛下如此情浓，趁此双星之下，乞赐盟约，以坚终始。〔生〕朕和你焚香设誓去。〔携旦行介〕

【琥珀猫儿坠】〔合〕香肩斜靠，携手下阶行。一片明河当殿横，〔旦〕罗衣陡觉夜凉生。〔生〕惟应和你悄语低言，海誓山盟。

〔生上香揖同旦福介〕双星在上，我李隆基与杨玉环，〔旦合〕情重恩深，愿世世生生，共为夫妇，永不相离。有渝此盟，双星鉴之。〔生又揖介〕在天愿为比翼鸟，〔旦拜介〕在地愿为连理枝。〔合〕天长地久有时尽，此誓绵绵无绝期。〔旦拜谢生介〕深感陛下情重，今夕之盟，妾死生守之矣。〔生携旦介〕

【尾声】 长生殿里盟私订。〔旦〕问今夜有谁折证？〔生指介〕是这银汉桥边，双双牛、女星。〔同下〕

【越调过曲·山桃红】〔小生扮牵牛，云巾、仙衣，同贴引仙女上〕只见他誓盟密矢[13]，拜祷孜孜，两下情无二，口同一辞。〔小生〕天孙，你看唐天子与杨玉环，好不恩爱也！悄相偎，倚着香肩，没些缝儿。我与你既缔天上良缘，当作情场管

【吴评】

“忽转到夜色上，状出形影不离，情与景会，神妙难言。”

【吴评】

“下半部全从此盟演出，宜其郑重。”

【批注】

皇帝哪会向妃子海誓山盟，表示生死不渝的爱情呢？正如作者说的“借太真外传谱新词，情而已”。

密誓

领。况他又向我等设盟，须索与他保护。见了他恋比翼，慕并枝，愿生生世世情真至也，合令他长作人间风月司⑭。〔贴〕只是他两人劫难将至，免不得生离死别。若果后来不背今盟，决当为之绾合。〔小生〕天孙言之有理。你看夜色将阑，且回斗牛宫去。〔携贴行介〕〔合〕天上留佳会，年年在斯，却笑他人世情缘顷刻时！

何用人间岁月催，罗邺　星桥横过鹊飞回。李商隐

莫言天上稀相见，李郢　没得心情送巧来。罗隐

【吴评】

“此处正须明言，使观者得醒后半关目。”

【批注】

李、杨爱情至此已达高潮，乐极生悲，从下出起开始转折。

注释

❶忽忆年时：忽然想起今天是七夕节。年时，年节，七夕节。

❷此词依据宋代秦观《鹊桥仙》词，个别地方作了改动，使之更符合剧情。

❸飔（sī）：凉风。

❹净泚（cǐ）：明净。

❺化生金盆：唐人风俗，七夕妇女用蜡制婴儿置水盆中以求子。

❻米大蜘蛛厮抱定：古时七夕，人们将蜘蛛置小盒里，明晨看结网多少表明乞巧多少。

❼金盘种豆：俗谓种生，即把绿豆、小豆、小麦浸在盆内，芽长三四寸时，再用彩线绕起来。

❽甫：刚。

❾不恁争：不那么差。

❿白头之叹：相传司马相如欲纳妾，卓文君作《白头吟》，感叹丈夫喜新厌旧，不能白头偕老。

⓫平阳歌舞，恩移爱更：汉武帝皇后卫子夫，原为平阳公主歌女，后来有宠

于汉武帝，被册封皇后，终因年老色衰遭冷遇。

⑫话绵藤：情语绵长。

⑬矢：同“誓”。此处作动词。

⑭风月司：传说中神界掌管男女风情的机关。

第二十三出

陷关

【越调引子·杏花天】〔净领二番将、四军执旗上〕狼贪虎视威风大，镇渔阳兵雄将多。待长驱直把殽函[①]破，奏凯日齐声唱歌。

咱家安禄山，自出镇以来，结连塞上诸蕃，招纳天下亡命，精兵百万，大事可举。只因唐天子待我不薄，思量等他身后方才起兵。叵耐杨国忠那厮，屡次说我反形大著，请皇上急加诛戮。天子虽然不听，只是咱在边关，他在朝内，若不早图，终恐遭其暗算。因此假造敕书，说奉密旨，召俺领兵入朝诛戮国忠。乘机打破西京，夺取唐室江山，可不遂了我平生大愿！今乃黄道吉日，蕃将每，就此起兵前去。〔众〕得令。〔发号行介〕〔净〕

【越调过曲·豹子令】只为奸臣酿大祸，〔众〕酿大祸，〔净〕致令边镇起干戈，〔众〕起干戈。〔合〕逢城攻打逢人剁，尸横遍野血流河，烧家劫舍抢娇娥。〔喊杀下〕

【水底鱼】〔丑白须扮哥舒老将引二卒上〕年纪无多，刚刚八十过。渔阳兵至，认咱这老哥。自家老将哥舒翰是也，把守潼关。不料安禄山造反，杀奔前来，决意闭关死守。争奈监军内侍，立逼出

【批注】

和《侦报》出相照应，是过场戏。

【吴评】

“此折曲虽小，场上演时须当大战数合。盖陷关乃是大事，不可小做也。”

陷關

战。势不由己，军士每，与我并力杀上前去。〔卒〕得令。〔行介〕〔净领众杀上〕〔丑迎杀大战介〕〔净众擒丑绑介〕〔净〕拿这老东西过来。我今饶你老命，快快献关降顺。〔丑〕事已至此，只得投降。〔众推丑下〕〔净〕且喜潼关已得，势如破竹，大小三军，就此杀奔西京便了。〔众应，呐喊行介〕跃马挥戈，精兵百万多。靴尖略动，踏残山与河，踏残山与河。

平旦②交锋晚未休，王遒　动天金鼓逼神州。韩偓

潼关一败番儿喜，司空图　倒把金鞭上酒楼。薛逢

注释

❶殽函：指函谷关，在潼关的东面。这里代指潼关。

❷平旦：平明，早晨。

第二十四出

惊变

〔丑上〕玉楼天半起笙歌，风送宫嫔笑语和。月殿影开闻夜漏，水晶帘卷近秋河。咱家高力士，奉万岁爷之命，着咱在御花园中安排小宴。要与贵妃娘娘同来游赏，只得在此伺候。〔生、旦乘辇，老旦、贴随后，二内侍引，行上〕

【北中吕粉蝶儿】天淡云闲，列长空数行新雁。御园中秋色斓斑：柳添黄，蘋减绿，红莲脱瓣。一抹雕阑，喷清香桂花初绽。

〔到介〕〔丑〕请万岁爷娘娘下辇。〔生、旦下辇介〕〔丑同内侍暗下〕〔生〕妃子，朕与你散步一回者。〔旦〕陛下请。〔生携旦手介〕〔旦〕

【南泣颜回】携手向花间，暂把幽怀同散。凉生亭下，风荷映水翩翻。爱桐阴静悄，碧沉沉并绕回廊看。恋香巢秋燕依人，睡银塘鸳鸯蘸眼[①]。

〔生〕高力士，将酒过来，朕与娘娘小饮数杯。〔丑〕宴已排在亭上，请万岁爷娘娘上宴。〔旦作把盏，生止住介〕妃子坐了。

【北石榴花】不劳你玉纤纤高捧礼仪烦，只待借小饮对眉山[②]。俺与你浅斟低唱互更番，三杯两盏，遣兴消闲。妃子，今日虽是小宴，倒也清雅。

【吴评】

“从前宴赏，无非华筵丽景；此折花园小宴，后曲所叙，皆一派萧疏秋色。密誓已动忧端，惊变兆于哀飒矣。”

【批注】

这出是上下两部的分水岭。

回避了御厨中，回避了御厨中烹龙炰[③]凤堆盘案，咿咿哑哑乐声催趱。只几味脆生生，只几味脆生生蔬和果清肴馔，雅称你仙肌玉骨美人餐。

妃子，朕与你清游小饮，那些梨园旧曲，都不耐烦听他。记得那年在沉香亭上赏牡丹，召翰林李白草《清平调》三章，令李龟年度成新谱，其词甚佳。不知妃子还记得么？〔旦〕妾还记得。〔生〕妃子可为朕歌之，朕当亲倚玉笛以和。〔旦〕领旨。〔老旦进玉笛，生吹介〕〔旦按板介〕

【南泣颜回】 花繁，秾艳想容颜。云想衣裳光璨，新妆谁似，可怜飞燕娇懒。名花国色，笑微微常得君王看。向春风解释春愁，沉香亭同倚阑干。

〔生〕妙哉，李白锦心，妃子绣口，真双绝矣。宫娥，取巨觞来，朕与妃子对饮。〔老旦、贴送酒介〕〔生〕

【北斗鹌鹑】 畅好是喜孜孜驻拍停歌，喜孜孜驻拍停歌，笑吟吟传杯送盏。妃子干一杯，〔作照[④]干介〕不须他絮烦烦射覆藏钩[⑤]，闹纷纷弹丝弄板。〔又作照杯介〕妃子，再干一杯。〔旦〕妾不能饮了。〔生〕宫娥每，跪劝。〔老旦、贴〕领旨。〔跪旦介〕娘娘，请上这一杯。〔旦勉饮介〕〔老旦、贴作连劝介〕〔生〕我这里无语持觞仔细看，早只见花一朵上腮间。〔旦作醉介〕妾真醉矣。〔生〕一会价软咍咍柳亸花欹[⑥]，软咍咍柳亸花欹，困腾腾莺娇燕懒。

妃子醉了，宫娥每，扶娘娘上辇进宫去者。

【批注】

李白醉写《清平调》在这里补写出。清歌倚笛，和前面《舞盘》一出所写寿筵羯鼓相互映辉。

【吴评】

“一语一呼，声情宛转，自此至扑灯蛾曲，写一幅醉杨妃图也。演者须着意，摹拟醉态入神，若草草了之，便索然矣。”

【批注】

后来《贵妃醉酒》便从此等场面演化而来。

〔老旦、贴〕领旨。〔作扶旦起介〕〔旦作醉态呼介〕万岁!〔老旦、贴扶旦行〕〔旦作醉态介〕

【南扑灯蛾】 态恹恹轻云软四肢，影蒙蒙空花乱双眼，娇怯怯柳腰扶难起，困沉沉强抬娇腕，软设设金莲倒褪，乱松松香肩亸云鬟，美甘甘思寻凤枕，步迟迟倩宫娥搀入绣帏间。

〔老旦、贴扶旦下〕〔丑同内侍暗上〕〔内击鼓介〕〔生惊介〕何处鼓声骤发?〔副净急上〕渔阳鼙鼓动地来，惊破霓裳羽衣曲。〔问丑介〕万岁爷在那里?〔丑〕在御花园内。〔副净〕军情紧急，不免径入。〔进见介〕陛下，不好了。安禄山起兵造反，杀过潼关，不日就到长安了。〔生大惊介〕守关将士何在?〔副净〕哥舒翰兵败，已降贼了。〔生〕

【北上小楼】 呀，你道失机的哥舒翰……称兵的安禄山，赤紧的⑦离了渔阳，陷了东京，破了潼关。唬得人胆战心摇，唬得人胆战心摇，肠慌腹热，魂飞魄散，早惊破月明花粲。

卿有何策，可退贼兵?〔副净〕当日臣曾再三启奏，禄山必反，陛下不听，今日果应臣言。事起仓卒，怎生抵敌?不若权时幸蜀，以待天下勤王⑧。〔生〕依卿所奏。快传旨，诸王百官，即时随驾幸蜀便了。〔副净〕领旨。〔急下〕〔生〕高力士，快些整备军马。传旨令右龙武将军陈元礼，统领羽林军士三千扈驾⑨前行。〔丑〕领旨。〔下〕〔内侍〕请万岁爷回宫。〔生转行叹介〕唉，正尔欢娱，不想

【批注】

急迫之状如画。

【吴评】

“点明陈元礼，起下折关目。”

驚變

忽有此变，怎生是了也！

【南扑灯蛾】稳稳的宫庭宴安，扰扰的边廷造反。冬冬的鼙鼓喧，腾腾的烽火黫[10]。的溜扑碌臣民儿逃散，黑漫漫乾坤覆翻，磣磕磕[11]社稷摧残，磣磕磕社稷摧残。当不得萧萧飒飒西风送晚，黯黯的一轮落日冷长安。

〔向内问介〕宫娥每，杨娘娘可曾安寝？〔老旦、贴内应介〕已睡熟了。〔生〕不要惊他，且待明早五鼓同行。〔泣介〕天那，寡人不幸，遭此播迁，累他玉貌花容，驱驰道路。好不痛心也！

【南尾声】在深宫兀自娇慵惯，怎样支吾蜀道难！〔哭介〕我那妃子呵，愁杀你玉软花柔，要将途路趱。

宫殿参差落照间，卢纶　渔阳烽火照函关。吴融

遏云[12]声绝悲风起，胡曾　何处黄云是陇山[13]。武元衡

【批注】

哪有如此体贴妃子的皇帝，不过借以表现作者对爱情的理想而已。

注释

❶蘸眼：招眼，引人注目。

❷小饮对眉山：眉山，眉毛，即远山眉。和上句“玉纤纤高捧”相联系，暗合梁鸿、孟光“举案齐眉”的故事。

❸炰（páo）：烹煮。

❹照：举杯知照对方。

❺射覆藏钩：饮宴上的两种游戏。射覆，近似猜字谜，猜不中者饮。藏钩，猜测物件（钩）藏在同席谁那里。

❻柳亸（duǒ）花欹：形容杨贵妃醉软无力的神态。亸，低垂。欹，同“倚”。

❼赤紧的：谓紧要关头。此处形容速度迅猛。

❽勤王：帝王受困，各地起兵救驾。

❾扈驾：保驾。扈，同“护”。

❿黫（yān）：黑色。

⓫磣磕磕：悲惨至极。磣，同“惨”。磕磕，又作“可可”，助声无义。

⓬遏云：谓歌声阻住了行云，形容歌声嘹亮。

⓭陇山：陕西、甘肃一带，为长安至蜀的必经之地。

第二十五出

埋玉

【南吕过曲·金钱花】〔末扮陈元礼引军士上〕拥旄仗钺前驱，前驱；羽林拥卫銮舆，銮舆。匆匆避贼就征途。人跋涉，路崎岖。知何日，到成都。

下官右龙武将军陈元礼是也。因禄山造反，破了潼关。圣上避兵幸蜀，命俺统领禁军扈驾。行了一程，早到马嵬驿了。〔内鼓噪介〕〔末〕众军为何呐喊？〔内〕禄山造反，圣驾播迁，都是杨国忠弄权，激成变乱。若不斩此贼臣，我等死不扈驾。〔末〕众军不必鼓噪，暂且安营。待我奏过圣上，自有定夺[①]。〔内应介〕〔末引军重唱“人跋涉”四句下〕〔生同旦骑马，引老旦、贴、丑行上〕

【中吕过曲·粉孩儿】匆匆的弃宫闱珠泪洒，叹清清冷冷半张銮驾，望成都直在天一涯。渐行来渐远京华，五六搭剩水残山，两三间空舍崩瓦。

〔丑〕来此已是马嵬驿了，请万岁爷暂住銮驾。〔生、旦下马，作进坐介〕〔生〕寡人不道，误宠逆臣，致此播迁，悔之无及。妃子，只是累你劳顿，如之奈何！〔旦〕臣妾自应随驾，焉敢辞劳。

只愿早早破贼，大驾还都便好。〔内又喊介〕杨国忠专权误国，今又交通吐蕃[②]，我等誓不与此贼俱生。要杀杨国忠的，快随我等前去。〔杂扮四军提刀赶副净上，绕场奔介〕〔军作杀副净，呐喊下〕〔生惊介〕高力士，外面为何喧嚷？快宣陈元礼进来。〔丑〕领旨。〔宣介〕〔末上见介〕臣陈元礼见驾。〔生〕众军为何呐喊？〔末〕臣启陛下：杨国忠专权召乱，又与吐蕃私通。激怒六军，竟将国忠杀死了。〔生作惊介〕呀，有这等事。〔旦作背掩泪介〕〔生沉吟介〕这也罢了，传旨起驾。〔末出传旨介〕圣旨道来，赦汝等擅杀之罪。作速起行。〔内又喊介〕国忠虽诛，贵妃尚在。不杀贵妃，誓不扈驾。〔末见生介〕众军道，国忠虽诛，贵妃尚在，不肯起行。望陛下割恩正法。〔生作大惊介〕哎呀，这话如何说起！〔旦慌牵生衣介〕〔生〕将军，

【红芍药】国忠纵有罪当加，现如今已被劫杀。妃子在深宫自随驾，有何干六军疑讶。〔末〕圣谕极明，只是军心已变，如之奈何！〔生〕卿家，作速晓谕他，恁狂言没些高下。〔内又喊介〕〔末〕陛下呵，听军中恁地喧哗，教微臣怎生弹压！

〔旦哭介〕陛下呵，

【耍孩儿】事出非常堪惊诧。已痛兄遭戮，奈臣妾又受波查[③]。是前生事已定，薄命应折罚。望吾皇急切抛奴罢，只一句伤心话……

〔生〕妃子且自消停。〔内又喊介〕不杀贵妃，

【吴评】

“哗军直杀国忠，最妙。若待元礼辗转奏请，则与逼杀贵妃犯重矣。且因此警动明皇，使后逼贵妃时，不得不从，皆是惨淡经营处。”

【吴评】

“贵妃口虽请死，心实恋生，‘只一句伤心话’，是传神妙语。”

死不扈驾。〔末〕臣启陛下：贵妃虽则无罪，国忠实其亲兄，今在陛下左右，军心不安。若军心安，则陛下安矣。愿乞三思。〔生沉吟介〕

【会河阳】无语沉吟，意如乱麻。〔旦牵生衣哭介〕痛生生怎地舍官家！〔合〕可怜一对鸳鸯，风吹浪打，直恁的遭强霸！〔内又喊介〕〔旦哭介〕众军逼得我心惊唬，〔生作呆想，忽抱旦哭介〕贵妃，好教我难禁架④！

〔众军呐喊上，绕场、围驿下〕〔丑〕万岁爷，外厢军士已把驿亭围了。若再迟延，恐有他变，怎么处？〔生〕陈元礼，你快去安抚三军，朕自有道理！〔末〕领旨。〔下〕〔生、旦抱哭介〕〔旦〕

【缕缕金】魂飞颤，泪交加。〔生〕堂堂天子贵，不及莫愁家⑤。〔合哭介〕难道把恩和义，霎时抛下！〔旦跪介〕臣妾受皇上深恩，杀身难报。今事势危急，望赐自尽，以定军心。陛下得安稳至蜀，妾虽死犹生也。算将来无计解军哗，残生愿甘罢，残生愿甘罢！

〔哭倒生怀介〕〔生〕妃子说那里话！你若捐生，朕虽有九重之尊，四海之富，要他则甚！宁可国破家亡，决不肯抛舍你也！

【摊破地锦花】任谨哗，我一谜妆聋哑，总是朕差。现放着一朵娇花，怎忍见风雨摧残，断送天涯。若是再禁加⑥，拚代你陨黄沙。

〔旦〕陛下虽则恩深，但事已至此，无路求生。若再留恋，倘玉石俱焚，益增妾罪。望陛下舍妾之

【批注】

怎舍官家，是内心话夺口而出。

【吴评】

“以下层层顿跌，皆逼人涕泪。”

身，以保宗社[⑦]。〔丑作掩泪，跪介〕娘娘既慷慨捐生，望万岁爷以社稷为重，勉强割恩罢。〔内又喊介〕〔生顿足哭介〕罢罢，妃子既执意如此，朕也做不得主了。高力士，只得但、但凭娘娘罢！〔作哽咽、掩面哭下〕〔旦朝上拜介〕万岁！〔作哭倒介〕〔丑向内介〕众军听着，万岁爷已有旨，赐杨娘娘自尽了。〔众内呼介〕万岁，万岁，万万岁！〔丑扶旦起介〕娘娘，请到后边去。〔扶旦行介〕〔旦哭介〕

【哭相思】百年离别在须臾，一代红颜为君尽！

〔转作到介〕〔丑〕这里有座佛堂在此。〔旦作进介〕且住，待我礼拜佛爷。〔拜介〕佛爷，佛爷！念杨玉环呵，

【越恁好】罪孽深重，罪孽深重，望我佛度脱咱。〔丑拜介〕愿娘娘好处生天。〔旦起哭介〕〔丑跪哭介〕娘娘，有甚话儿，分付奴婢几句。〔旦〕高力士，圣上春秋已高，我死之后，只有你是旧人，能体圣意，须索小心奉侍。再为我转奏圣上，今后休要念我了。〔丑哭应介〕奴婢晓得。〔旦〕高力士，我还有一言。〔作除钗、出盒介〕这金钗一对，钿盒一枚，是圣上定情所赐。你可将来与我殉葬，万万不可遗忘。〔丑接钗盒介〕奴婢晓得。〔旦哭介〕断肠痛杀，说不尽恨如麻。〔末领军拥上〕杨妃既奉旨赐死，何得停留，稽迟圣驾。〔军呐喊介〕〔丑向前拦介〕众军士不得近前，杨娘娘即刻归天

【批注】

佛堂又作一顿。

【批注】

钗盒殉葬，为后来证仙作伏笔。

埋玉

了。〔旦〕唉，陈元礼，陈元礼，你兵威不向逆寇加，逼奴自杀。〔军又喊介〕〔丑〕不好了，军士每拥进来了。〔旦看介〕唉，罢、罢，这一株梨树，是我杨玉环结果之处了。〔作腰间解出白练，拜介〕臣妾杨玉环，叩谢圣恩。从今再不得相见了。〔丑泣介〕〔旦作哭缢介〕我那圣上啊，我一命儿便死在黄泉下，一灵儿只傍着黄旗下⑧。

〔做缢死下〕〔末〕杨妃已死，众军速退。〔众应同下〕〔丑哭介〕我那娘娘啊！〔下〕〔生上〕六军不发无奈何，宛转蛾眉马前死。〔丑持白练上，见生介〕启万岁爷，杨娘娘归天了。〔生作呆不应介〕〔丑又启介〕杨娘娘归天了。自缢的白练在此。〔生看大哭介〕哎哟，妃子，妃子，兀的不痛杀寡人也！〔倒介〕〔丑扶介〕〔生哭介〕

【红绣鞋】当年貌比桃花，桃花；〔丑〕今朝命绝梨花，梨花。〔出钗盒介〕这金钗、钿盒，是娘娘分付殉葬的。〔生看钗盒哭介〕这钗和盒，是祸根芽。长生殿，恁欢洽；马嵬驿，恁收煞！

〔丑〕仓卒之间，怎生整备棺椁？〔生〕也罢，权将锦褥包裹。须要埋好记明，以待日后改葬。这钗盒就系娘娘衣上罢。〔丑〕领旨。〔下〕〔生哭介〕

【尾声】温香艳玉须臾化，今世今生怎见他！〔末上跪介〕请陛下起驾。〔生顿足恨介〕咳，我便不去西川也值甚么！〔内呐喊、掌号，众军上〕

【仙吕入双调过曲·朝元令】〔丑暗上，引生上

【批注】

这里对死前杨玉环的描写极其细腻。写她舍不得官家，写她为保宗社，宁肯自己捐生，写她叮咛高力士小心侍奉明皇。一步一顿，动人心魄。悲剧主人公唯有使人同情，才能收到悲剧效果。

【批注】

本出写的李隆基十分钟情，在他看来，玉环若死，虽有九重之尊、四海之富

马行介〕〔合〕长空雾黏，旌旆寒风飐。长征路淹[9]，队仗黄尘染。谁料君臣，共尝危险。恨贼寇横兴逆焰，烽火相兼，何时得将豺虎歼。遥望蜀山尖，回将凤阙瞻，浮云数点，咫尺把长安遮掩，长安遮掩。

翠华[10]西拂蜀云飞，章褐　天地尘昏九鼎[11]危。吴融

蝉鬓不随銮驾起，高骈　空惊鸳鹭忽相随。钱起

也没有用；他甚至想代陨黄沙。而玉环被逼自缢后，竟连西川也不愿去了。“堂堂天子贵，不及莫愁家。”他羡慕的是生死不渝的爱情，至于皇帝的宝座倒是无所谓的。写尽多情天子，也写尽昏庸皇帝。

注释

❶定夺：裁决。

❷交通吐蕃：与吐蕃（今西藏）私下勾结。《通鉴》卷二一八载：“陈玄礼以祸由杨国忠，欲诛之……会吐蕃使者二十余人遮国忠马，诉以无食。国忠未及对，军士呼曰：‘国忠与胡虏谋反！’”

❸波查：磨折，苦难。

❹难禁架：难以忍受。

❺堂堂天子贵，不及莫愁家：大意是，贵为天子，临难却不及一介平民。语本李商隐《马嵬》诗：“如何四纪为天子，不及卢家有莫愁。”

❻若是再禁加：如果军队再闹下去。

❼宗社：宗庙，社稷，封建邦国的象征。

❽一灵儿只傍着黄旗下：灵魂也要追随皇帝走。黄旗，封建皇帝的旗帜。

❾淹：淹迟，行路缓慢。

❿翠华：饰有翠鸟羽毛的帝王仪仗旗之一。

⓫九鼎：古代传说，夏禹铸九鼎，象征九州，三代时君王把它视为传国之宝。

第二十六出

献饭

【黄钟引子·西地锦】〔生引丑上〕懊恨蛾眉轻丧，一宵千种悲伤。早来慵把金鞭飏，午余玉粒[1]谁尝。

寡人匆匆西幸，昨在马嵬驿中，六军不发。无计可施，只得把妃子赐死。〔泪介〕咳，空做一朝天子，竟成千古忍人。勉强行了一程，已到扶风地面。驻跸凤仪宫内，不免少息片时。〔外扮老人持麦饭上〕炙背可以见天子，献芹由来知野人[2]。老汉扶风野老郭从谨是也。闻知皇上西巡，暂驻凤仪宫内。老汉煮得一碗麦饭，特来进献，以表一点敬心。〔见丑介〕公公，烦乞转奏一声，说野人郭从谨特来进饭。〔丑传介〕〔生〕召他进来。〔外进见介〕草莽小臣郭从谨见驾。〔生〕你是那里人？〔外〕念小臣呵，

【黄钟过曲·降黄龙】生长扶风，白首躬耕，共庆时康。听蓦然变起，凤辇游巡，无限惊惶。聊将一盂麦饭，匍匐向旗门陈上。愿吾君不嫌粗粝，野人供养。

〔生〕生受你了，高力士取上来。〔丑接饭送生介〕〔生看介〕寡人晏处深宫，从不曾尝着

【吴评】

“曲朴而稳，直接元人衣钵。”

獻飯

此味。

【前腔】【换头】寻常、进御大官[3]，馔玉炊金，食前方丈[4]，珍羞百味，犹兀自嫌他调和无当。〔泪介〕不想今日，却将此物充饥。凄凉、带麸连麦，这饭儿如何入嗓？〔略吃便放介〕抵多少滹沱河畔、失路萧王[5]！

〔外〕陛下，今日之祸，可知为谁而起？〔生〕你道为着谁来？〔外〕陛下若赦臣无罪，臣当冒死直言。〔生〕但说不妨。〔外〕只为那杨国忠呵，

【前腔】【换头】猖狂，倚恃国亲，纳贿招权，毒流天壤。他与安禄山，十年构衅，一旦里兵戈起自渔阳。〔生〕国忠构衅，禄山谋反，寡人那里知道。〔外〕那禄山呵，包藏祸心日久，四海都知逆状。去年有人上书，告禄山逆迹，陛下反赐诛戮。谁肯再甘心铁钺[6]，来奏君王。

〔生作恨介〕此乃朕之不明，以致于此。

【前腔】【换头】斟量，明目达聪，原是为君的理当察访。朕记得姚崇、宋璟为相的时节，把直言数进，万里民情，如在同堂。不料姚、宋亡后，满朝臣宰，一味贪位取容。郭从谨呵，倒不如伊行，草野怀忠，直指出逆藩奸相。〔外〕若不是陛下巡幸到此，小臣那里得见天颜。〔生泪介〕空教我噬脐无及[7]，恨塞饥肠。

〔外〕陛下暂息龙体，小臣告退。〔叹介〕从饶[8]白发千茎雪，难把丹心一寸灰。〔下〕〔副净扮使臣、二杂抬彩上〕

【吴评】

“写开元致治景象，明明自认不明，却又诿罪臣下。从来怙恶不悛，如出一辙。”

【太平令】鸟道羊肠，春彩驮来驿路长。连山铃铎频摇响，看日近帝都旁。

自家成都道使臣，奉节度使之命，解送春彩十万匹到京。闻得驾幸扶风，不免就此进上。〔向丑介〕烦乞启奏一声，说成都使臣，贡春彩到此。〔丑进奏介〕〔生〕春彩照数收明，打发使臣回去。〔二杂抬彩进介〕〔副净同二杂下〕〔生〕高力士，可召集将士，朕有面谕。〔丑〕万岁爷宣召龙武军将士听旨。〔众扮将士上〕"晓起听金鼓，宵眠抱玉鞍。"龙武军将士叩见万岁爷。〔生〕将士每，听朕道来，

【前腔】变出非常，远避兵戈涉异方。劳伊仓卒随行仗，今日呵，别有个好商量。〔众〕不知万岁爷有何谕旨？〔生〕

【黄龙衮】征人忆故乡，征人忆故乡，蜀道如天上。不忍累伊每，把妻儿父母轻撇漾[⑨]。朕待独与子孙中官，慢慢的捱到蜀中。尔等今日，便可各自还家。省得跋涉程途，饥寒劳攘。高力士，可将使臣进来春彩，分给将士，以为盘费。没军资，分彩币，聊充饷。

〔丑应分彩介〕〔众哭介〕万岁爷圣谕及此，臣等寸心如割。自古养军千日，用在一朝。臣等呵，

【前腔】无能灭虎狼，无能灭虎狼，空愧熊罴将。生死愿从行，军声齐恃天威壮。这春彩，臣等断不敢受。请留待他时论功行赏，若有违心，皇天鉴，决不爽[⑩]。

【批注】

明皇亦曾经是一位有为的君主，深通驾驭之术，有此一件安排，正是还他本色。

〔生〕尔等忠义虽深，朕心实有不忍，还是回去罢。〔众〕呀，万岁爷，莫不因贵妃娘娘之死，有些疑惑么？〔生〕非也，

【尾声】他长安父老多悬望，你每回去呵，烦说与翠华无恙。〔众〕万岁爷休出此言，臣等情愿随驾，誓无二心。〔合〕只待净扫妖氛，一同返帝乡。

〔生〕天色已晚，今夜就此权驻。明日早行便了。〔众〕领旨。

万里飞沙咽鼓鼙，钱起 〔丑〕沉沉落日向山低。骆宾王

〔生〕如今悔恨将何益，韦庄 〔丑〕更忍车轮独向西？周昙

注释

❶玉粒：米饭。

❷炙背可以见天子，献芹由来知野人：炙背，相传有人裸背晒太阳，感觉很舒服，忙去告诉天子，请他照样享受一番。献芹，相传有一乡民认为芹菜甘美，特地请别人来品尝。全句皆有所献菲薄、不足当意但情真意挚的意思。

❸大官：即太官，主管皇帝膳食的官员。

❹食前方丈：谓菜肴罗列之多。方丈，一丈见方。

❺滹沱河畔、失路萧王：汉代刘秀部队在滹沱河受阻，饥寒交迫，部将冯异只能送豆粥给他充饥。刘秀曾被刘玄封为萧王。

❻甘心𫓧钺：甘心受死。𫓧钺，即斧钺，古代执行死刑的刑具。

❼噬脐无及：自己咬自己的肚脐，无论如何也是够不上的。比喻后悔无及。

❽从饶：即使让。

❾撇漾：撇开，抛弃。

❿爽：背，违背。

第二十七出

冥追

【南商调过曲·山坡五更】【山坡羊】〔魂旦白练系颈上，服色照前“埋玉”折〕恶噷噷一场喽啰[①]，乱匆匆一生结果。荡悠悠一缕断魂，痛察察一条白练香喉锁。**【五更转】**风光尽，信誓捐，形骸涴。只有痴情一点、一点无摧挫，拚向黄泉，牢牢担荷。我杨玉环随驾西行，刚到马嵬驿内，不料六军变乱，立逼投缳。〔泣介〕唉，不知圣驾此时到那里了！我一灵渺渺，飞出驿中，不免望着尘头，追随前去。〔行介〕

【吴评】

“四个一字逼出一点痴情，白练羁魂，词尤吃紧。”

【北双调新水令】望銮舆才离了马嵬坡，咫尺间不能飞过。俺悄魂轻似叶，他征骑疾如梭。刚打个磨陀[②]，翠旗尖又早被树烟锁。〔虚下〕

【南仙吕入双调·步步娇】〔生引丑、二内侍、四军拥行上〕没揣倾城遭凶祸，去住浑无那[③]。行行唤奈何，马上回头，两泪交堕。〔丑〕启万岁爷，前面就是驻跸之处了。〔生叹介〕唉，我已厌一身多，伤心更说甚今宵卧。〔齐下〕

【吴评】

“疲马征途，急于望宿，而伤心人别有意绪，已厌身多，遂觉行住都无是处。”

【北折桂令】〔旦行上〕一停停[④]古道逶迤，俺只索虚趁云行，弱倩风驮。〔向内望科〕呀，好了。望见大驾，就在前面了也。这不是羽盖飘扬，鸾旌荡漾，翠辇嵯峨！不免疾忙赶上者。〔急行科〕愿一灵早依御座，便牢牵衮袖黄罗[5]。〔内鸣锣作风起科〕〔旦作惊退科〕呀，我望着銮舆，正待赶上。忽然黑风过处，遮断去路，影都不见了。好苦呵，暗蒙蒙烟障林阿，杳沉沉雾塞山河，闪摇摇不住徘徊，悄冥冥怎样腾挪[6]？

〔贴在内叫苦介〕〔旦〕你看那边愁云苦雾之中，有个鬼魂来了，且闪过一边。〔虚下〕〔贴扮虢国夫人魂上〕

【南江儿水】 艳冶风前谢，繁华梦里过。风流谁识当初我？玉碎香残荒郊卧，云抛雨断重泉堕。〔二鬼卒上〕哇，那里去？〔贴〕奴家虢国夫人。〔鬼卒笑介〕原来就是你。你生前也忒受用了，如今且随我到枉死城中去。〔贴哭介〕哎哟，好苦呵，怨恨如山堆垛。只问你多大幽城[7]，怕着不下这愁魂一个！

〔杂拉贴叫苦下〕〔旦急上看科〕呀，方才这个是我裴家姊姊，也被乱兵所害了。兀的不痛杀人也！

【北雁儿落带得胜令】 想当日天边夺笑歌，今日里地下同零落。痛杀俺冤由一命招，更不想惨累全家祸。呀，空落得提起着泪滂沱，何处把恨消磨！怪不得四下愁云裹，都是俺千声怨气呵。〔望科〕那边又是一个鬼魂，满身鲜血，飞奔前来。好怕人也！悲么，泣孤魂独自无回和。惊么，只落得伴冥途野鬼多。〔虚下〕

【南侥侥令】〔副净扮杨国忠鬼魂跑上〕生前遭劫杀，死后见阎罗。〔牛头执钢叉，夜叉执铁锤、索上拦介〕〔副净跑下〕〔牛头、夜叉复赶上〕杨国忠那里走？〔副净〕呀，我是当朝宰相，方才被乱兵所害。你每做甚，又来拦我？〔牛头〕奸贼，俺奉阎王之命，特来拿你。还不快走。〔副净〕那里去？〔牛头、夜叉〕向小小酆都[8]城一座，教你去剑树与刀山寻快活。

〔牛头拉副净，执叉叉背，夜叉锁副净下〕〔旦急上看科〕呵呀，那不是我的哥哥。好可怜人也！〔作悲科〕

【北收江南】呀，早则是五更短梦，瞥眼醒南柯[9]。把荣华抛却，只留得罪殃多。唉，想我哥哥如此，奴家岂能无罪？怕形消骨化，忏不了旧情魔。且住，一望茫茫，前行无路，不如仍旧到马嵬驿中去罢。〔转行科〕待重转驿坡，心又早怯懦。听了这归林暮雀，犹错认乱军呵。

〔虚下〕〔副净扮土地上〕地下常添枉死鬼，人间难觅返魂香[10]。小神马嵬坡土地是也。奉东岳帝君之命，道贵妃杨玉环原系蓬莱仙子，今死在吾神界内。特命将他肉身保护，魂魄安顿，以候玉旨。不免寻他去来。〔行介〕

【南园林好】只他在翠红乡欢娱事过，粉香丛冤孽债多[11]，一霎做电光石火[12]。将肉质护泉窝，教魂魄守坟窠。〔虚下〕

【北沽美酒带太平令】〔旦行上〕度寒烟蔓草

【批注】

这里让杨玉环兄妹鬼魂出场，一是表示恶人有恶报，二是反衬玉环悔罪真诚，所以结果与兄妹不同。

坡，行一步一延俄。〔看介〕呀，这树上写的有字，待我看来。〔作念科〕贵妃杨娘娘葬此。〔作悲科〕原来把我就埋在此处了。唉，玉环，玉环！〔泣科〕只这冷土荒堆树半棵，便是娉婷袅娜，落来的好巢窝。我临死之时，曾分付高力士，将金钗、钿盒与我殉葬，不知曾埋下否？怕旧物向尘埃抛堕，则俺这真情肯为生死差讹？就是果然埋下呵，还只怕这残尸败蜕，抱不牢同心并朵。不免叫唤一声，〔叫科〕杨玉环，你的魂灵在此。我呵，悄临风叫他、唤他。〔泣科〕可知道伊原是我，呀，直恁地推眠妆卧！

〔副净上唤科〕兀那啼哭的，可是贵妃杨玉环鬼魂么？〔旦〕奴家正是。是何尊神？乞恕冒犯。〔副净〕吾神乃马嵬坡土地。〔旦〕望尊神与奴做主咱。〔副净〕贵妃听吾道来：你本是蓬莱仙子，因微过谪落凡尘。今虽是浮生限满，旧仙山隔断红云。〔代旦解白练科〕吾神奉岳帝敕旨，解冤结免汝沉沦。〔旦福科〕多谢尊神，只不知奴与皇上，还有相见之日么？〔副净〕此事非吾神所晓。〔旦作悲科〕〔副净〕贵妃，且在马嵬驿暂住幽魂，吾神去也。〔下〕〔旦〕苦呵，不免到驿中佛堂里，暂且栖托则个。〔行科〕

【南尾声】重来绝命庭中过，看树底泪痕犹涴。怎能够飞去蓬山寻旧果！

土埋冤骨草离离，储嗣宗　回首人间总祸机。薛能

【批注】

李、杨爱情，随着玉环马嵬自缢，已告结束，但作者认为真正的爱情是生死不渝的。更何况作者认为悲剧主人公原是仙家下凡呢。“飞去蓬山寻旧果”，作者只好采用浪漫主义的手法，写出下半部人间天上的戏文。

云雨马嵬分散后，韦绚　何年何路得同归。
韦庄

注释

❶恶噷（hm）噷一场喽啰：恶噷噷，恶狠狠。喽啰，即啰唣，指马嵬驿哗变士兵的呐喊鼓噪声。

❷打个磨陀：打个转，兜个圈子。

❸浑无那：全是无可奈何。

❹一停停：一程程，一站站。

❺衮袖黄罗：封建帝王穿的黄色衮龙袍。

❻腾挪：移步。

❼幽城：阴间地府。

❽酆都：迷信传说中阎王居住的都城。

❾五更短梦，瞥眼醒南柯：是说人生短暂，如同南柯一梦。

❿返魂香：传说是用返魂树根煎制成的一种香，燃之可使人灵魂复归躯体。

⓫翠红乡欢娱事过，粉香丛冤孽债多：佛家否定物质享受，把“翠红乡”“粉香丛”等温柔富贵认作“冤孽债”。

⓬一霎做电光石火：比喻物质享受随同人的死亡瞬间归于幻灭。

第二十八出

骂贼

〔外扮雷海青抱琵琶上〕武将文官总旧僚，恨他反面事新朝。纲常留在梨园内，那惜伶工命一条。自家雷海青是也。蒙天宝皇帝隆恩，在梨园部内做一个供奉。不料禄山作乱，破了长安，皇帝驾幸西川去了。那满朝文武，平日里高官厚禄，荫子封妻。享荣华，受富贵。那一件不是朝廷恩典！如今却一个个贪生怕死，背义忘恩，争去投降不迭。只图安乐一时，那顾骂名千古。唉，岂不可羞，岂不可恨！我雷海青虽是一个乐工，那些没廉耻的勾当，委实做不出来。今日禄山与这一班逆党，大宴凝碧池头，传集梨园奏乐。俺不免乘此，到那厮跟前，痛骂一场，出了这口愤气。便粉骨碎身，也说不得了。且抱着琵琶，去走一遭也呵！

【北仙吕村里迓鼓】虽则俺乐工卑滥，硁硁[①]愚暗，也不曾读书献策，登科及第，向鹓班高站[②]。只这血性中，胸脯内，倒有些忠肝义胆。今日个睹了丧亡，遭了危难，值了变惨，不由人痛切齿，声吞恨衔。

【元和令】恨子恨泼腥膻莽将龙座渰[③]，癞虾蟆妄想天鹅啖，生克擦直逼的个官家下殿走天南。

【吴评】

"此折大有关系。雷海青琵琶，遂可与高渐离击筑并传。尝叹世间真忠义不易多有，惟优孟衣冠，妆演古人，凛然生气如在。若此折使人可兴、可观，可以廉顽直懦，世有议是剧为劝淫者，正未识旁见侧出之意耳。"

你道恁胡行堪不堪？纵将他寝皮食肉也恨难劖[④]。谁想那一班儿没掂三[⑤]，歹心肠，贼狗男。

【上马娇】平日价张着口将忠孝谈，到临危翻着脸把富贵贪。早一齐儿摇尾受新衔，把一个君亲仇敌当作恩人感。咱，只问你蒙面可羞惭？

【胜葫芦】眼见的去做忠臣没个敢。雷海青呵，若不把一肩担，可不枉了戴发含牙人是俺[⑥]。但得纲常无缺，须眉无愧，便九死也心甘。〔下〕

【南中吕引子·绕红楼】〔净引二军士上〕抢占山河号大燕，袍染赭，冠戴冲天[⑦]。凝碧清秋，梨园小部，歌舞列琼筵。

【吴评】

"开口出'抢占'二字，不脱贼种语气，次句便夸衮冕，又如沐猴而冠。此等描模，深得史记文法。"

孤家安禄山。自从范阳起兵，所向无敌，长驱西入，直抵长安。唐家皇帝，逃入蜀中去了，锦绣江山，归吾掌握。〔笑介〕好不快活。今日聚集百官，在凝碧池上做个太平筵宴，洒乐一回。内侍每，众官可曾齐到？〔杂〕都在外殿伺候。〔净〕宣过来。〔军〕领旨。〔宣介〕主上宣百官进见。〔四伪官上〕"今日新天子，当时旧宰臣。同为识时者，不是负恩人。"〔见介〕臣等朝见。愿主上万岁，万万岁！〔净〕众卿平身。孤家今日政务稍闲，特设宴在凝碧池上，与卿等共乐太平。〔四伪官〕万岁。〔军〕筵宴完备，请主上升宴。〔内奏乐，四伪官跪送酒介〕〔净〕

【中吕过曲·尾犯序】龙戏碧池边，正五色云开，秋气澄鲜。紫殿逍遥，暂停吾玉鞭。开宴，走绯衣，鸾刀细割；揎锦袖，犀盘满献。〔四伪官献酒再拜介〕瑶池下，熊罴鹓鹭[8]，拜送酒如泉。

〔净〕内侍每，传旨唤梨园子弟奏乐。〔军〕领旨。〔向内介〕主上有旨，着梨园子弟奏乐。〔内应奏乐介〕〔军送净酒介〕〔合〕

【前腔】【换头】当筵，众乐奏钧天。旧日霓裳，重按歌遍[9]。半入云中，半吹落风前。稀见，除却了清虚洞府，只有那沉香亭院。今日个仙音法曲，不数大唐年。

〔净〕奏得好。〔四伪官〕臣想天宝皇帝，不知费了多少心力，教成此曲。今日却留与主上受用，真乃齐天之福也。〔净笑介〕众卿言之有理，再上酒来。〔军送酒介〕〔外在内泣唱介〕

【前腔】【换头】幽州鼙鼓喧，万户蓬蒿，四野烽烟。叶堕空宫，忽惊闻歌弦奇变，真个是天翻地覆，真个是人愁鬼怨。〔大哭介〕我那天宝皇帝呵，金銮上百官拜舞，何日再朝天？

〔净〕呀，什么人啼哭？好奇怪！〔军〕是乐工雷海青。〔净〕拿上来。〔军拉外上见介〕〔净〕雷海青，孤家在此饮太平筵宴，你敢擅自啼哭，好生可恶！〔外骂介〕唉，安禄山，你本是失机边将，罪应斩首。幸蒙圣恩不杀，拜将封王。你不思报效朝廷，反敢称兵作乱，秽污神京，逼迁圣驾。这罪恶贯盈，指日天兵到来诛戮，还说什么太平筵宴！〔净大怒介〕唉，有这等事。孤家入登大位，臣下无不顺从。量你这一个乐工，怎敢如此无礼！军士看刀伺候。〔二军作应，拔刀介〕〔外一面指

【吴评】

“尝读唐徐夤诗：‘张均兄弟今何在，却是杨妃死报君。’今见此曲，觉太平宴上诸人，不但生惭雷老，即他日九重泉路，并何面目见杨妃乎！后文以为国捐躯为杨表白，正为此辈抑扬耳。”

净骂介〕

【扑灯蛾】怪伊忒负恩，兽心假人面，怒发上冲冠。我虽是伶工微贱也，不似他朝臣觍觍[10]。安禄山，你窃神器[11]，上逆皇天，少不得顷刻间尸横血溅。〔将琵琶掷净介〕我掷琵琶，将贼臣碎首报开元。

〔军夺琵琶介〕〔净〕快把这厮拿去砍了。〔军应拿外砍下〕〔净〕好恼，好恼！〔四伪官〕主上息怒。无知乐工，何足介意。〔净〕孤家心上不快，众卿且退。〔四伪官〕领旨。臣等恭送主上回宫。〔跪送介〕〔净〕酒逢知己千钟少，话不投机半句多。〔怒下〕〔四伪官起介〕杀得好，杀得好。一个乐工，思量做起忠臣来。难道我每吃太平宴的，倒差了不成！

【尾声】大家都是花花面[12]，一个忠臣值甚钱。〔笑介〕雷海青，雷海青，毕竟你未戴乌纱识见浅！

三秦流血已成川，罗隐　为虏为王事偶然。李山甫

世上何人怜苦节，陆希声　直须行乐不言旋。薛稷

【批注】

他人笑骂，不如自我写照，在表现凛凛正气的悲剧里，穿插点喜剧性的曲白，更加反衬出雷海青等人的气节。作者本出内颂下层人民之有骨气，斥降臣之卑鄙无耻，隐约透露了当时的民族意识。

注释

❶硁（kēng）硁：识浅而固执。

❷鹓班高站：朝官们像鹓飞行时排列整齐地站立。

❸泼腥膻莽将龙座渰：腥膻，封建时代对北方边境民族的蔑视之辞。泼腥

膻，即指禄山。将龙座渰，形容腥膻之气像云雾一样把皇帝的宝座遮掩了。

❹恨难劖：恨难消。劖，割断。

❺没掂三：没头脑，没有是非观念。

❻戴发含牙人是俺：与上句伪官“摇尾受新衔”对比，强调人应该有忠义气节，不应投敌。

❼冠戴冲天：即戴冲天冠，谓头戴王冠做了皇帝。

❽熊罴鹓鹭：武将文官。武将官服绣熊罴，文官则为鹓鹭。

❾歌遍：《霓裳羽衣》曲分成多段，全部歌完叫“歌遍”。

❿砚觍：含羞、害臊的样子。这里是讽刺伪官们奴颜媚敌。

⓫窃神器：抢窃帝位。神器，即禹铸的九鼎，象征统治权。

⓬花花面：戏台上丑角的脸谱。

第二十九出

闻铃

〔丑内叫介〕军士每趱行，前面伺候。〔内鸣锣，应介〕〔丑〕万岁爷，请上马。〔生骑马，丑随行上〕

【双调近词·武陵花】 万里巡行，多少悲凉途路情。看云山重叠处，似我乱愁交并。无边落木响秋声，长空孤雁添悲哽。寡人自离马嵬，饱尝辛苦。前日遣使臣赍奉玺册，传位太子去了。行了一月，将近蜀中。且喜贼兵渐远，可以缓程而进。只是对此鸟啼花落，水绿山青，无非助朕悲怀。如何是好！〔丑〕万岁爷，途路风霜，十分劳顿。请自排遣，勿致过伤。〔生〕唉，高力士，朕与妃子，坐则并几，行则随肩。今日仓卒西巡，断送他这般结果，教寡人如何撇得下也！〔泪介〕提起伤心事，泪如倾。回望马嵬坡下，不觉恨填膺。〔丑〕前面就是栈道了，请万岁爷挽定丝缰，缓缓前进。〔生〕袅袅旗旌，背残日，风摇影。匹马崎岖怎暂停，怎暂停！只见阴云黯淡天昏暝，哀猿断肠，子规叫血，好教人怕听。兀的不惨杀人也么哥，兀的不苦杀人也么哥！萧条恁生[①]，峨眉山下少人经，冷雨斜风扑面迎。

〔丑〕雨来了，请万岁爷暂登剑阁避雨。〔生作

【批注】

这是写李隆基入蜀后，见景生情，深切忆念杨玉环的场子。作者只让李隆基和随从高力士上场，众军士皆不上场，为便于李独念独唱，倾泻胸臆。

【吴评】

“马首斜阳忽尔阴云催暝，冷雨迎人，客程情况如画。”

【批注】

在舞台布景简单的条件下，古代戏曲多以写意性曲词，勾出主人公抒情的意境。

下马、登阁坐介〕〔丑作向内介〕军士每，且暂驻扎，雨住再行。〔内应介〕〔生〕独自登临意转伤，蜀山蜀水恨茫茫。不知何处风吹雨，点点声声迸断肠。〔内作铃响介〕〔生〕你听那壁厢，不住的声响，聒的人好不耐烦。高力士，看是甚么东西。〔丑〕是树林中雨声，和着檐前铃铎，随风而响。〔生〕呀，这铃声好不做美也！

【前腔】淅淅零零，一片凄然心暗惊。遥听隔山隔树，战合风雨，高响低鸣。一点一滴又一声，一点一滴又一声，和愁人血泪交相迸。对这伤情处，转自忆荒茔。白杨萧瑟雨纵横，此际孤魂凄冷。鬼火光寒，草间湿乱萤。只悔仓皇负了卿，负了卿！我独在人间，委实的不愿生。语娉婷，相将早晚伴幽冥②。一恸空山寂，铃声相应，阁道崚嶒③，似我回肠恨怎平！

〔丑〕万岁爷且免愁烦。雨止了，请下阁去罢。〔生作下阁、上马介，丑向内介〕军士每，前面起驾。〔众内应介〕〔丑随生行介〕〔生〕

【尾声】迢迢前路愁难罄，招魂去国两关情。〔合〕望不尽雨后尖山万点青。

〔生〕剑阁连山千里色，骆宾王　离人到此倍堪伤。罗邺

空劳翠辇冲泥雨，秦韬玉　一曲淋铃泪数行。杜牧

【吴评】

“缠绵哀怨，一往情深，又应转铃声，点染阁道，凄然欲绝。”

【批注】

风声、雨声、铃声、哭声，声声相应。末句以阁道崚嶒比己之愁肠百结，更凄切动人。

【吴评】

“结出雨后景色，文生于情。”

聞鈴

注释

❶萧条恁生：恁生萧条，这般萧条。

❷语娉婷，相将早晚伴幽冥：大意是，妃子呀，我也快要去阴曹地府和你做伴了。

❸崚（léng）嶒：高峻突兀的样子。

第三十出

情悔

【仙吕入双调·普贤歌】〔副净上〕马嵬坡下太荒凉，土地公公也气不扬。祠庙倒了墙，没人烧炷香，福礼三牲①谁祭享！

小神马嵬坡土地是也，向来香火颇盛。只因安禄山造反，本境人民尽皆逃散。弄得庙宇荒凉，香烟断绝。目今野鬼甚多，恐怕出来生事，且往四下里巡看一回。正是“只因神倒运，常恐鬼胡行”。〔虚下〕〔魂旦上〕

【双调引子·捣练子】冤叠叠，恨层层，长眠泉下几时醒？魂断苍烟寒月里，随风窣窣度空庭。

“一曲霓裳逐晓风，天香国色总成空。可怜只有心难死，脉脉常留恨不穷。”奴家杨玉环鬼魂是也。自从马嵬被难，荷蒙岳帝传敕，得以栖魂驿舍，免堕冥司。〔悲介〕我想生前与皇上在西宫行乐，何等荣宠！今一旦红颜断送，白骨冤沉，冷驿荒垣，孤魂淹滞。你看月淡星寒，又早黄昏时分，好不凄惨也！

【过曲·三仙桥】古驿无人夜静，趁微云，移月暝，潜潜趑趑，暂时偷现影。魆地间心耿

【批注】

人们常说“逞侈心而穷人欲”的皇帝和妃子之间，怎么会有真正爱情呢？其实作者也清楚，他自己就说过“念情之所钟，在帝王家罕有”。罕有，毕竟还有。作者在《长生殿》里写的李、杨爱情便是这少有的例外。他们突出之处，一是原来两人都是天仙下凡；二是他们败而能悔，通过悔过，获得人们的同情。这就是作者巧妙的构思。本出正是体现此意图的。

【吴评】

“三曲，首惜芳颜，次哭钗盒，末悔

耿，猛想起我旧丰标，教我一想一泪零。想、想当日那态娉婷，想、想当日那妆艳靓，端得是赛丹青描成、画成。那晓得不留停，早则肌寒肉冷。〔悲介〕苦，变做了鬼胡由[②]，谁认得是杨玉环的行径[③]！

〔泪介〕〔袖出钗盒介〕这金钗、钿盒，乃皇上定情之物，已从墓中取得。不免向月下把玩一回。〔副净潜上，指介〕这是杨贵妃鬼魂，且听他说些甚么。〔背立听介〕〔旦看钗盒介〕

【前腔】看了这金钗儿双头比并，更钿盒同心相映。只指望两情坚如金似钿，又怎知翻做断绠[④]。若早知为断绠，枉自去将他留下了这伤心把柄。记得盒底夜香清，钗边晓镜明，有多少欢承爱领。〔悲介〕但提起那恩情，怎教我重泉目瞑！〔哭介〕苦只为钗和盒，那夕的绸缪[⑤]，翻成做杨玉环这些时的悲哽。

〔副净背听，作点头介〕〔旦〕咳，我杨玉环，生遭惨毒，死抱沉冤。或者能悔前愆，得有超拔之日，也未可知。且住，〔悲介〕只想我在生所为，那一桩不是罪案。况且弟兄姊妹，挟势弄权，罪恶滔天，总皆由我，如何忏悔得尽！不免趁此星月之下，对天哀祷一番。〔对天拜介〕

【前腔】对星月发心至诚，拜天地低头细省。皇天，皇天！念杨玉环呵，重重罪孽，折罚来遭祸横[⑥]。今夜呵，忏愆尤，陈罪眚[⑦]，望天天高鉴，宥我垂证明。只有一点那痴情，爱河沉未

前愆。由痴入悟，章法井然。”

【吴评】

“曲曲折折愈转愈情切，从此直至仙山征信，总不暂忘钗盒。”

醒。说到此悔不来，惟天表证。纵冷骨不重生，拚向九泉待等。那土地说，我原是蓬莱仙子，谴谪人间。天呵，只是奴家恁般业重，敢仍望做蓬莱座的仙班，只愿还杨玉环旧日的匹聘。

〔副净〕贵妃，吾神在此。〔旦〕原来是土地尊神。〔副净〕

【越调过曲·忆多娇】我趁月明，独夜行。见你拜祷深深，仔细听，这一悔能教万孽清。管感动天庭，感动天庭，有日重圆旧盟。

〔旦〕多蒙尊神鉴悯。只怕奴家呵，

【前腔】业障萦，夙慧[⑧]轻。今夕徒然愧悔生，泉路茫茫隔上清[⑨]。〔悲介〕说起伤情，说起伤情，只落得千秋恨成。

〔副净〕贵妃不必悲伤，我今给发路引[⑩]一纸。千里之内任你魂游便了。〔作付路引介〕听我道来，

【斗黑麻】你本是蓬莱籍中有名，为堕落皇宫，痴魔顿增。欢娱过，痛苦经，虽谢尘缘，难返仙庭。喜今宵梦醒，教你逍遥择路行。莫恋迷途[⑪]，莫恋迷途，早归旧程。

【前腔】〔旦接路引谢介〕深谢尊神，与奴指明。怨鬼愁魂，敢望仙灵！〔背介〕今后呵，随风去，信路行。荡荡悠悠，日隐宵征。依月傍星，重寻钗盒盟。还怕相逢，还怕相逢，两心痛增。

〔副净〕吾神去也。

【批注】

弟兄姐妹，挟势弄权，造成恶果，但并非杨玉环直接造成的。这里写她忏悔痴情，都有使人同情之处。

【吴评】

“说到相逢，并怕明皇增痛，直是情至。”

〔旦〕晓风残月正潸然，韩琮 〔副净〕对影闻声已可怜。李商隐

〔旦〕昔日繁华今日恨，司空图 〔副净〕只应寻访是因缘。方干

注释

❶福礼三牲：用牛、羊、猪来祭祀神灵。福礼，祀神的牲物。

❷肌寒肉冷，变做了鬼胡由：鬼胡由本意为鬼混、胡闹，此处作鬼解。肌寒，原本作饥寒，据别本改正。

❸行径：模样。

❹断绠：断绳。

❺那夕的绸缪：指第二出定情之夕的欢爱。

❻遭祸横：遭横祸。横祸，意外的灾祸。

❼陈罪眚（shěng）：陈诉罪过。眚，过错。

❽夙慧：佛家所谓的前世慧根。

❾上清：道家所说的三天之一。

❿路引：阴间的路条、通行证。

⓫迷途：道家视贪恋人生享乐为迷途。

第三十一出

剿寇

【中吕引子·菊花新】〔外戎装，领四军上〕谬承新命陟崇阶[①]，挂印催登上将台。惭愧出群才，敢自许安危全赖。

建牙[②]吹角不闻喧，三十登坛众所尊。家散万金酬士死，身留一剑答君恩。下官郭子仪，叨蒙圣恩，特拜朔方节度使，领兵讨贼。现今上皇[③]巡幸西川，今上即位灵武。当此国家多事之秋，正我臣子建功之日。誓当扫清群寇，收复两京，再造唐家社稷，重睹汉官威仪，方不负平生志愿也。众将官，今乃黄道吉日，就此起兵前去。〔众应，呐喊、发号启行介〕〔合〕

【吴评】

“叙次时事简而能括，是大手笔。”

【中吕过曲·驮环着】拥鸾旗羽盖，蹴起尘埃。马挂征鞍，将披重铠，画戟雕弓耀彩。军令分明，争看取奋鹰扬[④]堂堂元帅。端的是孙吴无赛，管净扫妖氛毒害。机谋运，阵势排，一战收京，万方宁泰。〔齐下〕

【前腔】〔丑末扮番将、引军卒行上〕倚兵强将勇，倚兵强将勇，一鼓前来。阵似推山，势如倒海。不断征云叆叆[⑤]，鬼哭神号，到处里染腥风，杀人如芥。自家大燕皇帝麾下大将史思明、何千年

【吴评】

“以杀人为能，便是草寇语。”

是也。唐家立了新皇帝，遣郭子仪杀奔前来。奉令着我二人迎敌。〔末〕闻得郭子仪兵势颇盛，我等二人分作两队。待一人与他交战，一人横冲出来，必获大胜。〔丑〕言之有理。大小三军，就此分队杀上前去。〔四杂应，做分行介〕向两下分兵迎待，先一合拖刀佯败。磨旗[6]惨，战鼓哀。奋勇先登，振威夺帅。

〔末领众先下〕〔外领军上，与丑对战一合介〕〔丑〕来将何名？〔外〕吾乃大唐朔方节度使郭。天兵到此，还不下马受缚，更待何时？〔丑〕不必多讲，放马过来。〔战介，丑败介，走下〕〔末领卒上，截外战介〕〔外〕来的贼将，快早投降。〔末〕郭子仪，你可赢得我么？〔外〕休得饶舌。〔战介，丑复上混战介〕〔丑、末大败逃下〕〔外〕且喜贼将大败而逃，此去长安不远，连夜杀奔前去便了。〔众〕得令。〔行介〕〔合〕

【添字红绣鞋】三军笑口齐开，齐开；旌旗满路争排，争排。拥大将，气雄哉，合图画上云台[7]。把军书忙裁，忙裁；捷奏报金阶，捷奏报金阶。

【尾声】两都早慰云霓待[8]，九庙[9]重瞻日月开，复立皇唐亿万载。

悲风杀气满山河，白居易　师克由来在协和。胡曾

行望凤京旋凯捷，贺朝　千山明月静干戈。杜荀鹤

注释

❶陟崇阶：升任很高级别的官阶。

❷建牙：在军前竖起牙旗。全句写军令严明。

❸上皇：太上皇。肃宗李亨即位后，尊玄宗为太上皇。

❹奋鹰扬：像鹰一样飞扬奋发，形容郭子仪英气勃发。

❺不断征云叆叆（ài）：形容战乱不休。叆叆，浓云密布的样子。

❻磨旗：挥动旗帜。此处作旗帜解。

❼合图画上云台：绘成功臣图像挂在皇宫里。云台，汉宫台，东汉明帝绘二十八位将军像挂于此台。合，应该。

❽两都早慰云霓待：告慰两京渴望胜利的黎庶。云霓待，渴望。语本《孟子》“若大旱之望云霓”。

❾九庙：天子宗庙。古礼规定，享受天子祭祀的祖庙有九座。

第三十二出

哭像

〔生上〕蜀江水碧蜀山青，赢得朝朝暮暮情。但恨佳人难再得，岂知倾国与倾城。寡人自幸成都，传位太子，改称上皇。喜的郭子仪兵威大振，指日荡平。只念妃子为国捐躯，无可表白，特敕成都府建庙一座。又选高手匠人，将旃檀香雕成妃子生像。命高力士迎进宫来，待寡人亲自送入庙中供养。敢待到也。〔叹科〕咳，想起我妃子呵，

【北正宫端正好】是寡人昧了他誓盟深，负了他恩情广，生拆开比翼鸾凰。说甚么生生世世无抛漾，早不道[①]半路里遭魔障。

【滚绣球】恨寇逼的慌，促驾起的忙。点三千羽林兵将，出延秋[②]，便沸沸扬扬。甫伤心第一程，到马嵬驿舍傍。猛地里爆雷般齐呐起一声的喊响，早子见铁桶似密围住四下里刀枪。恶噷噷单施逞着他领军元帅威能大，眼睁睁只逼拶的俺失势官家气不长，落可[③]便手脚慌张。恨只恨陈元礼呵，

【叨叨令】不催他车儿马儿，一谜家延延挨挨的望；硬执着言儿语儿，一会里喧喧腾腾的谤；更排些戈儿戟儿，不哄中重重叠叠的上；生逼个身儿

【吴评】

"杨妃倾国，而又为之建庙，事属无名，今以为国捐躯无可表白为言，便觉此举原不可少。"

【批注】

本出从《牡丹亭》中拾画、叫画等场化出，前人以《长生殿》为闹热《牡丹亭》，当于此等处参悟。

命儿，一霎时惊惊惶惶的丧。〔哭科〕兀的不痛杀人也么哥，兀的不痛杀人也么哥！闪的我形儿影儿，这一个孤孤凄凄的样。

寡人如今好不悔恨也！

【脱布衫】羞杀咱掩面悲伤，救不得月貌花庞。是寡人全无主张，不合呵将他轻放。

【小梁州】我当时若肯将身去抵搪[4]，未必他直犯君王；纵然犯了又何妨，泉台上，倒博得永成双。

【幺篇】如今独自虽无恙，问余生有甚风光！只落得泪万行，愁千状！〔哭科〕我那妃子呵，人间天上，此恨怎能偿！

〔丑同二宫女、二内监捧香炉、花幡，引杂抬杨妃像，鼓乐行上〕〔丑见生科〕启万岁爷，杨娘娘宝像迎到了。〔生〕快迎进来波。〔丑〕领旨。〔出科〕奉旨：宣杨娘娘像进。〔宫女〕领旨。〔做抬像进、对生，宫女跪，扶像略俯科〕杨娘娘见驾。〔丑〕平身。〔宫女起科〕〔生起立对像哭科〕我那妃子呵，

【中吕上小楼】别离一向，忽看娇样。待与你叙我冤情，说我惊魂，话我愁肠……〔近前叫科〕妃子，妃子，怎不见你回笑庞，答应响，移身前傍。〔细看像，大哭科〕呀，原来是刻香檀做成的神像！

〔丑〕銮舆已备，请万岁爷上马，送娘娘入庙。〔杂扮校尉，瓜、旗、伞、扇、銮驾队子上〕〔生〕高力士传旨，马儿在左，车儿在右，朕与娘娘并行者。

【批注】

这里用《西厢》句法，实止七字句耳。叠字俱平声，与车马、言语等仄声词一起念，读起来铿锵有力，节奏鲜明，把马嵬兵变的紧张气氛和盘托出。

【吴评】

“杨妃凡三变，马嵬以前，人也；冥追以后，鬼也；尸解以后，仙也。而神仙人鬼之中以刻像杂之，又作一变。假假真真，使观者神迷目乱。”

【吴评】

“马嵬不能救免，冤情也；幸蜀不能自主，惊魂也；没后不能再见，愁肠也。三语妙有次第。”

〔丑〕领旨。〔生上马，校尉抬像，排队引行科〕〔生〕

【幺篇】谷碌碌凤车呵紧贴着行，袅亭亭龙鞭呵相对着扬。依旧的辇儿厮并，肩儿齐亚，影儿成双。情暗伤，心自想。想当时联镳[⑤]游赏，怎到头来刚做了恁般随倡[⑥]！

〔到科〕〔丑〕到庙中了，请万岁爷下马。〔生下马科〕内侍每，送娘娘进庙去者。〔銮驾队子下〕〔内侍抬像，同宫女、丑随生进，生做入庙看科〕

【满庭芳】我向这庙里抬头觑望，问何如西宫南苑，金屋辉光？那里有鸳帏、绣幕、芙蓉帐，空则见颤巍巍神幔高张，泥塑的宫娥两两，帛装的阿监双双。剪簇簇幡旌飏，招不得香魂再转，却与我摇曳吊心肠。

〔生前坐科〕〔丑〕吉时已届，候旨请娘娘升座。〔生〕宫人每，伏侍娘娘升座者。〔宫女应科〕领旨。〔内细乐，宫女扶像对生，如前略俯科〕杨娘娘谢恩。〔丑〕平身。〔生起立，内鼓乐，众扶像上座科〕〔生〕

【快活三】俺只见宫娥每簇拥将，把团扇护新妆。犹错认定情初，夜入兰房。〔悲科〕可怎生冷清清独坐在这彩画生绡帐！

〔丑〕启万岁爷，杨娘娘升座毕。〔生〕看香过来。〔丑跪奉香，生拈香科〕

【朝天子】爇腾腾宝香，映荧荧烛光，猛逗着往事来心上。记当日长生殿里御炉傍，对牛女把深

【批注】

和前面《禊游》等出对看，更觉凄惨。

哭像

盟讲。又谁知信誓荒唐，存殁参商[7]！空忆前盟不暂忘。今日呵，我在这厢，你在那厢，把着这断头香在手添凄怆。

高力士看酒过来，朕与娘娘亲奠一杯者。〔丑奉酒科〕初赐爵[8]。〔生捧酒哭科〕

【四边静】把杯来擎掌，怎能够檀口还从我手内尝。按不住凄惶，叫一声妃子也亲陈上。泪珠儿溶溶满觞，怕添不下半滴葡萄酿。

〔丑接杯献座科〕〔生〕我那妃子呵，

【要孩儿】一杯望汝遥来享，痛煞煞古驿身亡。乱军中抔土[9]便埋藏，并不曾瀽半碗凉浆。今日呵，恨不诛他肆逆三军众，祭汝含酸一国殇[10]。对着这云帏像，空落得仪容如在，越痛你魂魄飞扬。

〔丑又奉酒科〕亚赐爵。〔生捧酒哭科〕

【五煞】碧盈盈酒再陈，黑漫漫恨未央，天昏地暗人痴望。今朝庙宇留西蜀，何日山陵改北邙[11]！〔丑又接杯献座科〕〔生哭科〕寡人呵，与你同穴葬，做一株冢边连理，化一对墓顶鸳鸯。

〔丑又奉酒科〕终赐爵。〔生捧酒科〕

【四煞】奠灵筵礼已终，诉衷情话正长。你娇波不动，可见我愁模样？只为我金钗钿盒情辜负，致使你白练黄泉恨渺茫。〔丑接杯献科〕〔生哭科〕向此际捶胸想，好一似刀裁了肺腑，火烙了肝肠。

〔丑、宫女、内侍俱哭科〕〔生看像惊科〕呀，高力士，你看娘娘的脸上，兀的不流出泪来了。〔丑同宫女看科〕呀，神像之上，果然满面泪痕，

【吴评】

“暗与《舞盘》折把杯照应。”

【吴评】

“军行仓卒，锦褥裹埋，是明皇最伤心事，故下曲便想到山陵改葬，又追溯白练黄泉，牵衣请死，缠绵不已也。”

奇怪，奇怪！〔生哭科〕哎呀，我那妃子呵，

【三煞】只见他垂垂的湿满颐，汪汪的含在眶，纷纷的点滴神台上。分明是牵衣请死愁容貌，回顾吞声惨面庞。这伤心真无两，休说是泥人堕泪，便教那铁汉也肠荒！

〔丑〕万岁爷请免悲伤，待奴婢每叩见娘娘。〔同宫女、内侍哭拜科〕〔生〕

【二煞】只见老常侍双膝脆，旧宫娥伏地伤。叫不出娘娘千岁，一个个含悲向。〔哭科〕妃子呵，只为你当日在昭阳殿里施恩遍，今日个锦水[12]祠中遗爱长。悲风荡，肠断杀数声杜宇，半壁斜阳。

〔丑〕请万岁爷与娘娘焚帛。〔生〕再看酒来。〔丑奉酒焚帛，生酹酒科〕

【一煞】叠金银山百座，化幽冥帛万张。纸铜钱[13]怎买得天仙降？空着我衣沾残泪，鹃留怨，不能勾魂逐飞灰蝶化双，蓦地里增悲怆。甚时见鸾骖碧汉，鹤返辽阳[14]。

〔丑〕天色已晚，请万岁爷回宫。〔生〕宫娥，可将娘娘神帐放下者。〔宫娥〕领旨。〔做下神幔，内暗抬像下科〕〔生〕起驾。〔丑应科〕〔生作上马，銮驾队子复上，引行科〕〔生〕

【煞尾】出新祠泪未收，转行宫痛怎忘？对残霞落日空凝望！寡人今夜呵，把哭不尽的衷情，和你梦儿里再细讲。

数点香烟出庙门，曹邺　巫山云雨洛川神。权德舆

【吴评】

“木人下泪最妙，若无此一番情感，则一块顽香叫呼不应，了无意致矣。”

【吴评】

“是出庙徘徊情景。”“结语又起一意，文心溢在纸外。”

翠蛾仿佛平生貌，白居易 日暮偏伤去住人。封彦冲

注释

❶早不道：却不料。

❷延秋：延秋门，唐都长安禁苑的西门。

❸落可：衬词，无义。

❹抵搪：抵挡，搪塞。

❺联镳：并排乘坐。镳，马衔。

❻刚做了恁般随倡：刚，偏。随倡，即夫唱妇随。

❼存殁参商：用参、商二星此出彼没，比喻二人生死永隔，再难相见。

❽初赐爵：和下文中的亚赐爵、终赐爵，是古代祭礼中三次奠酒仪式，因是明皇祭贵妃，故曰赐。

❾抔土：一捧土，多指墓土。

❿国殇：为国捐躯的战士。殇，未成年的死者。

⓫山陵改北邙：将贵妃陵墓改建在洛阳北邙山。隋唐时王公贵族多葬于此。

⓬锦水：又名锦江，流经成都。

⓭金银山、幽冥帛、纸铜钱：祭奠时烧化给死者的钱帛。

⓮甚时见鸾骖碧汉，鹤返辽阳：什么时候看到你回来。鸾骖碧汉，像西王母乘鸾从天上飞来。鹤返辽阳，传说仙人丁令威化作白鹤飞返故乡辽阳。

第三十三出

神诉

【南仙吕入双调·柳摇金】〔贴引二仙女、二仙官队子行上〕工成玉杼，机丝巧殊，呈锦过天除[①]。摇珮还星渚，云中引凤舆。却望着银河一缕，碧落映空虚。俯视尘寰，山川米聚。吾乃天孙织女是也。织成天锦，进呈上帝。行路中间，只见一道怨气，直冲霄汉。不知下界是何地方。〔叫介〕仙官，〔官应介〕〔贴〕你看这非烟非雾，怨气模糊，试问下方何处？〔官应，作看介〕启娘娘，下界是马嵬坡地方。〔贴〕分付暂驻云车，即宣马嵬坡土地来者。〔官应，众拥贴高处坐介〕〔官向内唤介〕马嵬坡土地何在？〔副净应上〕来也。

【北越调斗鹌鹑】则俺在庙里安身，忽听得空中唤取。则他那天上宣差，有俺甚地头事务。〔官唤科〕土地快来。〔副〕他不住的唱叫扬疾，唬的我慌忙急遽。只索把急张拘诸[②]的袍袖来拂，乞留屈碌的腰带来束。整顿了这破丢不答的平顶头巾，扶定了那滴羞扑速的齐眉拐拄。

〔见官科〕仙官呼唤，有何使令？〔官〕织女娘娘呼唤你哩。〔副净〕

【紫花儿序】听说道唤俺的是天孙织女，我又

【吴评】

“此折前为密誓照应，后为奏复仙班张本。”

【批注】

此出原是过场，现以土地出场代诉，演出一出庄谐相间、生活气息较浓的好戏，作为全本悲剧气氛的调剂。

不曾在河边去掌渡司桥，可因甚到坡前来觅路寻途？〔背科〕哦，是了波，敢只为云中驾边，道俺这里接待全疏，〔哭科〕待将咱这卑职来勾除。〔回向官科〕仙官可怜见波，小神官卑地苦，接待不周，特带得一陌黄钱在此，送上仙官，望在娘娘前方便咱。则看俺庙宇荒凉鬼判无，常只是尘蒙了神案，土塞在台基，草长在香炉。

〔官笑科〕谁要你的黄钱。娘娘有话问你哩，快去，快去。〔引副净见介〕〔副净〕马嵬坡土地叩见。愿娘娘圣寿无疆。〔仙女〕平身。〔副净起科〕〔贴〕土地，我在此经过，见你界上有怨气一道，直冲霄汉。是何缘故？〔副净〕娘娘听启，

【天净沙】这的是艳晶晶《霓裳》曲里娇姝，袅亭亭翠盘掌上轻躯。〔贴〕是那一个？〔副净〕是唐天子的贵妃杨玉环，磣磕磕黄土坡前怨屈，因此上痛咽咽幽魂不去，霭腾腾黑风在空际吹嘘。

〔贴〕原来就是杨玉环。记得天宝十载渡河之夕，见他与唐天子在长生殿上，誓愿世为夫妇。如今已成怨鬼，甚是可怜。土地，你将死时光景说与我听者。〔副净〕

【调笑令】只为着往蜀、侍銮舆，鼎沸般军声四下里呼。痛红颜不敢将恩负，哭哀哀拜辞了君主。一霎时如花命悬三尺组[③]，生擦擦为国捐躯。

〔贴〕怎生为国捐躯，你再细细说来。〔副净〕

【小桃红】当日个闹镬铎[④]，激变羽林徒，把驿庭四面来围住。若不是慷慨佳人将难轻赴，怎能

【吴评】

“首曲就本身摹写，此曲从呼唤猜疑，先于空中着想，不遽见天孙，亦是元人作法。此文章善于步虚处。”

够保无虞，扈君王直向西川路，使普天下人心悦服。今日里中兴重睹，兀的不是再造了这皇图。

〔贴〕虽如此说，只是以天下为主，不能庇一妇人，长生殿中之誓安在？李三郎畅好薄情也。〔副净〕娘娘，那杨妃呵，

【秃厮儿】 并不怨九重上情违义忤，单则捱九泉中恨债冤逋[⑤]。痛只痛情缘两断不再续，常则是悲此日，忆当初，欷歔。

〔贴〕他可说些甚来？〔副净〕

【圣药王】 他道是恩已虚，爱已虚，则那长生殿里的誓非虚。就是情可辜，意可辜，则那金钗、钿盒的信难辜。拚抱恨守冥途。

〔贴〕他原是蓬莱仙子，只因夙孽，迷失本真[⑥]。今到此地位，还记得长生殿中之誓。有此真情，殊堪鉴悯。〔副净〕再启娘娘，杨妃近来，更自痛悔前愆。〔贴〕怎见得？〔副净〕

【麻郎儿】 他夜夜向星前扪心泣诉，对月明叩首悲吁。切自悔愆尤积聚，要祈求罪业消除。

【幺篇】 因此上怨呼，恨吐，意苦。虽不能贯白虹上达天都[⑦]，早则是结紫孛[⑧]冲开地府。不堤防透青霄横当仙路。

〔贴〕原来如此。既悔前非，诸愆可释。吾当保奏天庭，令他复归仙位便了。〔副净〕娘娘呵，

【络丝娘】 虽则保奏他仙班再居，他却还有痴情几许。只恐到仙宫，但孤处，愿永证前盟夫妇。

〔贴〕是儿好情痴也。你且回本境，吾自有道

【批注】

把唐室中兴归功于杨玉环的“为国捐躯”，这未免过分美化了杨玉环，歪曲了历史的本来面目。

【吴评】

“为国捐躯，乃明皇饰说，而幽冥亦作是论，何也？使当日依回不决，则六军犯跸，竟成倾国，与褒妲无异，惟有此一举而军心顿服，中兴可期。唐人咏本事诗，独少陵‘不闻夏殷衰，中自诛褒妲’最为得体。杨妃一死，虽谓之再造也可。观织女答语，即归重明皇，作者之情可见，非以强词曲为回护也。”

理。〔副净〕领法旨。

【尾声】代将情事分明诉，幸娘娘与他做主。早则看马嵬坡少一个苦游魂，稳情取蓬莱山添一员旧仙侣。

〔下〕〔贴〕分付起驾，回璇玑宫去。〔众应引行介〕

【仙吕入双调过曲·金字段】【金字令】红颜薄命，听说真冤苦。黄泉长恨，听说多酸楚。更抱贞心，初盟不负。【三段子】悔深顿令真元露，情坚炼出金丹固，只合登仙，把人天恨补。

往来朝谒蕊珠宫，赵嘏　乌鹊桥成上界通。刘威

纵目下看浮世事，方干　君恩已断尽成空。卢弼

【吴评】

“此种诗在场上句句有腔态，东篱、君美，俱得此秘。”

注释

❶天除：天宫中的台阶。

❷急张拘诸：形容慌慌张张。下文乞留屈碌，形容弯弯曲曲；破丢不答，形容破破烂烂；滴羞扑速，形容颤颤抖抖。

❸命悬三尺组：缢死在三尺白练上。

❹闹镬铎：闹哄哄。

❺冤逋：欠下的冤债。逋，拖欠。

❻本真：和下文真元一样，指仙人本性。

❼贯白虹上达天都：白虹贯日，怨气冲天。

❽结紫孛：（怨气）呵结成一段如彗星状的紫气。孛，彗星。

第三十四出

刺逆

〔丑扮李猪儿太监帽、毡笠、箭衣上〕小小身材短短衣，高檐能走壁能飞。怀中匕首无人见，一皱眉头起杀机。自家李猪儿便是，从小在安禄山帐下。见俺人材俊俏，性格聪明，就与儿子一般看待。一日禄山醉后，忽然现出猪首龙身，自道是个猪龙，必有天子之分。因此把俺名字，就顺口唤做猪儿。不想他如今果然做了皇帝，却宠爱着段夫人，要立他儿子庆恩为太子。眼见这顶平天冠，不要说俺李猪儿没福戴他，就是他长子大将军庆绪，也轮不到头上了。因此大将军心怀忿恨，与俺商量，要俺今夜入宫行刺。唉，安禄山，安禄山，你受了唐天子那样大恩，尚且兴兵反叛，休怪俺李猪儿今日反面无情也。〔内打二更介〕你听，谯楼[①]已打二鼓，不免乘此夜静，沿着宫墙前去走一遭也呵。〔行介〕

【双调二犯江儿水】 阴森夹道，行不尽阴森夹道，更深人静悄。〔内作鸟声介〕怕惊飞宿鸟，〔内作犬吠介〕犬吠哰哰，祸机儿包贮好。〔内打更介〕那边巡军来了，俺且闪在大树边，躲避一回。〔躲介〕〔小生、末、中净、老旦扮四军，巡更上〕百万军中人四个，九重门外月三更。〔末〕

【吴评】

“故作惊疑逼人，四军四下转语，无不入妙。”

大哥每，你看那御河桥树枝，为何这般乱动？〔老〕莫不有甚奸细在内。〔中净〕这所在那得有奸细，想是柳树成精了。〔小生〕呸，你每不听得风起么？〔众〕不要管，一路巡去就是了。〔绕场走下〕〔丑出行介〕好唬人也。只见刁斗[②]暗中敲，巡军过御桥。星影云飘，月影花摇，险些儿漏风声难自保。一路行来，此处已近后殿，不免跳过墙去。苑墙恁高，那怕他苑墙恁高，翻身一跳，〔作跳过介〕已被俺翻身一跳。〔内作乐介〕你听，恁般时候，还有笙歌之声。喜得宫中都是熟路，且自慢慢而去。等待他醉模糊把锦席抛。

〔虚下〕〔净作醉态，老旦、中净、二宫女扶侍，二杂扮内侍，提灯上〕〔净〕孤家醉了，到便殿中安息去罢。〔杂引净到介〕〔净坐介〕〔二杂先下〕〔净〕宫娥，段夫人可曾回宫？〔老旦、中净〕回宫去了。〔净〕看茶来吃。〔老旦、中净应下〕〔净作醒叹介〕唉，孤家原不曾醉。只为打破长安之后，便想席卷中原。不料各路诸将，连被郭子仪杀得大败，心中好生着急。又因爱恋段夫人，酒色过度，不但弄得孤家身子疲软，连双目都不见了。因此今夜假装酒醉，令她回宫，孤家自在便殿安寝，暂且将息一宵。〔老旦、中净捧茶上〕皇爷，茶在此。〔净作饮介〕〔内打三更介〕〔中净〕夜已三更，请皇爷安寝罢。〔净〕宫娥每，把殿门紧闭了。〔老旦、中净应作闭门介〕〔净睡介〕〔老旦、中净坐地盹介，净作惊介〕为何今夜睡卧不宁，只

【吴评】

“佯醉一段，极写禄山丑态，实则为猪儿便于行刺也。”

管肉飞眼跳？〔叫介〕宫娥，宫娥！〔中净惊醒介〕想是皇爷独眠不惯，在那里唤人哩。姐姐你去。〔老旦〕姐姐，还是你去。〔推，诨介〕〔净又叫介〕宫娥，是什么人惊醒孤家？〔老旦、副净[3]〕没有人。〔净〕传令外面军士，小心巡逻。〔老旦、副净〕领旨。〔作开门出，向内传介〕〔内应介〕〔老旦、副净进，忘闭门，复坐地盹介〕〔净做睡不着介〕又记起一事来，段夫人要孤家立他的儿子庆恩为太子，这事明日也要定了。〔做睡着介〕〔丑潜上〕俺李猪儿在黑影里，等了多时。才听得笙歌散后，段夫人回宫，说禄山醉了在便殿安息。是好机会也呵。〔行介〕

【前腔】潜身行到，悄不觉潜身行到。〔内喊小心巡逻介〕巡更的空闹吵，怎知俺宫闱暗绕，苑路斜抄，凑昏君沉醉倒。这里已是便殿了。且喜门儿半开在此，不免捱身而入。〔进介〕莫把兽环摇，〔作听介〕听鼾声殿角高。你看守宿的宫女，都是睡着。〔作剔灯介〕咱剔醒兰膏[4]，〔揭帐介〕揭起鲛绡，〔出刀介〕管教他泼残生登时了。〔净作梦语，丑惊，伏地，徐起细听介〕梦中絮叨，原来是梦中絮叨。〔内打四更介〕残更频报，趁着这残更频报，赤紧的向心窝刺一刀。

〔刺净急下〕〔净作大叫一声跌地，连跳作死介〕〔老旦、中净惊醒介〕那里这般响动？〔看介〕阿呀，不好了！〔向外叫介〕外厢值宿军士快来。〔四杂军上〕为何大惊小怪？〔老旦、中净〕皇爷

【吴评】

"昔尝与客论作曲，须令人无从下圈点处，方是本色当行，如此二曲真古朴极矣。"

【吴评】

"已拔刀欲下手矣，又一顿折，故作逼人。且妙在剔灯揭帐，便于宫娥起看，若作暗中摸索，多费几许笔墨矣。"

忽然梦中大叫，急起看时，只见鲜血满身，倒在地下。〔四杂〕有这等事！〔作进看介〕呀，原来被人刺中心窝而死。好奇怪，我每紧守外厢，还有许多巡军拦路，这贼从那里进来？毕竟是你每做出来的。〔老旦、副净〕好胡说，你每在外厢护卫，放了贼进来。明日大将军查问，少不得一个个都是死。〔军〕难道你每就推得干净？〔诨介〕〔杂扮将官上〕凶音来紫殿，令旨出青宫[5]。大将军有令：主上被唐朝郭子仪遣人刺死，即着军士抬往段夫人宫中收殓，候大将军即位发丧。〔四杂〕得令。〔抬净尸、随杂下〕〔老旦、副净向内介〕

鱼文匕首犯车茵[6]，刘禹锡　当值巡更近五云。王建

胸陷锋芒脑涂地，陆龟蒙　已无踪迹在人群。赵嘏

注释

❶谯楼：古代城门上的瞭望台。

❷刁斗：铜质，有柄，能容一斗，古代军中白天用来烧饭，晚上敲击巡更。

❸老旦、副净：据前后文，此处“副净”当为“中净”。下文两处出现的“老旦、副净”同。

❹剔醒兰膏：剔亮灯。兰膏，古时用泽兰炼成的油脂，其味芳香，用来燃灯。

❺凶音来紫殿，令旨出青宫：紫宫传来皇帝的死讯，实际上是太子派人干掉的。青宫即东宫，太子居住的宫殿。

❻鱼文匕首犯车茵：持鱼纹匕首拦车行刺。车茵，车座上的坐垫。

第三十五出

收京

【仙吕过曲·甘州歌】【八声甘州】〔外金盔、袍服，生、小生、净、末扮四将，各骑马，二卒执旗行上〕宣威进讨，喜日明帝里，风静皇郊。欃枪[①]涤尽，看把乾坤重造。扬鞭漫将金镫敲，整顿中兴事正饶。〔外〕下官郭子仪，奉命统兵讨贼。且喜禄山授首，庆绪奔逃，大小三军就此振旅进城去。〔众应，行介〕【排歌】收驰辔[②]，近吊桥，只见长安父老拜前旄。欢声动，笑语高，卖将珠串奉香醪。

〔到介〕〔众〕启元帅，已进京城。请在龙虎卫衙门，权时驻扎。〔外、众下马，作进，外正坐，四将傍坐介〕〔外〕忆昔长安全盛时，〔生、小生〕今朝重到不胜悲。〔净、末〕漫挥满目河山泪，〔外〕始悟新丰壁上诗。〔四将〕请问元帅，什么新丰壁上诗？〔外〕诸将不知，本镇当年初到西京，偶见酒楼壁上，有术士李遐周题诗一首。〔四将〕题的是何诗句？〔外〕那诗上说："燕市人皆去，函关马不归。若逢山下鬼，环上系罗衣。"〔四将〕这却怎么解？〔外〕当时也详解不出。如今看来，却句句验了。〔将〕请道其详。〔外〕禄山统燕、

【吴评】

"此折专为点明迎请上皇回銮一语，然唐室中兴之象，郭令勋名之盛，皆见于此。妙在写得气象春容，曲白亦复古雅流丽。"

【批注】

和《疑谶》出照应，方知酒楼看诗，不是闲文。但谶语本属荒唐，事皆前定更不可信。

蓟军马，入犯两京，可不是“燕市人皆去”么？后来哥舒兵败潼关，正是“函关马不归”了。〔四将〕是，果然不差。后面两句，却又何解。〔外〕“山下鬼”者，嵬字也。“环”乃贵妃之名，恰应马嵬赐死之事。〔四将〕原来如此，可见事皆前定。今仗元帅洪威，重收宫阙，真乃不世之勋也。〔外叹介〕唉，西京虽复，只是天子暂居灵武，上皇远狩成都；千官尚窜草莱，百姓未归田里。必先肃清宫禁，洒扫园陵。务使钟虡[3]不移，庙貌如故。上皇西返，大驾东回。才完得我郭子仪身上的事也。〔四将打恭介〕全仗元帅。只手重扶唐社稷，一肩独荷李乾坤。〔外〕说便这般说，这中兴事，大费安排。诸公何以教我？〔四将〕不敢。〔外〕

【商调过曲·高阳台】九庙灰飞，诸陵尘暗，腥膻满目狼藉。久阙宫悬[4]，伤心血泪时滴。〔合〕今日、妖氛幸喜消尽也，索早自扫除修葺。〔外〕左营将官过来。〔生〕有。〔外〕你将这令箭一枝，前去星夜雇募人夫扫除陵寝，修葺宗庙，候圣驾回来致祭。〔合〕待春园，樱桃熟绽，荐陈时食[5]。

〔外付令箭，生收介〕领钧旨。〔末〕元帅在上，帝京初复，十室九空。为今要务，先当招集流移，使安故业。〔外〕言之然也。

【前腔】【换头】堪惜，征调千家，流离百室。哀鸿满路悲戚，须早招徕。闾阎重见盈实。〔合〕安辑，春深四野农事早，恰趁取甲兵初释。〔外〕右营将官过来。〔小生〕有。〔外〕你将这令箭一

【批注】

扫除陵庙是第一事，安流民次之，集故臣又次之，然后恭迎圣驾，叙事井然有序。

枝，前去出榜安民，复归旧业。〔合〕遍郊圻[⑥]，安宁妇子，勉修耕织。

〔外付令箭，小生接介〕领钧旨。〔净〕元帅在上，国家新造，纲纪宜张，还须招致旧臣，共图更始[⑦]。〔外〕此言正合我意。

【前腔】【换头】虽则、暂总纲维，独肩弘巨，同心早晚协力。百尔臣工，安危须仗奇策。〔合〕欣得、南阳已自佳气满[⑧]，好共把旧章重饬。〔外〕后营将官过来。〔末〕有。〔外〕你将这令箭一枝，榜示百官，限三日内，齐赴军前，共襄国事。〔合〕佐中兴升平泰运，景从云集。

〔外付令箭，末接介〕领钧旨。〔生、小生〕元帅在上，长安久无天日，士民渴仰圣颜。庶政以渐举行，銮舆必先反正[⑨]。〔外〕二位所言，乃中兴大本也。本镇早已修下迎驾表文在此。

【前腔】【换头】目极，云蔽行宫，尘蒙西蜀，臣心夙夜难释。反正銮舆，群情方自归一。〔众共泣介〕〔合〕凄恻，无君久切人痛愤，愿早把圣颜重识。〔外〕前营将官过来。〔净〕有。〔外〕你将这令箭一枝，带领龙虎军士五千，备齐法驾[⑩]，赍我表文，前往灵武，奉迎今上皇帝告庙[⑪]。并候圣旨，遣官前往成都，迎请上皇回銮。〔净接令箭介〕领钧旨。〔外〕左右看香案过来，就此拜发表文。〔杂应、设香案，丑扮礼生上，赞礼〕〔外同四将拜表介〕〔合〕就军前瞻天仰圣，共尊明辟[⑫]。

〔丑下〕〔净捧表文介〕〔四将〕小将等就此

收京

前去。

削平妖孽在斯须，方干　〔外〕依旧山河捧帝居。皮日休

〔合〕听取满城歌舞曲，杜牧　风云长为护储胥[13]。李商隐

注释

❶欃枪：彗星。古代以这种星为妖星，认为出现即有兵乱。

❷收驰辔：收住奔马。辔，驾驭牲口的嚼子和缰绳。

❸钟虡（jù）：宗庙摆放的祭祀乐器。虡，悬挂钟、磬的木架。

❹久阙宫悬：久缺礼乐制度。宫悬，宫中悬挂乐器的方式、多寡都有严格的制度。

❺樱桃熟绽，荐陈时食：唐时岁时风俗，每年四月初三，天子荐新熟樱桃于祖庙。时食，时鲜蔬果。

❻郊圻：此处指京畿地区。

❼更始：重建乾坤。

❽南阳已自佳气满：借刘秀起兵南阳，兴复汉室，比喻当时的中兴气象。

❾反正：指皇帝还归正殿。

❿法驾：天子的仪驾。

⓫告庙：告祭祖庙。古代帝王外出或回朝须先告祭祖宗。

⓬明辟：明君。辟，君主。

⓭储胥：木栅之类的守卫拒障藩篱，此指郭子仪的营寨。

第三十六出

看袜

【商调过曲·吴小四】〔老旦扮酒家妪上〕驿坡头，门巷幽，拾得娘娘锦袜收。开着店儿重卖酒，往来客人尽见投。聊度日，不用愁。

老身王嬷嬷，一向在这马嵬坡下，开个冷酒铺儿度日。自从安禄山作乱，人户奔逃。那时老身躲入驿内佛堂，只见梨树之下有锦袜一只，是杨娘娘遗下的。老身收藏到今，谁想是件至宝。如今郭元帅破贼收京，太平重见，老身仍旧开张酒铺在此。但是远近人家，闻得有锦袜的，都来铺中饮酒，兼求看袜。酒钱之外，另有看钱，生意十分热闹。〔笑介〕也算是老身交运了。今早铺设下店儿，想必有人来也。〔虚下〕〔小生巾、服行上〕

【中吕过曲·驻马听】翠辇西临，古驿千秋遗恨深。叹红颜断送，一似青冢[①]荒凉，紫玉[②]销沉。小生李谟，向因兵戈阻路，不能出京。如今渐喜太平，闻得马嵬坡下王嬷嬷酒店中，藏有贵妃锦袜一只，因此前往借观。呀，那边一个道姑来了。〔丑扮道姑上〕满目沧桑都换泪，空留锦袜与人看。〔见介〕〔小生〕姑姑何来？〔丑〕贫道乃金陵女贞观主，来京请藏[③]，兵阻未归。今闻王嬷嬷店中，

【吴评】

“头绪虽繁，总以马嵬贯串，使观者不觉。”

【吴评】

“拾袜看袜，随笔带出，绝不费力，却是惨淡经营，真叙事神品。”

【吴评】

“李谟、郭从谨随意照应作点缀，又入女贞观主，为后永念学道作合。”

有杨娘娘锦袜，特来求看。〔小生〕原来也是看袜的，就请同行。〔同行介〕〔合〕玉人一去杳难寻，伤心野店留残锦。且买酒徐斟，暂时把玩端详审。

〔小生〕此间已是，不免径入。〔同作进介〕〔老旦迎上〕里面请坐。〔小生、丑作坐介〕〔外上〕老汉郭从谨，喜得兵戈宁息，要往华山进香，经过这马嵬坡下，走的乏了。有座酒店在此，且吃三杯前去。〔进介〕店主人取酒来。〔老旦〕有酒。〔外与小生、丑见介〕请了。〔小生向老旦介〕王嬷嬷，我等到此，一则饮酒，二则闻有太真娘娘的锦袜，要借一观。〔老旦笑介〕锦袜果有一只。只是老身呵，

【前腔】宝护深深，什袭[4]收藏直至今。要使他香痕不减，粉泽常留，尘涴无侵。果然堪爱又堪钦，行人欲见争投饮。客官，只要不惜囊金，愿与君把玩端详审。

〔小生〕这个自然。我每酒钱之外，另有青蚨[5]便了。〔老旦〕如此待老身去取来。〔虚下〕〔持袜上〕玉趾罢穿还带腻，罗巾深裹便闻香。客官，锦袜在此。请看。〔小生作接，展开同丑看介〕呀，你看锦文缜致[6]，制度精工。光艳犹存，异香未散。真非人间之物也。〔丑〕果然好香！〔外作饮酒不顾介〕〔小生作持袜起，看介〕

【驻云飞】你看薄衬香绵，似一朵仙云轻又软。昔在黄金殿，小步无人见。怜今日酒垆边，等闲携展。只见线迹针痕，都砌就伤心怨。可惜了绝

【吴评】
“俱作看袜，未免雷同，用一过路饮酒之人，更觉生动。”

看襪

代佳人绝代冤，空留得千古芳踪千古传。

〔外作恼介〕唉，官人，看他则甚！我想天宝皇帝，只为宠爱了贵妃娘娘，朝欢暮乐，弄坏朝纲。致使干戈四起，生民涂炭。老汉残年向尽，遭此乱离。今日见了这锦袜，好不痛恨也。

【前腔】想当日一捻新裁，紧贴红莲着地开，六幅湘裙盖，行动君先爱。唉，乐极惹非灾，万民遭害。今日里事去人亡，一物空留在。我蓦睹香衿[7]重痛哀，回想颠危还泪揩。

〔老旦〕呀，这客官见了锦袜，为何着恼？敢是不肯出看钱么！〔外〕什么看钱？〔老旦〕原来是个村老儿，看钱也不晓得。〔小生〕些须小事，不必斗口。〔向丑介〕姑姑也请细观。〔向老旦介〕待小生一并送钱便了。〔递袜介〕〔丑接起看介〕唉，我想太真娘娘，绝代红颜，风流顿歇。今日此袜虽存，佳人难再。真可叹也。

【前腔】你看琐翠钩红，叶子花儿犹自工。不见双趺[8]莹，一只留孤凤。空流落，恨何穷。马嵬残梦，倾国倾城，幻影成何用。莫对残丝忆旧踪，须信繁华逐晓风。

〔递袜与老旦介〕嬷嬷，我想太真娘娘，原是神仙转世。欲求喜舍此袜，带到金陵女贞观中，供养仙真。未知许否？〔老旦笑介〕老身无儿无女，下半世的过活都在这袜儿上。实难从命。〔小生〕小生愿出重价买去。如何？〔外〕这样遗臭之物，要他何用。〔老旦〕老身也不卖的。〔外作交钱介〕

【批语】

吴舒凫曰："情爱场中不可无此一番正论，此又是借他人酒杯，浇自己块垒。"意是爱情固然重要，但不能因此而不顾朝政和生民。

【吴评】

"李曲情痴，郭曲悲愤，此曲观空，各照本色，色色入妙。"

【吴评】

"此非恶扫也，正是作者微

拿酒钱去。〔小生作交钱介〕我每看袜的钱，一总在此。〔老旦收介〕多谢了。

一醉风光莫厌频，鲍溶　〔丑〕几多珠翠落香尘。卢纶

〔小生〕惟留坡畔弯环月，李益　〔外〕郊外喧喧引看人。宋之问

旨，若天宝廷臣有此直言，便可久安长治。”

【批注】

按指郭从谨“遗臭之物，要他何用”二语。

注释

❶青冢：昭君墓，在今呼和浩特市南面。此指马嵬杨妃墓。

❷紫玉：春秋时吴王夫差小女，因爱慕青年韩重，恨不能嫁，抑郁死去。

❸请藏：请赐道教藏经。

❹什袭：十件，意为层层包裹。

❺青蚨：钱。

❻缜（zhěn）致：缝缀细致。

❼香袎：香袜。袎，或为靿（yào），袜筒。

❽双趺（fū）：双脚。趺，脚背。

第三十七出

尸解①

【正宫引子·梁州令】〔魂旦上〕风前荡漾影难留，叹前路谁投。死生离别两悠悠，人不见，情未了，恨无休。

【如梦令】绝代风流已尽，薄命不须重恨。情字怎消磨？一点嵌牢方寸。闲趁，闲趁，残月晓风谁问。我杨玉环鬼魂，自蒙土地给与路引，任我随风来往。且喜天不收，地不管，无拘无系，煞甚逍遥。只是再寻不到皇上跟前，重逢一面。〔悲介〕好不悲伤！今日且顺着风儿，看到那一处也。〔行介〕

【正宫过曲·雁鱼锦】【雁过声全】悄魂灵御风似梦游，路沉沉不辨昏和昼。经野树片时权栖宿，猛听冷烟中鸟啾啾，唬得咱早难自停留。青磷荒草浮，倩他照着我向前冥冥走。是何处？殿角几重云影覆。〔看介〕呀，原来就是西宫门首了。不免进去一看。〔作欲进，二门神黑白面、金甲，执鞭、简上〕〔立高处介〕生前英勇安天下，死后威灵护殿门。〔举鞭、简拦旦介〕何方女鬼，不得擅入。〔旦出路引介〕奴家杨玉环，有路引在此。〔门神〕原来是杨娘娘。目今禄山被刺，庆绪奔逃，

【批语】

吴舒凫曰：“此折描写情种愁魂，能于无中生有，太白仙才，长吉鬼才，殆欲兼之。”说明在诗歌上是继承古典浪漫主义传统的。

郭元帅扫清宫禁。只太上皇远在蜀中，新天子尚留灵武。因此大内，寂无一人，宫门尽扃锁钥。娘娘请自进去，吾神回避。〔下〕〔旦作进介〕你看宫花都是断肠枝，帘幕无人窣地垂。行到画屏回合处，分明钗盒奉恩时。〔泪介〕〔场上先设宫中旧床帷、器物介〕

【二犯渔家傲】【雁过声换头】躊躇，往日风流。**【普天乐】**〔作坐床介〕记盒钗初赐，种下这恩深厚。痴情共守，〔起介〕又谁知惨祸分离骤！唉，你看沉香亭、华萼楼都这般荒凉冷落也。〔作登楼介〕并没有人登画楼，并没有花开并头，**【雁过声】**并没有奏新讴——端的有、荒凉满目生愁！凄然，不由人泪流！呀，这里是长生殿了。我想起来，〔泪介〕〔场上先设长生殿乞巧香案介〕这壁厢是咱那日陈瓜果，夜香来乞巧，那壁厢是他恁时向牛女凭肩私拜求。〔哭介〕我那皇上呵，怎能够霎时一见也！方才门神说，上皇犹在蜀中。不免闪出宫门，到渭桥之上，一望西川则个。〔行介〕

【二犯倾杯序】【雁过声换头】凝眸，一片清秋，〔登桥介〕**【渔家傲】**望不见寒云远树峨眉秀。**【倾杯序】**苦忆蒙尘，影孤体倦。病马严霜，万里桥[②]头，知他健否！纵然无恙，料也为咱消瘦。待我飞将过去。〔作飞，被风吹转介〕〔哭介〕哎哟，天呵！**【雁过声】**我只道轻魂弱魄飞能去，又谁知千水万山途转修。〔作看介〕呀，你看佛堂虚掩，梨树欹斜。怎么被风一吹，仍在马嵬驿内了！

〔场上先设佛堂梨树介〕

【喜渔灯犯】【喜渔灯】驿垣夜冷，一灯微漏。佛堂外，阴风四起。看月暗空厩，【朱奴儿】猛伤心泪垂。【玉芙蓉】对着这一株靠檐梨树幽，〔坐地泣介〕【渔家傲】这是我断香零玉沉埋处。好结果一场厮耨[3]，空落得薄命名留。【雁过声】当日个红颜艳冶千金笑，今日里白骨抛残土半丘。我想生受深恩，死亦何悔。只是一段情缘，未能终始。此心耿耿，万劫难忘耳。

【锦缠道犯】【锦缠道】谩回首，梦中缘，花飞水流，只一点故情留。似春蚕到死，尚把丝抽。剑门关离宫自愁，马嵬坡夜台空守，想一样恨悠悠。【雁过声】几时得金钗钿盒完前好，七夕盟香续断头！

【吴评】“将前数曲意总叙作结，又以一点情留盟香续断，引起下文证仙，巧法双绝。”

〔副净上〕“天边传敕使，泉下报幽魂。”〔见介〕贵妃，有天孙娘娘赍捧玉旨到来，须索准备迎接。吾神先去也。〔旦〕多谢尊神。〔分下〕〔杂扮四仙女，执水盂、幡节，引贴捧敕上〕

【南吕引子・生查子】玉敕降天庭，鸾鹤飞前后。只为有情真，召取还蓬岫。

〔副净上，跪接介〕马嵬坡土地迎接娘娘。〔贴〕土地，杨妃魂灵何在？速召前来，听宣玉敕。〔副〕领法旨。〔下〕〔引旦去魂帕[4]上，跪介〕〔贴宣敕介〕玉旨已到，跪听宣读。玉帝敕曰：咨尔玉环杨氏，原系太真玉妃，偶因微过，暂谪人间。不合迷恋尘缘，致遭劫难。今据天孙奏尔吁天悔过，夙业已消，真情可悯。准授太阴炼形之术，复籍仙班，仍居蓬莱仙院。钦哉谢恩。〔旦叩头介〕圣寿无疆。〔见贴介〕天孙娘娘叩首。〔贴〕太真请起。前天宝十载七夕，我正渡河之际，见你与唐天子在长生殿上，密誓情深。昨又闻马嵬土地诉你悔过真诚，因而奏闻上帝，有此玉音。〔旦〕多谢娘娘提拔。〔贴取水盂，付副净介〕此乃玉液金浆。你可将去，同玉妃到坟前，沃彼原身，即得炼形度地⑤，尸解上升了。炼毕之时，即备音乐、幡幢，送归蓬莱仙院。我先缴玉敕去也。〔副净〕领法旨。〔贴〕驾回双凤阙，云拥七襄衣⑥。〔引仙女下〕〔副净〕玉妃恭喜，就请同到冢上去。〔副净捧水盂，引旦行介〕

【南吕过曲·香柳娘】往郊西道北，往郊西道北，只见一拳培塿。〔副净〕到了。〔旦作悲介〕这便是我前生宿艳藏香薮。〔副净〕小神向奉西岳帝君敕旨，将仙体保护在此。待我去扶将出来。〔作向古门扶杂，照旦妆饰，扮旦尸锦褥包裹上〕〔副净解去锦褥，扶尸立介〕〔旦见作惊介〕看原身宛然，看原身宛然，紧紧合双眸，无言闭檀口。〔副净将水沃尸介〕把金浆点透，把金浆点透，神光面浮，〔尸作开眼介〕〔旦〕秋波忽溜。

〔尸作手足动，立起向旦走一二步介〕〔旦惊介〕呀，

【前腔】果霎时再活，果霎时再活，向前移走，觑形模与我无妍丑。〔作迟疑介〕且住，这个杨玉环已活，我这杨玉环却归何处去？〔尸作忽走

向旦，旦作呆状，与尸对立介〕〔副净拍手高叫介〕玉妃休迷，他就是你，你就是他。〔指尸向旦介〕这躯壳是伊，〔指旦向尸介〕这魂魄是伊，真性假骷髅，当前自分剖。〔尸逐旦绕场急奔一转，旦扑尸身作跌倒，尸隐下〕〔副净〕看元神入彀，看元神入彀，似灵胎再投，双环合凑。

【前腔】〔旦作起，立定徐唱介〕乍沉沉梦醒，乍沉沉梦醒，故吾失久，形神忽地重圆就。猛回思惘然，猛回思惘然，现在自庄周，蝴蝶复何有⑦。我杨玉环，不意今日冷骨重生，离魂再合。真谢天也。似亡家客游，似亡家客游，归来故丘，室庐⑧依旧。土地请上，待吾拜谢。〔副净〕小神不敢。〔旦拜，副净答拜介〕〔旦〕

【前腔】谢经年护持，谢经年护持，保全枯朽，更断魂落魄蒙帡覆⑨。〔副净〕音乐、幡幢已备，候送玉妃归院。〔旦欲行又止介〕且住，我如今尸解去了，日后皇上回銮，毕竟要来改葬。须留下一物在此，做个记验才好。土地，你可将我裹身的锦褥，依旧埋在冢中，不可损坏。〔副净〕领仙旨。〔作取褥，褥作飞下介〕〔副净看介〕呀，奇哉，奇哉！那锦褥化作一片彩云，竟自腾空飞去了。〔旦看介〕哦，是了。方才炼形之时，那锦褥也沾着金浆，故此得了仙气。化飞空彩云，化飞空彩云，也似学仙游，将何更留后。我想金钗、钿盒，是要随身紧守的，此外并无他物……〔想介〕哦，也罢，我胸前有锦香囊一个，乃翠盘试舞之

【批注】

从《倩女离魂》《还魂记》以来，舞台上创造了许多魂尸重合的关目、身段，这里才写得如此活灵活现。

时，皇上所赐。不免解来留下便了。〔作解香囊看介〕解香囊在手，解香囊在手，〔悲介〕他日君王见收，索强似人难重觏。

〔将香囊付副净介〕土地，你可将此香囊，放在冢内。〔副净接介〕领仙旨。〔虚下，即上〕启娘娘，香囊已放下了。〔杂扮四仙女，音乐、幡幢上〕〔见旦介〕蓬莱山太真院中仙姬叩见。请娘娘更衣归院。〔内作乐，旦作更仙衣介〕〔副净〕小神候送。〔旦〕请回。〔副下，仙女、旦行介〕

【单调风云会】【一江风】 指瀛洲，云气空蒙覆，金碧开群岫。**【驻云飞】** 嗏，仙家岁月悠，与情同久。情到真时，万劫还难朽。牢把金钗钿盒收，直到蓬山顶上头。〔从高处行下〕

销耗胸前结旧香，张祜 多情多感自难忘。陆龟蒙

蓬山此去无多路，李商隐 天上人间两渺茫。曹唐

注释

❶尸解：道家用语，指灵魂登仙而去，尸形解化。

❷万里桥：在成都。

❸厮耨：相爱。

❹去魂帕：带帕表示扮演鬼魂，去帕表示扮演蓬莱玉妃。

❺炼形度地：把凡体炼成仙身称炼形；脱离尘世，飞升仙界叫度地。二者皆为道家术语。

❻七襄衣：传说织女织就的衣裳。

❼蝴蝶复何有：庄周梦见自己变成了蝴蝶，醒来不知自己是蝴蝶，还是蝴蝶为自己。(见《庄子·齐物论》)

❽室庐：佛家称尸体为室庐。

❾蒙帡（píng）覆：承蒙你荫庇。帡，帐幕。

第三十八出

弹词

〔末白须，旧衣帽抱琵琶上〕一从鼙鼓起渔阳，宫禁俄看蔓草荒。留得白头遗老在，谱将残恨说兴亡。老汉李龟年，昔为内苑伶工，供奉梨园。蒙万岁爷十分恩宠。自从朝元阁教演《霓裳》，曲成奏上，龙颜大悦。与贵妃娘娘，各赐缠头，不下数万。谁想禄山造反，破了长安。圣驾西巡，万民逃窜。俺每梨园部中，也都七零八落，各自奔逃。老汉来到江南地方，盘缠都使尽了。只得抱着这面琵琶，唱个曲儿糊口。今日乃青溪[①]鹫峰寺大会。游人甚多，不免到彼卖唱。〔叹科〕哎，想起当日天上清歌，今日沿门鼓板，好不颓气人也。〔行科〕

【吴评】“白头宫女，闲说遗事，不如伶工犹能弦而歌之，感人益深也。”

【南吕一枝花】不提防余年值乱离，逼拶得岐路遭穷败。受奔波风尘颜面黑，叹衰残霜雪鬓须白。今日个流落天涯，只留得琵琶在。揣羞脸上长街，又过短街。那里是高渐离击筑悲歌[②]，倒做了伍子胥吹箫也那乞丐[③]。

【梁州第七】想当日奏清歌趋承金殿，度新声供应瑶阶。说不尽九重天上恩如海：幸温泉骊山雪霁，泛仙舟兴庆莲开，玩婵娟华清宫殿，赏芳菲花萼楼台。正担承雨露深泽，蓦遭逢天地奇灾：剑门

【吴评】“辞气悲壮之极！当时朝臣，能作此语者有几？尘蒙血污，即以

关尘蒙了凤辇鸾舆，马嵬坡血污了天姿国色。江南路哭杀了瘦骨穷骸。可哀落魄，只得把《霓裳》御谱沿门卖，有谁人喝声采！空对着六代园陵④草树埋，满目兴衰。

〔虚下〕〔小生巾服上〕“花动游人眼，春伤故国心。霓裳人去后，无复有知音。”小生李谟，向在西京留滞，乱后方回。自从宫墙之外，偷按《霓裳》数叠，未能得其全谱。昨闻有一老者，抱着琵琶卖唱。人人都说手法不同，像个梨园旧人。今日鹫峰寺大会，想他必在那里。不免前去寻访一番。一路行来，你看游人好不盛也。〔外巾服，副净衣帽，净长帽、帕子包首，扮山西客，携丑扮妓上〕〔外〕闲步寻芳惜好春，〔副净〕且看胜会逐游人。〔净〕大姐，咱和你“及时行乐休空过”。〔丑〕客官，“好听琵琶一曲新”。〔小生向副净科〕老兄请了。动问这位大姐，说甚么“琵琶一曲新”？〔副净〕老兄不知，这里新到一个老者，弹得一手好琵琶。今日在鹫峰寺赶会，因此大家同去一听。〔小生〕小生正要去寻他，同行何如？〔众〕如此极好。〔同行科〕行行去去，去去行行，已到鹫峰寺了。就此进去。〔同进科〕〔副净〕那边一个圈子，四围板凳，想必是波。我每一齐捱进去，坐下听者。〔众作坐科〕〔末上见科〕列位请了，想都是听曲的。请坐了，待在下唱来请教波。〔众〕正要领教。〔末弹琵琶唱科〕

【转调货郎儿】 唱不尽兴亡梦幻，弹不尽悲伤

老伶哭杀参对，思深哉！”

感叹，大古里[⑤]凄凉满眼对江山。我只待拨繁弦传幽怨，翻别调写愁烦，慢慢的把天宝当年遗事弹。

〔外〕“天宝遗事”，好题目波。〔净〕大姐，他唱的是甚么曲儿，可就是咱家的西调[⑥]么？〔丑〕也差不多儿。〔小生〕老丈，天宝年间遗事，一时那里唱得尽者。请先把杨贵妃娘娘，当时怎生进宫，唱来听波。〔末弹唱科〕

【二转】想当初庆皇唐太平天下，访丽色把蛾眉选刷。有佳人生长在弘农杨氏家，深闺内端的玉无瑕。那君王一见了欢无那[⑦]，把钿盒金钗亲纳，评跋做昭阳第一花。

〔丑〕那贵妃娘娘，怎生模样波？〔净〕可有咱家大姐这样标致么？〔副净〕且听唱出来者。〔末弹唱科〕

【三转】那娘娘生得来仙姿佚貌，说不尽幽闲窈窕。真个是花输双颊柳输腰，比昭君增妍丽，较西子倍风标，似观音飞来海峤，恍嫦娥偷离碧霄。更春情韵饶，春酣态娇，春眠梦悄。总有好丹青，那百样娉婷难画描。

〔副净笑科〕听这老翁说的杨娘娘标致，恁般活现，倒像是亲眼见的，敢则谎也。〔净〕只要唱得好听，管他谎不谎。那时皇帝怎么样看待他来，快唱下去者。〔末弹唱科〕

【四转】那君王看承得似明珠没两，镇日里高擎在掌。赛过那汉宫飞燕倚新妆，可正是玉楼中巢翡翠，金殿上锁着鸳鸯，宵偎昼傍。直弄得个伶俐的官

【吴评】

“所弹遗事多半繁华，乃先以悲伤、感叹、凄凉、幽怨、愁烦等字，填满数行，耸人听闻，并引出李谟请语。”

【批注】

徐灵昭曰：“此调凡用九转，每转各用一韵，此定格也。……所转之调不同，故章句亦异。”

彈詞

家颠不剌、懵不剌[8]，撇不下心儿上。弛了朝纲，占了情场，百支支[9]写不了风流帐。行厮并，坐厮当。双，赤紧的倚了御床，博得个月夜花朝同受享。

〔净倒科〕哎呀，好快活，听的咱似雪狮子向火哩。〔丑扶科〕怎么说？〔净〕化了。〔众笑科〕〔小生〕当日宫中有《霓裳羽衣》一曲，闻说出自御制，又说是贵妃娘娘所作，老丈可知其详？请唱与小生听咱。〔末弹唱科〕

【五转】当日呵，那娘娘在荷庭把宫商细按，谱新声将霓裳调翻。昼长时亲自教双鬟[10]。舒素手，拍香檀，一字字都吐自朱唇皓齿间。恰便似一串骊珠声和韵闲，恰便似莺与燕弄关关，恰便似鸣泉花底流溪涧，恰便似明月下泠泠清梵[11]，恰便似缑岭[12]上鹤唳高寒，恰便似步虚仙珮夜珊珊。传集了梨园部、教坊班，向翠盘中高簇拥着个娘娘，引得那君王带笑看。

【吴评】

"全曲形容歌声，写舞只一笔，已足得文章详略之妙。"

〔小生〕一派仙音，宛然在耳，好形容波。〔外叹科〕哎，只可惜当日天子宠爱了贵妃，朝欢暮乐，致使渔阳兵起。说起来令人痛心也！〔小生〕老丈，休只埋怨贵妃娘娘。当日只为误任边将，委政权奸，以致庙谟颠倒[13]，四海动摇。若使姚、宋犹存，那见得有此。〔外〕这也说的是波。〔末〕嗨，若说起渔阳兵起一事，真是天翻地覆，惨目伤心。列位不嫌絮烦，待老汉再慢慢弹唱出来者。〔众〕愿闻。〔末弹唱科〕

【批注】

"误任边将，委政权奸"，作者通过小人物李谟，表明自己对造成政治悲剧的原因的认识。

【六转】恰正好呕呕哑哑《霓裳》歌舞，不提防扑扑突突渔阳战鼓。划地里[14]出出律律纷纷攘攘奏边书，急得个上上下下都无措。早则是喧喧嗾嗾、惊惊遽遽、仓仓卒卒、挨挨拶拶出延秋西路，銮舆后携着个娇娇滴滴贵妃同去。又只见密密匝匝的兵，恶恶狠狠的语，闹闹炒炒、轰轰騞騞[15]四下喳呼，生逼散恩恩爱爱、疼疼热热帝王夫妇。霎时间画就了这一幅惨惨凄凄绝代佳人绝命图。

〔外、副净同叹科〕〔小生泪科〕哎，天生丽质，遭此惨毒。真可怜也！〔净笑科〕这是说唱，老兄怎么认真掉下泪来！〔丑〕那贵妃娘娘死后，葬在何处？〔末弹唱科〕

【七转】破不剌马嵬驿舍，冷清清佛堂倒斜。一代红颜为君绝，千秋遗恨滴罗巾血。半棵树是薄命碑碣，一抔土是断肠墓穴。再无人过荒凉野，莽天涯谁吊梨花谢！可怜那抱幽怨的孤魂，只伴着呜咽咽的望帝悲声啼夜月。

〔外〕长安兵火之后，不知光景如何？〔末〕哎呀，列位，好端端一座锦绣长安，自被禄山破陷，光景十分不堪了。听我再弹波。〔弹唱科〕

【八转】自銮舆西巡蜀道，长安内兵戈肆扰。千官无复紫宸朝，把繁华顿消，顿消。六宫中朱户挂蟏蛸[16]，御榻傍白日狐狸啸。叫鸱鸮也么哥，长蓬蒿也么哥。野鹿儿乱跑，苑柳宫花一半儿凋。有谁人去扫，去扫！玳瑁空梁燕泥儿抛，只留得缺月黄昏照。叹萧条也么哥，染腥臊也么哥！染腥臊，玉砌空堆马粪高。

【吴评】
“缓歌慢舞，忽变掺挝，即令大小李画之，亦无此神似。”

〔净〕呸，听了半日，饿得慌了。大姐，咱和你喝烧刀子⑰，吃蒜包儿去。〔做腰边解钱与末，同丑诨下〕〔外〕天色将晚，我每也去罢。〔送银科〕酒资在此。〔末〕多谢了。〔外〕无端唱出兴亡恨，〔副净〕引得傍人也泪流。〔同外下〕〔小生〕老丈，我听你这琵琶，非同凡手。得自何人传授？乞道其详。〔末〕

【九转】这琵琶曾供奉开元皇帝，重提起心伤泪滴。〔小生〕这等说起来，定是梨园部内人了。〔末〕我也曾在梨园籍上姓名题，亲向那沉香亭花里去承值，华清宫宴上去追随。〔小生〕莫不是贺老？〔末〕俺不是贺家的怀智。〔小生〕敢是黄幡绰？〔末〕黄幡绰同咱皆老辈。〔小生〕这等想必是雷海青？〔末〕我虽是弄琵琶，却不姓雷。他呵，骂逆贼，久已身死名垂。〔小生〕这等，想必是马仙期了。〔末〕我也不是擅场方响马仙期，那些旧相识都休话起。〔小生〕因何来到这里？〔末〕我只为家亡国破兵戈沸，因此上孤身流落在江南地。〔小生〕毕竟老丈是谁波？〔末〕您官人絮叨叨苦问俺为谁，则俺老伶工名唤做龟年身姓李。

〔小生揖科〕呀，原来却是李教师。失瞻了。〔末〕官人尊姓大名，为何知道老汉？〔小生〕小生姓李，名谟。〔末〕莫不是吹铁笛的李官人么？〔小生〕然也。〔末〕幸会，幸会。〔揖科〕〔小生〕请问老丈，那《霓裳》全谱可还记得波？〔末〕也还记得，官人为何问他？〔小生〕不瞒老

【吴评】

“诸伶又一点名，遥与《偷曲》折登场相应，而雷老独标其骂贼事，是史家笔法。”

【批注】

李谟偷曲，

丈说，小生性好音律，向客西京。老丈在朝元阁演习《霓裳》之时，小生曾傍着宫墙，细细窃听。已将铁笛偷写数段。只是未得全谱，各处访求，无有知者。今日幸遇老丈，不识肯赐教否？〔末〕既遇知音，何惜末技。〔小生〕如此多感，请问尊寓何处。〔末〕穷途流落，尚乏居停。〔小生〕屈到舍下暂住，细细请教何如？〔末〕如此甚好。

【煞尾】俺一似惊乌绕树向空枝外，谁承望做旧燕寻巢入画栋来。今日个知音喜遇知音在，这相逢，异哉！恁相投，快哉！李官人呵，待我慢慢的传与你这一曲霓裳播千载。

〔末〕桃蹊柳陌好经过，张籍　〔小生〕聊复回车访薜萝[18]。白居易

〔末〕今日知音一留听，刘禹锡　〔小生〕江南无处不闻歌。顾况

到这里才交代，前后遥相呼应。

【吴评】

“青州赵秋谷尝评此篇，实胜国所无也。清远时凿，海浮偶粗，余子鹿鹿，不足比数。二甫之间岂虚誉哉？今读之真足追比王白。附载兹语，叹其知言。”

【批注】

按清远指汤显祖，海浮指冯惟敏，并明代著名曲家，二甫指王实甫、白仁甫。

注释

❶青溪：古水名，流经南京注入秦淮河。

❷高渐离击筑悲歌：荆轲准备西刺秦王，送别时，高渐离击筑伴奏，荆轲唱“风萧萧兮易水寒，壮士一去兮不复还”。

❸伍子胥吹箫也那乞丐：楚王杀害了伍子胥的父兄，伍子胥逃奔吴国，相传曾在吴市吹箫乞食。

❹六代园陵：吴、东晋、宋、齐、梁、陈六个朝代帝陵遗址，它们曾先后建都南京。

❺大古里：大概是。

❻西调：关西一带的地方曲调。

❼欢无那：欢喜不尽。

❽颠不剌、懵不剌：颠倒失措，懵懂糊涂。不剌，衬词，无义。

❾百支支：许多话儿。

❿双鬟：少女。此处指宫女永新、念奴。

⓫清梵：清幽的诵经（梵呗）声。

⓬缑岭：缑氏山，在今河南偃师东南。传说周灵王太子晋于此驾鹤登仙。

⓭庙谟颠倒：形容朝政昏暗。谟，谋略。

⓮刬地里：平白无故地。

⓯騞（huō）騞：破裂声。此处作高声哄闹讲。

⓰蟏蛸：喜蛛。

⓱烧刀子：烧酒。

⓲薜萝：薜荔、女萝，后人代指隐士的衣服。此处指隐士。

第三十九出

私祭

【南吕引子·小女冠子】〔老旦、贴道扮同上〕〔老旦〕旧时云髻抛宫样，〔贴〕依古观共焚香。〔合〕叹夜来风雨催花葬，洗心好细翻经藏。

〔老旦〕寂寂云房[①]掩竹扃，〔贴〕春泉漱玉响泠泠。〔老旦〕舞衣施尽余香在，〔贴〕日向花前学诵经。〔老旦〕吾乃天宝旧宫人永新是也。与念奴妹子，逃难出宫。直至金陵，在女贞观中做了女道士。且喜十分幽静，尽可修持。此间观主，昨自西京，购请道藏回来。今日天气晴和，着我二人检晒经函。且索细细翻阅则个。〔场上先设经桌，老旦、贴同作翻介〕

【双调过曲·孝南枝】 **【孝顺歌】**金函启，玉案张，临风细翻春昼长。只见尘影弄晴光，灵花满空降。〔老旦〕想当日在宫中，听娘娘教白鹦哥念诵心经。若是早能学道，倒也免了马嵬之难。〔贴〕那热闹之时，那个肯想到此。〔老旦〕便是。昨日听得观主说，马嵬坡酒家拾得娘娘锦袜一只，还有游人出钱求看哩，何况生前！〔合〕枉了雪衣[②]提唱。是色非空，谁观法相[③]。**【锁南枝】**赢得锦袜香残，犹动行人想。〔杂扮道姑捧茶上〕玉经日下

【吴评】

“本欲哭奠杨妃，乃由检经引起，并与看袜照会，觉处处有针线。”

晒，香茗雨前烹。二位仙姑，检经困乏了，观主教我送茶在此。〔老旦、贴〕劳动了。〔作饮茶介〕〔杂〕呵呀，一片黑云起来，要下雨哩。〔老旦、贴〕快把经函收拾罢。〔作收拾介〕〔杂〕你看莺乱飞，草正芳，恰好应清明雨漂荡。

〔下〕〔场上收经桌介〕〔老旦〕不是小道姑说起，倒忘了今日是清明佳节哩。此时家家扫墓，户户烧钱。妹子，我与你向受娘娘之恩，无从报答。就把一陌纸钱，一杯清茗，遥望长安哭奠一番，多少是好。〔贴〕姐姐，这是当得的，待我写个牌位儿供养。〔作写位供介〕〔同拜哭介〕娘娘呵，

【前腔】想着你恩难罄，恨怎忘，风流陡然没下场。那里是西子送吴亡，错冤做宗周为褒丧[④]。〔贴〕呀，庭下牡丹，雨中开了一朵。此花最是娘娘所爱，不免折来供在位前。〔合〕名花无恙，倾国佳人先归黄壤。总有麦饭香醪，浇不到孤坟上。〔哭叫介〕我那娘娘嗄，只落得望断眸，叫断肠，泪如泉，哭声放！〔暗下〕

【锁南枝】〔末行上〕江南路，偶踏芳，花间雨过沾客裳。老汉李龟年，幸遇李谟官人，相留在家。今日清明佳节，出门闲步一回。却好撞着风雨。懊恨故国云迷，白首低难望。且喜一所道院在此，不免进去避雨片时。〔作进介〕松影闲，鹤唳长，且自暂徘徊石坛上。

你看座列群真，经藏万卷，好不庄严也。〔作看牌念介〕皇唐贵妃杨娘娘灵位。〔哭介〕哎哟，

杨娘娘，不想这里颠倒有人供养！〔拜介〕

【前腔】【换头】一朝把身丧，千秋抱恨长。〔老旦、贴一面上〕那个啼哭？〔作看惊介〕这人好似李师父的模样，怎生到此？〔末〕恨杀六军跋扈，生逼得君后分离，奇变惊天壤。可怜小人李龟年，〔老旦、贴〕原来果是李师父，〔末〕不能够逢令节，奠一觞，没揣的过仙宫，拜灵爽[5]。

〔老旦、贴出见介〕李师父，弟子每稽首。〔末〕姑姑是谁？〔作惊认介〕呀，莫非永、念二娘子么？〔老旦、贴〕正是。〔各泪介〕〔末〕你两个几时到此？〔老旦、贴〕师父请坐。我每去年逃难南来，出家在此。师父因何也到这里？〔末〕我也因逃难，流落江南。前在鹫峰寺中，遇着李谟官人，承他款留到家，不想又遇你二人。〔老旦、贴〕那个李谟官人？〔末〕说起也奇。当日我与你每，在朝元阁上演习《霓裳》。不想这李官人，就在宫墙外面窃听。把铁笛来偷记新声数段。如今要我传授全谱，故此相留。〔老旦、贴悲介〕唉，《霓裳》一曲倒得流传，不想制谱之人已归地下，连我每演曲的也都流落他乡。好伤感人也。〔各悲介〕〔老旦、贴〕

【供玉枝】【五供养】言之痛伤，记侍坐华清，同演《霓裳》。玉纤抄秘谱，檀口教新腔。【玉交枝】他今日青青墓头新草长，我飘飘陌路杨花荡。【五供养】〔合〕蓦地相逢处各沾裳，【月上海棠】白首红颜，对话兴亡。

〔末〕且喜天色晴霁，我告辞了。〔老旦、贴〕

【吴评】

“一见惊、喜、痛交集。陡然一哭，惊出两故宫人来，妙绝。若再作从容叙会，文势便散懈矣。”

【吴评】

“乐人、宫人同受国恩，宜其想到自身，愈增悲恸。”

且自消停。请问师父，梨园旧人，都怎么样了？〔末〕贺老与我同行，途中病故，黄幡绰随驾去了；马仙期陷在城中，不知下落；只有雷海青骂贼而死。

【前腔】追思上皇，泽遍梨园，若个能偿！〔泣介〕那雷老呵，他忠魂昭白日，羞杀我遗老泣斜阳。〔老旦、贴〕师父，可晓得秦、虢二夫人都被乱兵杀死了？〔末〕便是朱门丽人都可伤，长安曲水谁游赏。〔合〕蓦地相逢处，各沾裳。白首红颜，对话兴亡。

〔老旦、贴〕不知万岁爷，何日回銮？〔末〕李官人向在西京，近因郭元帅复了长安，兵戈宁息，方始得归。想上皇不日也就回銮了。〔老旦、贴〕如此，谢天地。〔末〕日晚途遥，就此去了。〔老旦、贴〕待与娘娘焚了纸钱，素斋少叙。

〔末〕南来今只一身存，韩愈 〔老、贴〕新换霓裳月色裙。王建

〔末〕人世几回伤往事，刘禹锡 〔老、贴〕落花时节又逢君。杜甫

【批注】

“白首红颜，对话兴亡”两句点出本出主题。

注释

❶云房：僧道或隐士的住所。

❷雪衣：白鹦鹉名，相传为杨贵妃所宠爱的雪衣娘。

❸谁观法相：法相，古代佛家术语，世间一切事物的总称。这句是说，谁能把世上一切事物看透呢？

❹西子送吴亡、宗周为褒丧：女色亡国论者认为，吴国亡于西施，西周亡于褒姒。

❺灵爽：鬼神的精气。此指贵妃灵牌。

第四十出

仙忆

【南吕引子·挂真儿】〔旦扮仙、老旦扮仙女随上〕驾鹤骖鸾去不返，空回首天上人间。端正楼头，长生殿里，往事关情无限。

【浣溪纱】缥缈云深锁玉房，初归仙籍意茫茫。回头未免费思量。忽见瑶阶琪树里，彩鸾栖处影双双。几番抛却又牵肠。我杨玉环，幸蒙玉旨，复位仙班，仍居蓬莱山太真院中。只是定情之物，身不暂离；七夕之盟，心难相负。提起来好不话长也！

【高平过曲·九回肠】【解三醒】没奈何一时分散，那其间多少相关。死和生割不断情肠绊，空堆积恨如山。他那里思牵旧缘愁不了，俺这里泪滴残魂血未干，空嗟叹。【三学士】不成比目先遭难，拆鸳鸯说甚仙班。〔出钗盒看介〕看了这金钗钿盒情犹在，早难道地久天长盟竟寒。【急三枪】何时得青鸾便，把缘重续，人重会，两下诉愁烦！

〔贴上〕试上蓬莱山顶望，海波清浅鹤飞来。自家寒簧，奉月主娘娘之命，与太真玉妃索取《霓裳》新谱。来此已是，不免径入。〔进见介〕玉妃，稽首。〔旦〕仙子何来？〔贴笑介〕玉妃还认得我寒簧么？〔旦想介〕哦，莫非是月中仙子？〔贴〕然

【吴评】

“或疑见月与此折稍闲冗，不知证仙回銮，皆是大事，此二折各见正面，又一引改葬，一引奏乐，必不可少也。”

【批注】

按此出写杨玉环，下出写李隆基。传奇中一生一旦，戏分应力求平衡。

也。〔旦〕请坐了。〔贴坐介〕〔旦〕梦中一别，不觉数年。今日远临，乞道来意。〔贴〕玉妃听启，

【清商七犯】【簇御林】只为霓裳乐在广寒，羡灵心，将谱细翻。特奉月主娘娘之命，【莺啼序】访知音远叩蓬山，借当年图谱亲看。〔旦〕原来为此。当日幸从梦里获听仙音，虽然摹入管弦，尚愧依稀[①]错误。【高阳台】何烦蟾宫谬把遗调拣，我寻思起转自潸潸。〔泪介〕〔贴〕呀，玉妃为何掉下泪来？〔旦〕【降黄龙】痛我历劫遭磨，宫冷商残，【二郎神】朱弦已断，羞将此调重弹。烦仙子转奏月主，说我尘凡旧谱，不堪应命。伏乞矜宥。〔贴〕玉妃休得固拒，我月主娘娘呵，慕你聪明绝世罕，【集贤宾】度新声，占断人间。求观恨晚，休辜负云中青盼[②]。〔旦〕既蒙月主下访，前到仙山，偶然追忆，写出一本在此。〔贴〕如此甚好。〔旦〕侍儿，可去取来。〔老应下，取上〕谱在此。〔旦接介〕仙子，谱虽取到，只是还须誊写才好。〔贴〕为何？〔旦〕你看呵，【黄莺儿】字阑珊，模糊断续，都染就泪痕斑。

〔贴〕这却不妨。〔旦付谱介〕如此，即烦呈上月主，说梦中窃记，音节多讹，还求改正。〔贴〕领命，就此告别。〔贴持谱下〕〔旦〕侍儿闭上洞门，随我进来。〔老应随下〕

〔贴〕从初直到曲成时，王建　〔旦〕争得姮娥子细知。唐彦谦

〔贴〕莫怪殷勤悲此曲，刘禹锡　〔旦〕月中

流艳与谁期。李商隐

注释

❶依稀：朦胧恍惚，不大明晰、准确的意思。

❷青盼：热情盼望。青，青眼，晋阮籍常以青眼（正视）对所器重的人。

第四十一出

见月

【仙吕入双调过曲·双玉供】【玉胞肚】〔杂扮四将、二内侍，引生骑马、丑随行上〕〔合〕重华[①]迎待，促归程，把回銮仗排。离南京[②]不听鹃啼，怕西京尚有鸿哀[③]。【五供养】喜山河未改，复睹这皇图风采。〔众百姓上，跪接介〕扶风百姓迎接老万岁爷。〔生〕生受你每，回去罢。〔百姓叩头呼"万岁"下〕〔生众行介〕【玉胞肚】纷纷父老竞拦街，叩首齐呼"万岁"来。

〔丑〕启万岁爷，天色已晚，请銮舆就在凤仪宫驻跸。〔生下马介〕众军士，外厢伺候。〔军〕领旨。〔下〕〔生进介〕高力士，此去马嵬，还有多少路？〔丑〕只有一百多里了。〔生〕前已传旨，令该地方官建造妃子新坟，你可星夜前往，催督工程，候朕到时改葬。〔丑〕领旨。暂辞凤仪去，先向马嵬行。〔下〕〔内侍暗下〕〔生〕西川出狩乍东归，驻跸离宫对夕晖。记得去年尝麦饭，一回追想一沾衣。寡人自幸蜀中，不觉一载有余。幸喜西京恢复，回到此间。你看离宫寥寂，暮景苍凉。好伤感人也！

【吴评】

"又与《哭像》折内遥应。"

【攤破金字令】黄昏近也，庭院凝微霭，清宵

見月

静也，钟漏沉虚籁④。一个愁人有谁偢睬，已自难消难受，那堪墙外，又推将这轮明月来。寂寂照空阶，凄凄浸碧苔。独步增哀，双泪频揩，千思万量没布摆。

寡人对着这轮明月，想起妃子冷骨荒坟，愈觉伤心也！

【夜雨打梧桐】霜般白，雪样皑，照不到冷坟台。好伤怀，独向婵娟陪待。蓦地回思当日，与你偶尔离开，一时半刻也难打捱，何况是今朝永隔幽明界。〔泣介〕我那妃子呵，当初与你钗、盒定情，岂料遂为殉葬之物。欢娱不再，只这盒钗，怎不向人间守，翻教地下埋。

〔叹介〕咳，妃子，妃子，想你生前音容如昨，教我怎生忘记也！

【摊破金字令】【换头】休说他娇嚬妍笑，风流不复偕，就是頳颜微怒，泪眼慵抬，便千金何处买。纵别有佳人，一般姿态，怎似伊情投意解，恰可人怀。思量到此呆打孩⑤。我想妃子既殁，朕此一身虽生犹死，倘得死后重逢，可不强如独活。孤独愧形骸，余生死亦该。惟只愿速离尘埃，早赴泉台，和伊地中将连理栽。

记得当年七夕，与妃子同祝女牛，共成密誓。岂知今宵月下，单留朕一人在此也！

【夜雨打梧桐】长生殿，曾下阶，细语倚香腮。两情谐，愿结生生恩爱。谁想那夜双星同照，此夕孤月重来。时移境易人事改。月儿，月儿，我

【吴评】

“已命力士营葬，徘徊月下，自应先从荒坟入想，又因殉葬转到钗盒，更有情致。”

【吴评】

“又因地中连理想到七夕誓盟，接递无痕，并引起后文耸合。”

想密誓之时，你也一同听见的！记鹊桥河畔，也有你姮娥在，如何厮赖！索应该撺掇他牛和女，完成咱盒共钗。

〔内侍上〕夜色已深，请万岁爷进宫安息。

〔生〕银河漾漾月辉辉，崔橹 万乘凄凉蜀路归。崔道融

香散艳消如一梦，王遒 离魂渐逐杜鹃飞。韦庄

【批注】

前出写杨玉环乐谱留泪痕，这出写李隆基月下思恩爱，都是着力写其痴情也。

注释

❶重华：虞舜名。因尧禅位给舜，故称受禅的肃宗为重华。

❷南京：指当时的成都府。

❸鸿哀：借喻人民流离失所。

❹虚籁：籁，古代的一种三孔箫管乐器，也指从孔穴中发出的声响。虚籁，漏滴的虚空回声。

❺呆打孩：呆住了。打孩，“呆”的切音，语助词。

第四十二出

驿备

【越调过曲·梨花儿】〔副净扮驿丞上〕我做驿丞没傝㑀[1]，缺供应付常吃打。今朝驾到不是耍，嗏，若有差迟便拿去杀。

自家马嵬驿丞，从小衙门办役。考了杂职行头[2]，挖选马嵬大驿。虽然陆路冲繁，却喜津贴饶溢。送分例[3]，落下些折头；造销算，开除些马匹[4]。日支正项俸薪，还要月扣衙门工食。怕的是公吏承差，吓的是徒犯驿卒。求买免，设定常规[5]；比月钱，百般威逼。及至摆站缺人，常把屁都急出。今更有大事临头，太上皇来此驻跸。连忙唤各色匠人，将驿舍周围收拾。又因改葬贵妃娘娘，重把坟茔建立。恐土工窥见玉体，要另选女工四百。报道高公公已到，催办工程紧急。若还误了些儿，〔弹纱帽介〕怕此头要短一尺。〔末扮驿卒上〕〔见介〕老爹，我已将各匠催齐，你放心，不须忧戚。〔副净〕还有女工呢？〔末〕现有四百女工，都在驿门齐集。〔副净〕快唤进来。〔末唤介〕女工每走动。〔贴、净、杂扮村妇，丑短须女扮，各携锹锄上〕“本是村庄妇，来充埋筑人。”〔见介〕女工每叩头。〔末〕起来点名。〔副净点介〕周二妈。

〔净应〕〔副净〕吴姥姥。〔贴应〕〔副净〕郑胖姑。〔杂应〕〔副净〕尤大姐。〔丑掩口作娇声应介〕〔副净作细看介〕咦，怎么这个女工掩着了嘴答应，一定有些蹊跷。驿子与我看来。〔末应扯丑手开看介〕老爹，是个胡子。〔副净〕是男，是女？〔丑〕是女。〔副净〕女人的胡子，那里有生在嘴上的，我不信。驿子，再把他裤裆里搜一搜。〔末应作搜丑，诨介〕老爹，这胡子是假充女工的。〔副净〕哎呀，了不得，这是上用钦工，非同小可。亏得我老爹精细，若待皇帝看见，险些把我这颗头，断送在你胡子嘴上了。好打，好打。〔丑〕只因老爹这里催得紧，本村凑得三百九十九名，单单少了一名，故此权来充数，明日另换便了。〔副净〕也罢，快打出去。〔末应，打丑下〕〔副净看众笑介〕如今我老爹疑心起来，只怕连你每也不是女人哩。〔众笑介〕我每都是女人。〔副净〕口说无凭，我老爹只要用手来大家摸一摸，才信哩。〔作捞摸，众作躲避走笑介〕〔净〕笑你老爹好长手，〔杂〕刚刚摸着一个鬏剔帚。〔副净〕弄了一手白鲞香，〔贴〕拿去房中好下酒。〔诨介〕〔老旦一面上〕欲将锦袜献天子，权把铧锹充女工。老身王嬷嬷，自从拾得杨娘娘锦袜，过客争求一看，赚了许多钱钞。目今闻说老万岁爷回来，一则收藏禁物，恐有祸端，二则将此锦袜献上，或有重赏，也未可知。恰好驿中命报女工，要去撺上一名。葬完就好进献，来此已是驿前了。〔末上见介〕你这老婆子，

【批注】

这些插科，十分庸俗，且又和悲剧气氛不和谐。就整出看，也可有可无。

那里来的？〔老旦〕来投充女工的。〔末〕住着。〔进介〕老爹，有一个投充女工的老婆子在外。〔副净〕唤进来。〔末出，唤老旦进见介〕〔副净〕你是投充女工的么？〔老旦〕正是。〔副净〕我看你年纪老了些，怕做不得工。只是现少一名，急切里没有人，就把你顶上罢。你叫甚名字？〔老旦〕叫做王嬷嬷。〔副净〕好，好！恰好周、吴、郑、王四人。你四人就做个工头，每一人管领女工九十九人。住在驿中操演，伺候驾到便了。〔众〕晓得。〔做各见诨介〕〔副净〕你每各拿了锹锄，待我老爹亲自教演一番。〔众应各拿锹锄，副净作教演势，众学介〕〔副净〕

【亭前柳】锹镢手中拿，挖掘要如法。莫教侵玉体，仔细拨黄沙。〔合〕大家、演习须熟滑，此奉钦遵，切休得有争差。

〔众〕老爹，我每呵，

【前腔】田舍业桑麻，惯见弄泥沙。小心齐用力，怎敢告消乏[6]。〔合〕大家、演习须熟滑，此奉钦遵，切休得有争差。

〔副净〕且到里边连夜操演去。〔众应介〕

玉颜虚掩马嵬尘，高骈　云雨虽亡日月新。郑畋

晓向平原陈祭礼，方干　共瞻銮驾重来巡。僧广宣

【批注】

吴舒凫曰：“因是无棺之家，所以发掘必须演习，非止为妇女不谙锹锄也。”故此曲以莫侵玉体为言，而后曲即以田家惯习为对，词意周到。

注释

❶没傝偖（tàsà）：没出息。

❷行头：行业的头儿。

❸送分例：指按规定或常例送给上司的钱钞。

❹造销算，开除些马匹：向上面造开支消耗账目时，虚报马匹数目。

❺求买免，设定常规：驿卒有差、役，可按路途远近、役期长短交纳钱帛，买求免役。

❻告消乏：诉说劳累、疲乏。

第四十三出

改葬

【商调引子·忆秦娥】〔生引二内侍上〕伤心处，天旋日转回龙驭[①]；回龙驭，踟蹰到此，不能归去。

寡人自蜀回銮，痛伤妃子仓卒捐生，未成礼葬。特传旨另备珠襦玉匣，改建坟茔，待朕亲临迁葬，因此驻跸马嵬驿中。〔泪介〕对着这佛堂梨树，好凄惨人也！

【商调过曲·山坡羊】恨悠悠江山如故，痛生生游魂血污。冷清清佛堂半间，绿阴阴一本梨花树。空自吁，怕夜台人更苦。那里有珮环夜月归朱户，也慢想颜面春风识画图。〔丑暗上〕〔见介〕奴婢奉旨，筑造贵妃娘娘新坟，俱已齐备。请万岁爷亲临启墓。〔生〕传旨起驾。〔丑〕领旨。〔传介〕军士每，排驾。〔杂扮军士上，引行介〕“马嵬坡下泥土中，不见玉容空死处。”〔到介〕〔丑〕启万岁爷，这白杨树下，就是娘娘埋葬之处了。〔生〕你看蔓草春深，悲风日薄。妃子，妃子，兀的不痛杀寡人也。〔哭介〕号呼，叫声声魂在无？欷歔，哭哀哀泪渐枯。

〔老旦、杂、贴、净四女工带锄上〕〔老旦〕

【吴评】

“此景贵妃临绝时言之，冥追魂游时屡言之，真所谓夜台人更苦也。明皇一见伤心，那得不想到此。”

【批注】

写李隆基生死不渝之情，《哭像》已达高潮，《尸解》已是多老万岁爷来了。我每快些前去，伺候开坟。〔丑〕你每都是女工么？〔众应介〕〔丑启生介〕女工每到齐了。〔生〕传旨，军士回避。高力士，你去监督女工，小心开掘。〔丑应传介〕〔军士下〕〔众女工作掘介〕〔众〕

【水红花】向高冈一谜下锹锄，认当初，白杨一树。怕香销翠冷伴蚍蜉，粉肌枯，玉容难睹。〔众惊介〕掘下三尺，只有一个空穴，并不见娘娘玉体！早难道为云为雨，飞去影都无，但只有芳香四散袭人裾也啰。

〔净〕呀，是一个香囊。〔丑〕取来看。〔净递囊，丑接看哭介〕我那娘娘呵，你每且到那厢伺候去。〔众应下〕〔丑启生介〕启万岁爷，墓已启开，却是空穴。连裹身的锦褥和殉葬的金钗、钿盒都不见了。只有一个香囊在此。〔生〕有这等事。〔接囊看大哭介〕呀，这香囊乃当日妃子生辰，在长生殿上试舞《霓裳》，赐与他的。我那妃子呵，你如今却在何处也！

【山坡羊】惨凄凄一匡空墓，杳冥冥玉人何去？便做虚飘飘锦褥儿化尘，怎那硬撑撑钗盒也无寻处。空剩取香囊犹在土，寻思不解缘何故，恨不得唤起山神责问渠。〔想介〕高力士，你敢记差了么？〔丑〕奴婢当日，曾削杨树半边，题字为记。如何得差。〔生〕敢是被人发掘了？〔丑〕若经发掘，怎得留下香囊？〔生呆想不语介〕〔丑〕奴婢想来，自古神仙多有尸解之事。

余，《改葬》更属蛇足。下本不如上本紧凑，与此等场次有关。

或者娘娘尸解仙去，也未可知。即如桥山陵寝，止葬黄帝衣冠。这香囊原是娘娘临终所佩，将来葬入新坟之内，也是一般了。[2]〔生〕说的有理。高力士，就将这香囊裹以珠襦，盛以玉匣，依礼安葬便了。〔丑〕领旨。〔生哭介〕号呼，叫声声魂在无？欷歔，哭哀哀泪渐枯。

〔丑持囊出介〕〔作盛囊入匣介〕香囊盛放停当，女工每那里？〔众上〕〔丑〕你每把这玉匣，放在墓中，快些封起坟来。〔众作筑坟介〕

【水红花】当时花貌与香躯，化虚无，一抔空墓；今朝玉匣与珠襦，费工夫，重泉深锢。更立新碑一统，细把泪痕书。从今流恨满山隅也啰。

〔丑〕坟已封完，每人赏钱一贯。去罢。〔众谢赏，叩头介〕〔净、贴、杂先下〕〔丑问老旦介〕你这婆子，为何不去？〔老旦〕禀上公公，老妇人旧年在马嵬坡下，拾得杨娘娘锦袜一只，带来献上老万岁爷。〔丑〕待我与你启奏。〔见生介〕启万岁爷，有个女工，说拾得杨娘娘锦袜一只，带来献上。〔生〕快宣过来。〔丑唤老旦进见介〕婢子叩见老万岁爷。〔献袜介〕〔生〕取上来。〔丑取送生介〕〔老旦起立介〕〔生看哭介〕呀，果然是妃子的锦袜，你看芳香未散，莲印[3]犹存。我那妃子呵，〔哭介〕

【山坡羊】俊弯弯一钩重睹，暗蒙蒙余香犹度。袅亭亭记当年翠盘，瘦尖尖稳逐红鸳舞。还忆取、深宵残醉余，梦酣春透勾人觑。今日里空伴香囊留恨俱。〔哭介〕号呼，叫声声魂在无？欷歔，哭哀哀泪渐枯。

高力士，赐他金钱五千贯，就着在此看守贵妃坟墓。〔老旦叩头介〕多谢老万岁爷。〔起出看锄介〕“无心再学持锄女，有钞甘为守墓人。”〔下〕〔外引四军上〕“见辟乾坤新定位，看题日月更高悬。”〔见介〕臣朔方节度使郭子仪，钦奉上命，带领卤簿④，恭迎太上皇圣驾。〔生〕卿荡平逆寇，收复神京。宗庙重新，乾坤再造，真不世之功也。〔外〕臣忝为大帅，破贼已迟。负罪不遑，何功之有！〔生〕卿说那里话来！高力士，分付起行。〔丑〕领旨。〔传介〕〔生更吉服介〕〔众引生行介〕

【水红花】五云芝盖簇銮舆，返皇都，旌旗溢路。黄童白叟共相扶，尽欢呼，天颜重睹。从此新丰行乐，少帝奉兴居⑤。千秋万载巩皇图也啰。

肠断将军⑥改葬归，徐夤　下山回马尚迟迟。杜牧

经过此地千年恨，刘沧　空有香囊和泪滋。郑嵎

注释

❶天旋日转回龙驭：言“安史之乱”被平定，大局转变，皇帝车驾返回神京。

❷“如桥山陵寝……也是一般了”五句：如同桥陵只葬黄帝衣冠故事，用香

囊建杨贵妃衣冠冢。桥山陵寝，即桥陵，相传是黄帝的陵墓。

❸莲印：脚印。古人称女子娇小的脚为金莲。

❹卤簿：古代帝王出外时的仪仗队。

❺新丰行乐，少帝奉兴居：刘邦曾在陕西仿照故园丰邑兴建了一座城市，取名新丰，来抚慰父亲对故乡的怀念。少帝，此指肃宗。兴居，起居。

❻将军：指高力士，他曾被授予骠骑将军衔。

第四十四出

怂合

【南吕引子·阮郎归】〔小生上〕碧梧天上叶初飞，秋风又报期。云中遥望鹊桥齐，隔河影半迷。

岂是仙家好别离，故教迢递作佳期。只缘碧落银河畔，好在金风玉露时。吾乃牵牛是也。今当下界上元二年七月七夕，天孙将次渡河，因此先在河边伺候。记得天宝十载，吾与天孙相会之时，见唐天子与贵妃杨玉环，在长生殿上拜祷设誓，愿世世为夫妇。岂料转眼之间，把玉环生生断送，好不可怜人也。

【南吕过曲·香遍满】佳人绝世，千秋第一冤祸奇。把无限绸缪轻抛弃，可怜非得已。死生无见期。空留万种悲，枉罚下多情誓。

【朝天懒】【朝天子】〔贴引杂扮二仙女上〕好会年年天上期，不似尘缘浅，有变移。【水红花】见仙郎河畔独徘徊，把驾频催。〔杂报介〕天孙到。〔小生迎介〕天孙来了。〔同织女对拜介〕〔合〕【懒画眉】相逢一笑深深拜，隔岁离情各自知。

〔小生〕天孙，请同到斗牛宫去。〔携贴行介〕携手步云中，〔贴〕仙裾扬好风。〔合〕河明乌鹊渚，星聚斗牛宫。〔到介〕〔杂暗下〕〔小生〕天孙

【批注】

吴舒凫曰：“乞巧前盟双星作合，若无此折便漏却牛郎矣。写牛郎为明皇怂恿，亦情理所必至者。”此出亦属多余，在《神诉》出添上牛郎，即可与乞巧前盟相应。吴氏以此出为“情理所必至”，未免阿其所好。

请坐。〔坐介〕

【二犯梧桐树】【金梧桐】琼花绕绣帷，霞锦摇珠珮。〔贴合〕斗府星宫，岁岁今宵会。【梧桐树】银河碧落神仙配，地久天长，岂但朝朝暮暮期。【五更转】愿教他人世上夫妻辈，都似我和伊，永远成双作对。

〔小生〕天孙，

【浣溪纱】你且慢提，人间世、有一处怎偏忘记。〔贴〕忘了何处？〔小生〕可记得长生殿里人一对，曾向我焚香密誓齐？〔贴〕此李三郎与杨玉环之事也，我怎不记得。〔小生〕天孙既然记得，须念彼、堕万古伤心地，他愿世世生生，忍教中路分离。

〔贴〕提记玉环之事，委实可伤。我前因马嵬土地之奏，

【刘泼帽】念他独抱情无际，死和生守定不移，含冤流落幽冥地。因此呵，为他奏玉墀，令再证蓬莱位。

〔小生笑介〕天孙虽则如此，只是他呵，

【秋夜月】做玉妃、不过群仙队，寡鹄孤鸾白云内，何如并翼鸳鸯美。念盟言在彼，与圆成[1]仗你。

〔贴〕仙郎，我岂不欲为他重续断缘。只是李三郎呵，

【东瓯令】他情轻断，誓先隳，那玉环呵，一个钟情枉自痴。从来薄幸男儿辈，多负了佳人意。

伯劳东去燕西飞[2]，怎使做双栖！

〔小生〕天孙所言，李三郎自应知罪。但是当日马嵬之变呵，

【金莲子】国事危，君王有令也反抗逼，怎救的、佳人命摧。想今日也不知怎生般悔恨与伤悲。

〔贴〕仙郎恁般说，李三郎罪有可原。他若果有悔心，再为证完前誓便了。〔二杂上〕启娘娘，天鸡将唱，请娘娘渡河。〔贴〕就此告辞。〔小生〕河边相送。〔携手行介〕

【尾声】没来由将他人情事闲评议，把这度良宵虚废。唉，李三郎、杨玉环，可知俺破一夜工夫都为着你！

云阶月地一相过，杜牧　争奈闲思往事何。白居易

一自仙娥归碧落，刘沧　千秋休恨马嵬坡。徐夤

注释

❶圆成：作成，把事情办妥。

❷伯劳东去燕西飞：句本古乐府《东飞伯劳歌》“东飞伯劳西飞燕”。伯劳，鸟名，一名鶪（jú）。

第四十五出

雨梦

【越调引子·霜天晓角】〔生上〕愁深梦杳，白发添多少。最苦佳人逝早，伤独夜，恨闲宵。

“不堪闲夜雨声频，一念重泉一怆神。挑尽灯花眠不得，凄凉南内[1]更何人。”朕自幸蜀还京，退居南内，每日只是思想妃子。前在马嵬改葬，指望一睹遗容，不想变为空穴，只剩香囊一个。不知果然尸解，还是玉化香消？徒然展转寻思，怎得见他一面？今夜对着这一庭苦雨、半壁愁灯，好不凄凉人也！

【越调过曲·小桃红】冷风掠雨战长宵，听点点都向那梧桐哨[2]也。萧萧飒飒，一齐暗把乱愁敲，才住了又还飘。那堪是凤帏空，串烟销，人独坐，厮凑着孤灯照也，恨同听没个娇娆。〔泪介〕猛想着旧欢娱，止不住泪痕交。

〔内打初更介〕〔小生内唱，生作听介〕呀，何处歌声，凄凄入耳，得非梨园旧人乎？不免到帘前，凭阑一听。〔作起立凭阑介〕此张野狐[3]之声也，且听他唱的是甚曲儿？〔作一面听、一面欷歔掩泪介〕〔小生在场内立高处唱介〕

【下山虎】万山蜀道，古栈岧峣[4]。急雨催林

【吴评】

“切切凄凄，读之萧萧头白，与白仁甫北词参看，虽有采摭，殆未易议优劣也。”“不恨独听，而恨不同听，因想起旧欢，自然落泪。”

杪，铎铃乱敲。似怨如愁，碎聒不了，响应空山魂暗消。一声儿忽慢袅，一声儿忽紧摇。无限伤心事，被他逗挑，写入清商传恨遥。

〔内二鼓介〕〔生悲介〕呀，原来是朕所制《雨淋铃》之曲。记昔朕在栈道，雨中闻铃声相应，痛念妃子，因采其声，制成此曲。今夜闻之，想起蜀道悲凄，愈加肠断也。

【五韵美】听淋铃，伤怀抱。凄凉万种新旧绕，把愁人禁虐[5]得十分恼。天荒地老，这种恨谁人知道。你听窗外雨声越发大了。疏还密，低复高，才合眼，又几阵窗前把人梦搅。

〔丑上〕“西宫南内多秋草，夜雨梧桐落叶时。”〔见介〕夜已深了，请万岁爷安寝罢。〔内三鼓介〕〔生〕呀，漏鼓三交，且自隐几而卧。哎，今夜呵，知甚梦儿得到俺眼里来也！〔仰哭介〕

【哭相思】悠悠生死别经年，魂魄不曾来入梦。

〔睡介〕〔丑〕万岁爷睡了，咱家也去歇息儿咱。〔虚下〕〔小生、副净扮二内侍带剑上〕“幽情消未得，入梦感君王。”〔向上跪介〕万岁爷请醒来。〔生作醒看介〕你二人是那里来的？〔小生、副净〕奴婢奉杨娘娘之命，来请万岁爷。

【五般宜】只为当日个乱军中祸殃惨遭，悄地向人丛里换妆隐逃，因此上流落久蓬飘。〔生惊喜介〕呀，原来杨娘娘不曾死，如今却在那里！〔小生、副净〕为陛下朝想暮想，恨萦愁绕，因此把驿

【吴评】

“才情竭处忽生幻想，真有水尽山穷、坐看云起之妙。”

庭静扫，〔叩头介〕望銮舆幸早。说要把牛女会深盟，和君王续未了[⑥]。〔生泪介〕朕为妃子百般思想，那晓得却在驿中。你二人快随朕前去，连夜迎回便了。〔小生、副净〕领旨。〔引生行介〕

【山麻秸】【换头】喜听说如花貌，犹兀自现在人间，当面堪邀。忙教、潜出了御苑内夹城复道[⑦]，顾不得夜深人静，露凉风冷，月黑途遥。

〔末上拦介〕陛下久已安居南内，因何深夜微行，到那里去？〔生惊介〕

【蛮牌令】何处泼官僚，拦驾语哓哓？〔末〕臣乃陈元礼，陛下快请回宫。〔生怒介〕唗，陈元礼，你当日在马嵬驿中，暗激军士逼死贵妃，罪不容诛。今日又待来犯驾么？君臣全不顾，辄敢肆狂骁。〔末〕陛下若不回宫，只怕六军又将生变。〔生〕唗，陈元礼，你欺朕无权柄，闲居退朝。只逞你有威风，卒悍兵骄。法难恕，罪怎饶。叫内侍，快把这乱臣贼子首级悬枭[⑧]。

〔小生、副净〕领旨。〔作拿末杀下，转介〕启万岁爷，已到驿前了。请万岁爷进去。〔暗下〕〔生进介〕

【黑麻令】只见没多半空寮、废寮，冷清清临着这荒郊、远郊。内侍，娘娘在那里？〔回顾介〕呀，怎一个也不见了。单则听飒剌剌风摇、树摇，啾唧唧四壁寒蛩絮，一片愁苗、怨苗。〔哭介〕哎哟，我那妃子呵，叫不出花娇、月娇，料多应形消、影消。〔内鸣锣，生惊介〕呀，好奇怪，一霎

【吴评】

“陈将军忠烈治国，少陵已有定评，然为明皇极写钟情，不得不痛恨元礼。而在蜀之时，欲杀不敢，回銮之后，欲杀又不能，故于梦寐中见之。观者勿疑为髦荒快意、颠倒是非也。”

【批注】

按此在借梦境极写帝王家爱美人与爱江山的思想矛盾。吴氏强为之解，未免不通。

时连驿亭也都不见，倒来到曲江池上了。好一片大水也。不堤防断砌、颓垣，翻做了惊涛、沸涛。

〔望介〕你看大水中间，又涌出一个怪物。猪首龙身，舞爪张牙，奔突而来。好怕人也！〔内鸣锣，扮猪龙，项带铁索，跳上扑生，生惊奔，赶至原处睡介〕〔二金甲神执锤上，击猪龙喝介〕咄，孽畜，好无礼！怎又逃出，到此惊犯圣驾，还不快去。〔作牵猪龙、打下〕〔生作惊叫介〕哎哟，唬杀我也。〔丑急上，扶介〕万岁爷，为何梦中大叫？〔生作呆坐，定神介〕高力士，外边什么响？〔丑〕是梧桐上的雨声？〔内打四更介〕〔生〕

【江神子】【别体】我只道谁惊残梦飘，原来是乱雨萧萧。恨杀他枕边不肯相饶，声声点点到寒梢，只待把泼梧桐锯倒。

高力士，朕方才梦见两个内侍，说杨娘娘在马嵬驿中来请朕去。多应芳魂未散。朕想昔时汉武帝思念李夫人，有李少君为之召魂相见，今日岂无其人！你待天明，可即传旨，遍觅方士来与杨娘娘召魂。〔丑〕领旨。〔内五鼓介〕〔生〕

【尾声】纷纷泪点如珠掉，梧桐上雨声厮闹。只隔着一个窗儿直滴到晓。

半壁残灯闪闪明，吴融　雨中因想雨淋铃。罗隐

伤心一觉兴亡梦，方壶居士　直欲裁书问杳冥。魏朴

【吴评】

“梦境中大水数见不鲜矣，却以曲江衬出，将欢娱旧地变成荒凉。又洪水中幻出猪龙为禄山结案，岂是寻常思议所及。或疑猪龙当于《刺逆》折见之，令人醒目，此处翻似赘疣。不知剧中纯用侧写文章，灵妙法门，无一呆笔板墨也。”

【吴评】

“一篇中唐诗、宋词、元曲奔赴腕下，都为我用。”

注释

❶南内：兴庆宫，因在东内（大明宫）之南，故称南内。

❷哨：吹响。

❸张野狐：张徽，梨园中他最擅筚篥。《杨太真外传》写他曾吹奏《雨淋铃》。

❹岧峣（tiáoyáo）：形容山峦高峻。

❺禁虐：缠扰，害苦。

❻续未了：续生前未结束的盟缘。

❼夹城复道：为防止外人窥见，唐明皇特地从西宫到南内，曲江池筑有夹城，方便行走。

❽悬枭：杀头，把头悬在木杆上示众。

第四十六出

觅魂

〔净扮道士，小生、贴扮道童，执幡引上〕临邛道士鸿都客[①]，能以精诚致魂魄。为感君王展转思，便教遍处殷勤觅。贫道杨通幽是也。籍隶丹台[②]，名登紫箓[③]。呼风掣电，御气天门。摄鬼招魂，游神地府。只为太上皇帝思念杨妃，遍访异人召魂相见。俺因此应诏而来。太上皇十分欢喜，诏于东华门内，依科行法。已曾结就法坛，今晚登坛宣召。童儿，随我到坛上去来。〔童捧剑、水同行科〕〔净〕

【北仙吕点绛唇】仔为他一点情缘，死生衔怨。思重见，凭着咱道力无边，特地把神通显。

〔场上建高坛科〕〔小生、贴〕已到坛了。〔净〕是好一座法坛也。

【混江龙】这坛本在虚空辟建，象涵太极法先天。无中有阴阳攒聚，有中无水火陶甄[④]。〔童〕基址从何而立？〔净〕基址呵，遣五丁，差六甲[⑤]，运戊己[⑥]中央当下立。〔童〕用何工夫而成？〔净〕用工夫，养婴儿，调姹女[⑦]，配乙庚金木[⑧]刹那全。〔童〕坛上可有户牖？〔净〕户牖呵，对金鸡，朝玉兔[⑨]，坎离卯酉。〔童〕方向呢？〔净〕方向呵，

【吴评】

"临川冥判，纯是驾虚罗列，未有此折语语摭实，如游丝百丈，独袅晴空，然工力亦相当。"

镇黄庭，通紫极[10]，子、午、坤乾。〔童〕这坛可有多少大？〔净〕虽只是倚方隅，占基阶，坛场咫尺，却可也纳须弥[11]，藏世界，道里由延[12]。〔童〕原来包罗恁宽！〔净〕上包着一周天三百六十躔度[13]，内[14]星辰日月。〔童〕想那分统处量也不小。〔净〕中分统四大洲[15]，亿万百千阎浮界[16]，岳渎山川。〔童〕坛上谁听号令？〔净〕听号令，则那些无稽滞，司风、司火、司雷、司电。〔童〕谁供驱遣？〔净〕供驱遣，无非这有职掌，值时、值日、值月、值年。〔童〕绕坛有何景象？〔净〕半空中绕嘫嘫鸾吟凤啸，两壁厢列森森虎伏龙眠。端的是一尘不染，众妄都蠲[17]。〔童〕若非吾师无边道力，安能建此无上法坛？〔净〕这全托赖着大唐朝君王分福，敢夸俺小鸿都道力精虔。〔童〕请吾师上坛去者。〔内细乐，二童引净上坛科〕〔净〕趁天风，随仙乐，双引着鸾旌高步斗。〔内钟鼓科〕〔净〕响金钟，鸣法鼓，恭擎象简迴朝元。〔童献香科〕请吾师拈香。〔净拈香科〕这香呵，不数他西天竺旃檀林青狮窟，根蟠鹫鹫[18]，东洋海波斯国瑞龙脑，形似蚕蝉。结祥云，腾宝雾，直冲霄汉；透清微，萦碧落，普供真玄。第一炷，祝当今皇帝享无疆圣寿，保洪图社稷，巩国祚延绵。第二炷，愿疆场静，烽燧销，普天下各道、各州、各境里，民安盗息无征战；禾黍登，蚕桑茂，百姓每若老、若幼、若壮者，家封户给乐田园。第三炷，单只为死生分，情不灭，待凭这香头一点，温热了夜台魂；幽

【批注】

按此曲与《牡丹亭》冥判中【混江龙】，长篇累韵，怪怪奇奇，不过文人卖弄才情之作，非场上所宜。

明隔，情难了，思倩此香烟百转，吹现出春风面。〔童献花介〕散花。〔净散花科〕这花呵，不学他老瞿昙对迦叶糊涂笑拈[19]，谩劳他诸天女访维摩撒漫飞旋[20]。俺特地采蘅芜[21]，踏穿阆苑，几度价寻怀梦[22]摘遍琼田。显神奇，要将他残英再接相思树，施伎俩，管教他落花重放并头莲。〔童献灯科〕献灯。〔净捧灯科〕这灯呵，烂辉辉灵光常向千秋照，灿荧荧心灯[23]只为一情传。抵多少衡遥石怀中秘授，还形烛帐里高燃[24]。他则要续痴情，接上这残灯焰，俺可待点神灯，照彻那旧冤愆。〔童献法盏科〕请吾师咒水。〔净捧水科〕这水呵，曾游比目，曾泛双鸳。你漫道当日个如鱼也那得水，可知道到头来，水、米也没有半点交缠。数不尽情河爱海波终竭，似那等幻泡浮沤浪易掀。他只道曾经沧海难为水，怎如俺这一滴杨枝彻九泉。〔童〕供养已毕，请问吾师如何行法召魂咱？〔净〕你与我把招魂衣摄，遗照图悬，龙墀净扫，凤幄高褰。等到那二更以后，三鼓之前，眠猧不吠，宿鸟无喧，叶宁树杪，虫息阶沿，露明星黯，月漏风穿，潜潜隐隐，冉冉翩翩，看步珊珊是耶非一个佳人现，才折证人间幽恨，地下残缘。

〔内奏法音科〕〔丑捧青词上〕九天青鸟使，一幅紫鸾书。〔进跪科〕高力士奉太上皇之命，谨送青词到此。〔童接词进上科〕〔净向丑拱科〕中官，且请坛外少候片时。〔丑应下〕〔净〕

【油葫芦】俺子见御笔青词[25]写凤笺，漫从头仔细展。单子为死离生别那婵娟，牢守定真情一点无更变。待想他芳魂两下重相见，俺索召李夫人来帐中。煞强如西王母临殿前，稳情取汉刘郎[26]遂却心头愿，向今宵同款款话因缘。

〔动法器科〕〔净作法、焚符念科〕此道符章，鹤翥鸾翔，功曹符使，速莅坛场。〔杂扮符官骑马舞上，见科〕仙师，有何法旨？〔净付符科〕有烦使者，将此符命，速召贵妃杨氏阴魂到坛者。〔杂接符科〕领法旨。〔做上马绕场下〕〔净〕

【天下乐】俺只见力士黄巾去召宣，扬也波鞭不暂延。管教他闪阴风一灵儿勾向前，俺这里静悄悄坛上躬身等，他那里急煎煎宫中望眼穿。呀，怎多半日云头不见转？

为何此时还不到来，好疑惑也！

【那吒令】阔迢迢山前水前，望香魂渺然。黯沉沉星前月前，盼芳容杳然。冷清清阶前砌前，听灵踪悄然。不免再烧一道催符去者。〔焚符科〕蠢朱符不住烧，歹剑诀空掐遍，枉念杀波没准的真言。

〔杂上见科〕覆仙师：小圣人间遍觅杨氏阴魂，无从召取。〔净〕符使且退。〔杂〕领法旨。〔舞下〕〔净下坛科〕童儿，请高公公相见者。〔童向内请科〕高公公有请。〔丑上〕“玉漏听长短，芳魂问有无。”〔见科〕仙师，杨娘娘可曾召到么？〔净〕方才符使到来，说娘娘无从召取。〔丑〕呀，如此怎生是好？〔净〕公公且去覆旨，待贫道就在

覓魂

坛中，飞出元神，不论上天入地，好歹寻着娘娘。不出三日，定有消息回报。〔丑〕太上皇思念甚切，仙师是必用意者。且传方士语，去慰上皇情。〔下〕〔内细乐，净更鹤氅科〕童儿在坛小心祇候，俺自打坐出神去也。〔童〕领法旨。〔内鸣钟、鼓各二十四声，净上坛端坐，叩齿作闭目出神科〕〔童〕你看我师出神去了。不免放下云帏，坛下伺候则个。〔作放坛上帐幔，净暗下〕〔童〕坛上钟声静，天边云影闲。〔同下〕〔末扮道士元神从坛后转行上〕

【鹊踏枝】瞑子里出真元，抵多少梦游仙。俺则待踏破虚空，去访婵娟。贫道杨通幽，为许上皇寻觅杨妃魂魄，特出元神，到处遍求。如今先到那里去者？〔思科〕嗄，有了，且慢自叫阊阖[27]，轻干玉殿，索先去赴幽冥，大索黄泉。

来此已是酆都城了。〔向内科〕森罗殿上判官何在？〔判跳上，小鬼随上〕善恶细分铁算子，古今不出大轮回。仙师何事降临？〔末〕贫道特来寻觅大唐贵妃杨玉环鬼魂。〔判〕凡是宫嫔妃后，地府另有文册。仙师请坐，且待呈簿查看。〔末坐科，鬼送册，判递册科〕〔末看科〕

【寄生草】这是一本宫嫔册，历朝妃后编。有一个檿弧箕服把周宗殄[28]，有一个牝鸡野雉把刘宗煽[29]，有一个蛾眉狐媚把唐宗变[30]。好奇怪，看古今来椒房金屋尽标题，怎没有杨太真名字其中现。

地府既无，贫道去了。不免向天上寻觅一遭

也。〔虚下〕〔判跳舞下，鬼随下〕〔二仙女旌幢，引贴朝服、执拂上〕高引霓旌朝绛阙，缓移凤舄踏红云。吾乃天孙织女，因向玉宸朝见，来到天门。前面一个道士来了，看是谁也？〔末上〕

【幺篇】 拔足才离地，飞神直上天。〔见贴科〕原来是织女娘娘，小道杨通幽叩首。〔贴〕通幽免礼，到此何事？〔末〕小道奉大唐太上皇之命，寻访玉环杨氏之魂。适从地府求之不得，特来天上找寻。谁知天上亦无。因此一径出来，若不是伴嫦娥共把蟾宫恋，多敢是趁双成同向瑶池现。〔贴〕通幽，那玉环之魂，原不在地下，不在天上也。〔末〕呀，早难道逐梁清又受天曹谴[31]，要寻那霓裳善舞的俊杨妃，到做了留仙不住的乔飞燕[32]。

〔贴〕通幽，杨妃既无觅处，你索自去复旨便了。〔末〕娘娘，复旨不难。不争[33]小道呵，

【后庭花滚】 没来由向金銮出大言，运元神排空如电转。一口气许了他上下里寻花貌，莽担承向虚无中觅丽娟。〔贴〕谁教你弄嘴来？〔末〕非是俺没干缠[34]、自寻驱遣，单则为老君王钟情生死坚，旧盟不弃捐。〔贴〕马嵬坡下既已碎玉揉香，还讨甚情来？〔末〕娘娘，休屈了人也。想当日乱纷纷乘舆值播迁，翻滚滚羽林生闹喧，恶狠狠兵骄将又专，焰腾腾威行虐肆煽，闹炒炒不由天子宣，昏惨惨结成妃后冤。扑刺刺生分开交颈鸳，格支支轻捋扯[35]并蒂莲，致使得娇怯怯游魂逐杜鹃，空落得哭哀哀悲啼咽楚猿。恨茫茫高和太华连，泪漫漫平将

【吴评】

“天上找寻仅于白内见之，得详略之妙，且对面相值，天孙恰好问信，最简捷。”

【批注】

此曲与下曲亦属文人肆才之作，若唱之场上，铁喉咙也将嘶哑。

【吴评】

“土地为妃子诉冤，通幽为上皇辨屈，两两遥对。”

沧海填。〔贴〕如今死生久隔，岁月频更，只怕此情也渐淡了。〔末〕那上皇呵，精诚积岁年，说不尽相思累万千。镇日家把娇容心坎镌，每日里将芳名口上编。听残铃剑阁悬，感衰梧秋雨传。暗伤心肺腑煎，漫销魂形影怜。对香囊呵惹恨绵，抱锦袜呵空泪涟，弄玉笛呵怀旧怨，拨琵琶呵忆断弦。坐凄凉，思乱缠，睡迷离，梦倒颠。一心儿痴不变，十分家病怎痊！痛娇花不再鲜，盼芳魂重至前。〔贴〕前夜牛郎曾为李三郎辨白，今听他说来，果如此情真。煞亦可怜人也！〔末〕小道呵，生[36]怜他意中人缘未全，打动俺闲中客情慢牵。因此上不辞他往返蹎，甘将这辛苦肩。猛可把泉台踏的穿，早又将穹苍磨的圆。谁知他做长风吹断鸢，似晴曦散晓烟。莽桃源寻不出花一片，冷巫山找不着云半边。好教俺向空中难将袖手展，伫云头惟有睁目延。百忙里幻不出春风图画面，捏不就名花倾国妍。若不得红颜重出现，怎教俺黄冠独自还！娘娘呵，则问他那精灵何处也天？

〔贴〕通幽，你若必要见他，待我指一个所在，与你去寻访者。〔末稽首科〕请问娘娘，玉环见在何处？

【青哥儿】谢娘娘与咱、与咱方便，把玉人消息、消息亲传，得多少花有根芽水有源。则他落在谁边，望赐明言。我便疾到跟前，不敢留连。〔贴〕通幽，你不闻世界之外，别有世界，山川之内，另有山川么？〔末〕听说道世外山川，另有周旋，只不知洞府何天，问渡何缘？〔贴〕那东极巨海之外，有一仙山，名曰蓬莱。你到那里，便有杨妃消息了。〔末〕多谢娘娘指引。枉了上下俄延，都做了北辙南辕。元来只隔着弱水三千，溟渤风烟，在那麟凤洲偏，蓬阆山巅。那里有蕙圃芝田，白鹿玄猿。琪树翩翩，瑶草芊芊。碧瓦雕檐[37]，月馆云轩。楼阁蜿蜒，门闼勾连。隔断尘喧，合住神仙。〔贴〕虽这般说，只怕那里绝天涯，跨海角，途路遥远，你去不得。〔末〕哎，娘娘，他那里情深无底更绵绵，谅着这蓬山路何为远。〔贴〕既如此，你自前去咱。"又闻人世无穷恨，待绾机丝补断缘。"〔引仙女下〕〔末〕不免御着天风，到海外仙山，找寻一遭去也。〔作御风行科〕

【煞尾】稳踏着白云轻，巧趁取罡风[38]便，把碗大沧溟跨展。回望齐州[39]何处显，淡蒙蒙九点飞烟。说话之间，早来到海东边，万仞峰巅。这的是三岛十洲[40]别洞天，俺只索绕清虚阆苑，到玲珑宫殿。是必破工夫找着那玉天仙。

与招魂魄上苍苍，黄滔　谁识蓬山不死乡？赵嘏

此去人寰知远近，秦系　五云遥指海中央。韦庄

注释

❶临邛（qióng）道士鸿都客：意即这道士是四川人，现在客居京城。临邛，

今四川邛崃。鸿都，后汉都城洛阳宫殿门，这里代指长安。

❷丹台：道士的炼丹台。

❸紫箓：道教的秘录，上记诸天曹神道之名。

❹陶甄：犹如陶铸，有孕育、造就的意思。

❺遣五丁，差六甲：五丁，神话中的大力士；六甲，风雹之神。

❻戊己：十天干中，戊己处于中间。

❼养婴儿，调姹女：道家用语，即调养心血（婴儿），运足精气（姹女）。或为调和阴阳。

❽乙庚金木：在天干五行中，乙、木主东方，庚、金主西方。

❾金鸡、玉兔：指日、月。

❿黄庭、紫极：黄庭，中央；紫极，天宫。

⓫须弥：须弥山，古印度传说中的山名，在四大部洲的中心。

⓬由延：即由旬，古印度的长度单位，约合二十至四十公里。

⓭躔（chán）度：日月星辰运行的度次。

⓮内：同“纳”。

⓯四大洲：佛家所说的须弥山四周大海中的东胜神洲、南赡部洲、西牛货洲、北俱卢洲。

⓰阎浮界：佛家所说的三千大千世界。

⓱蠲（juān）：除掉。

⓲西天竺旃檀林青狮窟，根蟠鸑鷟（yuèzhuó）：西天竺（西印度）青狮窟所产的旃檀木，以其根部做成的香料叫旃檀香。鸑鷟，古书上说的一种水鸟；根蟠鸑鷟，根蟠成鸑鷟之状，形容旃木的树根很老。

⓳老瞿昙对迦叶糊涂笑拈：《五灯会元》载释迦牟尼“在灵山会上，拈花示众，是时众皆寂然，惟迦叶尊者破颜微笑”，释迦牟尼即把《正法眼藏》传给他。

⓴诸天女访维摩撒漫飞旋：据说佛祖命大弟子文殊去问维摩诘的病，天女在室内散花，佛法浅的人，花会沾在他身上。

㉑采蘅芜：传说汉武帝梦见李夫人给他蘅芜香。

㉒寻怀梦：传说东方朔献怀梦草，汉武帝便梦见李夫人。

㉓心灯：佛家认为心灵能洞照一切。

㉔衡遥石怀中秘授，还形烛帐里高燃：传说有道士研五采蘅遥石粉末制成还形烛，在帐中点燃，唐明皇进帐便见到了杨贵妃的魂灵。

㉕青词：道教斋醮仪式上写给天神的奏章、表文，因用朱笔写在青藤纸上，故名。下文的紫鸾书，亦指青词。

㉖汉刘郎：以汉武帝喻唐明皇。

㉗阊阖：天门。

㉘檿（yǎn）弧箕服把周宗殄：褒姒把西周给灭亡了。檿弧，桑弓。箕服，箭袋。相传西周时童谣云："檿弧箕服，实亡周国。"幽王下令捉拿持檿弧箕服的人。被捉的猎人夫妇逃走了，却留了一个弃婴——日后幽王的宠妃褒姒。

㉙牝鸡野雉把刘宗熸：吕雉专权，剪灭刘氏宗亲。牝鸡，即牝鸡司晨，喻女人专权。

㉚蛾眉狐媚把唐宗变：武则天获宠用事，高宗死后，她称帝，改唐为周。

㉛"逐梁清"句：被放逐的梁玉清难道又第二次遭受天曹谪遣？梁清指梁玉清，原是织女的侍儿，秦并六国时，太白星窃其逃出天宫，后被天帝捕归。太白归位，玉清被谪于北斗下舂米。见《太平广记》卷五十九。

㉜"留仙不住"句：抓住留仙裙还是飞走了俊逸的赵飞燕。留仙，指留仙裙，裙之有皱纹者。《飞燕外传》云："帝于太液池作千人舟，号合宫之舟，后歌舞归风送远之曲，侍郎冯无方吹笙以倚后歌。中流歌酣，风大起，后扬袖曰：'仙乎仙乎，去故而就新，宁忘怀乎？'帝令无方持后裙，风止，裙为之绉。他日，宫姝或襞裙为绉，号留仙裙。"

㉝不争：只为。

㉞没干缠：没事找事。

㉟挦扯：扯开。

㊱生：特别。

㊲櫋（mián）：屋檐。

㊳罡风：道家术语，即高空中的风。

㊴齐州：指中国。下句中的九点即九州。这两句本李贺《梦天》诗"遥望齐州九点烟"。

㊵三岛十洲：古人称蓬莱、方丈、瀛洲为三仙山，海中的祖、瀛、玄、炎、长、元、流、生、凤麟、聚窟为十洲。

第四十七出

补恨

【正宫引子·燕归梁】〔贴扮织女上〕怜取君王情意切，魂遍觅，费周折。好和蓬岛那人说，邀云珮，赴星阙。

前夕渡河之时，牛郎说起杨玉环与李三郎长生殿中之誓，要我与彼重续前缘。今适在天门外，遇见人间道士杨通幽。说上皇思念贵妃一意不衰，令他遍觅幽魂。此情实为可悯。已指引通幽到蓬山去了，又令侍儿召取太真到此，说与他知。再细探其衷曲，敢待来也。〔仙女引旦上〕

【锦堂春】闻说璇宫有命，云中忙驾香车。强驱愁绪来天上，怕眉黛恨难遮。

〔仙女报，旦进见介〕娘娘在上，杨玉环叩见。〔贴〕太真免礼，请坐了。〔旦坐介〕适蒙娘娘呼唤，不知有何法旨？〔贴〕一向不曾问你，可把生前与唐天子两下恩情，细说一遍与我知道。〔旦〕娘娘听启，

【正宫过曲·普天乐】叹生前，冤和业。〔悲介〕才提起，声先咽。单则为一点情根，种出那欢苗爱叶。他怜我慕，两下无分别。誓世世生生休抛撇，不堤防惨凄凄月坠花折，悄冥冥云收雨歇，恨

茫茫只落得死断生绝。

【雁过声】【换头】〔贴〕听说、旧情那些。似荷丝劈开未绝，生前死后无休歇。万重深，万重结。你共他两边既恁疼热，况盟言曾共设。怎生他陡地心如铁，马嵬坡便忍将伊负也？

【倾杯序】【换头】〔旦泪介〕伤嗟，岂是他顿薄劣[1]！想那日遭磨劫，兵刃纵横，社稷阽危[2]，蒙难君王怎护臣妾？妾甘就死，死而无怨，与君何涉！〔哭介〕怎忘得定情钗盒那根节。

〔出钗盒与贴看介〕这金钗、钿盒，就是君王定情日所赐。妾被难之时，带在身边。携入蓬莱，朝夕佩玩，思量再续前缘。只不知可能够也？〔贴〕

【玉芙蓉】你初心誓不赊[3]，旧物怀难撇。太真，我想你马嵬一事，是千秋惨痛，此恨独绝。谁道你不将殒骨留微憾，只思断头香再爇。蓬莱阙，化愁城万叠。〔还旦钗盒介〕只是你如今已证仙班，情缘宜断。若一念牵缠呵，怕无端又令从此堕尘劫。

〔旦〕念玉环呵，

【小桃红】位纵在神仙列，梦不离唐宫阙。千回万转情难灭。〔起介〕娘娘在上，倘得情丝再续，情愿谪下仙班。双飞若注鸳鸯牒，三生旧好缘重结。〔跪介〕又何惜人间再受罚折！

〔贴扶介〕太真，坐了。我久思为你重续前缘。只因马嵬之事，恨唐帝情薄负盟，难为作合。方才见道士杨通幽，说你遭难之后，唐帝痛念不衰。特令通幽升天入地，各处寻觅芳魂。我念他如此钟

【批注】

金钗、钿盒是李、杨定情之物，每每在剧中出现，起了贯串剧情的作用。

情，已指引通幽到蓬莱山了。还怕你不无遗憾，故此召问。今知两下真情，合是一对。我当上奏天庭，使你两人世居忉利天④中，永远成双，以补从前离别之恨。

【催拍】那壁厢人间痛绝，这壁厢仙家念热：两下痴情恁奢，痴情恁奢。我把彼此精诚，上请天阙。补恨填愁，万古无缺。〔旦背泪介〕还只怕孽障周遮⑤缘尚蹇，会犹赊。

〔转向贴介〕多蒙娘娘怜念，只求与上皇一见，于愿足矣。〔贴〕也罢。闻得中秋之夕，月中奏你新谱《霓裳》，必然邀你。恰好此夕正是唐帝飞升之候。你可回去，令通幽届期径引上皇，到月宫一见。何如？〔旦〕只恐月宫之内，不便私会。〔贴〕不妨。待我先与姮娥说明。你等相见之时，我就奏请玉音到来，使你情缘永证便了。〔旦〕多谢娘娘，就此告辞。〔贴〕

【尾声】团圆等待中秋节，管教你情偿意惬。〔旦〕只我这万种伤心，见他时怎地说！

【批注】
含情无尽。

〔旦〕身前身后事茫茫，天竺牧童　却厌仙家日月长。曹唐

〔贴〕今日与君除万恨，薛逢　月宫琼树是仙乡。薛能

注释

❶薄劣：薄情，薄幸。

❷阽（diàn）危：危在旦夕。

❸赊：赊欠。下文【催拍】中“会犹赊”，则应作渺茫解释。

❹忉利天：佛家所说的欲界六重天中的第二重。

❺周遮：本为多方回护，这里作深重解。

第四十八出

寄情

【南吕过曲·懒画眉】〔末扮道士元神上〕海外曾闻有仙山，山在虚无缥缈间。贫道杨通幽，适见织女娘娘，说杨妃在蓬莱山上。即便飞过海上诸山，一径到此。见参差宫殿彩云寒。前面洞门深闭，不免上前看来。〔看介〕试将银榜端详觑。〔念介〕"玉妃太真之院。"呀，是这里了。〔做抽簪叩门介〕不免抽取琼簪轻叩关。

【前腔】〔贴扮仙女上〕云海沉沉洞天寒，深锁云房鹤径闲。〔末又叩介〕〔贴〕谁来花下叩铜环？〔开门介〕是那个？〔末见介〕贫道杨通幽稽首。〔贴〕到此何事？〔末〕大唐太上皇帝，特遣贫道问候玉妃。〔贴〕娘娘到璇玑宫去了，请仙师少待。〔末〕原来如此。我且从容伫立瑶阶上。〔贴〕远远望见娘娘来了。〔末〕遥听仙风吹珮环。

【前腔】〔旦引仙女上〕归自云中步珊珊①，闻有青鸾信远颁。〔见末介〕呀，果然仙客候重关。〔贴迎介〕〔旦〕道士何来？〔贴〕正要禀知娘娘，他是唐家天子人间使，衔命迢遥来此山。

〔旦进介〕既是上皇使者，快请相见。〔仙女请末进介〕〔末见科〕贫道杨通幽稽首。〔旦〕仙

【吴评】

"此折敷衍《长恨歌》一段，如风行水上，自然成文，绝无笔墨之迹。"

师请坐。〔末坐介〕〔旦〕请问仙师何来？〔末〕贫道奉上皇之命，特来问候娘娘。〔旦〕上皇安否？〔末〕上皇朝夕思念娘娘，因而成疾。

【宜春令】自回銮后，日夜思，镇昏朝潸潸泪滋。春风秋雨，无非即景伤心事。映芙蓉，人面俱非；对杨柳，新眉谁试。特地将他一点旧情，倩咱传示。

【前腔】〔旦泪介〕肠千断，泪万丝。谢君王钟情似兹。音容一别，仙山隔断违亲侍。蓬莱院月悴花憔，昭阳殿人非物是。漫自将咱一点旧情，倩伊回示。

〔末〕贫道领命。只求娘娘再将一物，寄去为信。〔旦〕也罢。当年承宠之时，上皇赐有金钗、钿盒，如今就分钗一股，劈盒一扇，烦仙师代奏上皇。只要两意能坚，自可前盟不负。〔作分钗盒，泪介〕侍儿，将这钗盒送与仙师。〔贴递钗盒与末介〕〔旦〕仙师请上，待妾拜烦。〔末〕不敢。〔拜介〕

【三学士】旧物亲传全仗尔，深情略表孜孜[②]。半边钿盒伤孤另，一股金钗寄远思。幸达上皇，只愿此心坚似始，终还有相见时。

〔末〕贫道还有一说，钗盒乃人间所有之物，献与上皇，恐未深信。须得当年一事，他人不知者，传去取验，才见贫道所言不谬。〔旦〕这也说得有理。〔旦低头沉吟介〕

【前腔】临别殷勤重寄词，词中无限情思。哦，有了。记得天宝十载，七月七夕长生殿，夜半

【吴评】

“通幽代白上情，玉妃对客叙意，只宜如此淡淡描写，若作深语，反失体矣。”

【吴评】

“剧中钗盒定情、长生盟誓是两大关节。钗盒自殉葬一结，又携归仙院分劈寄情，月宫复合。盟誓则是证仙张本，尤为吃紧。以此二者传信，已足收束全剧，下二折特申衍其义耳。”

寄情

无人私语时。那时上皇与妾并肩而立，因感牛女之事，密相誓心：愿世世生生，永为夫妇。〔泣介〕谁知道比翼分飞连理死[3]，绵绵恨无尽止。

〔末〕有此一事，贫道可复上皇了。就此告辞。〔旦〕且住，还有一言。今年八月十五日夜，月中大会，奏演《霓裳》，恰好此夕，正是上皇飞升之候。我在那里专等一会，敢烦仙师届期指引上皇到彼。失此机会，便永无再见之期了。〔末〕贫道领命。〔旦〕仙师，说我

含情凝睇谢君王，白居易　尘梦何如鹤梦长。曹唐

〔末〕密奏君王知入月，王建　众仙同日听霓裳。李商隐

注释

❶珊珊：同“姗姗”，形容走路缓慢从容的姿态。

❷孜孜：本为勤勉的意思，这里作殷勤解。

❸比翼分飞连理死：比喻恩爱夫妻的生离死别。

第四十九出

得信

【仙吕引子·醉落魄】〔生病装，宫女扶上〕相思透骨沉疴[①]久，越添消瘦。蘅芜烧尽魂来否？望断仙音，一片晚云秋。

"黯黯愁难释，绵绵病转成。哀蝉将落叶，一种为伤情。"寡人梦想妃子，染成一病。因令方士杨通幽摄召芳魂，谁料无从寻觅。通幽又为我出神访求去了。唉，不知是方士妄言，还不知果能寻着？寡人转展萦怀，病体越重。已遣高力士到坛打听，还不见来。对着这一庭秋景，好生悬望人也！

【仙吕过曲·二犯桂枝香】【桂枝香】叶枯红藕，条疏青柳。淅剌剌满处西风，都送与愁人消受。【四时花】悠悠、欲眠不眠欹枕头。非耶是耶睁望眸。问巫阳[②]，浑未剖。【皂罗袍】活时难救，死时怎求？他生未就，此生顿休。【桂枝香】可怜他渺渺魂无觅，量我这恹恹病怎瘳[③]。

【不是路】〔丑持钗盒上〕鹤转瀛洲，信物携将远寄投。忙回奏，〔见生叩介〕仙坛传语慰离忧。〔生〕高力士，你来了么？问音由，佳人果有佳音否？莫为我淹煎[④]把浪语诌。〔丑〕万岁爷听启，那仙师呵，追寻久，遍黄泉、碧落俱无有。〔生惊

【吴评】

"切初秋景物起，便与中秋之约关会，又妙是病昏语，不碍后文。今是几时一问，中间紧接招魂不得，横生怨悔。即悠悠二字，从展转反侧诗得来，亦非漫下，真绝世妙文也。"

哭介〕呀，这等说来，妃子永无再见之期了。兀的不痛杀寡人也！〔丑〕万岁爷，请休僝僽[5]。

那仙师呵，

【前腔】御气遨游，遇织女传知在海上洲。〔生〕可曾得见？〔丑〕蓬莱岫，见太真仙院榜高头。〔生〕元来妃子果然成仙了。可有什么说话？〔丑〕说来由，含情只谢君恩厚，下望尘寰两泪流。〔生〕果然有这等事？〔丑〕非虚谬，有当年钗盒亲分授，寄来呈奏。

〔进钗盒介〕这钿盒、金钗，就是娘娘临终时，付奴婢殉葬的。不想娘娘携到仙山去了。〔生执钗盒大哭介〕我那妃子嗄，

【长拍】钿盒分开，钿盒分开，金钗拆对，都似玉人别后。单形只影，两载寡侣，一般儿做成离愁。还忆付伊收，助晓妆云鬟，晚香罗袖。此际轻分远寄与，无限恨，个中留，见了怎生释手。枉自想同心再合，双股重俦。

且住。这钗盒乃人间之物，怎到得天上？前日墓中不见，朕正疑心，今日如何却在他手内？〔丑〕万岁爷休疑，那仙师早已虑及，向娘娘问得当年一件密事在此。〔生〕是那一事，你可说来。〔丑〕娘娘呵，把

【短拍】天宝年间，天宝年间，长生殿里，恨茫茫说起从头。七夕对牵牛，正夜半凭肩私咒。〔生〕此事果然有之。谁料钗分盒剖！〔泣介〕只今日呵，翻做了孤雁汉宫秋。〔丑〕万岁爷，且省

【批注】

道士远访蓬莱的消息，由高力士转达，可免重复。

愁烦。娘娘还有话说。〔生〕还说什么？〔丑〕娘娘说，今年中秋之夕，月宫奏演《霓裳》，娘娘也在那里。教仙师引着万岁爷，到月宫里相会。〔生喜介〕既有此话，你何不早说。如今是几时了？〔丑〕如今七月将尽，中秋之期只有半月了。请万岁爷将息龙体。〔生〕妃子既许重逢，我病体一些也没有了。

【吴评】

“病身陡愈，才见痛想妃子真切，原无它病，此种写法岂浅人所知。”

【尾声】广寒宫，容相就，十分愁病一时休。倒捱不过人间半月秋！

海外传书怪鹤迟，卢纶　词中有誓两心知。白居易

更期十五团圆夜，徐夤　纵有清光知对谁。戴叔伦

注释

❶沉疴：长久而严重的病。

❷巫阳：相传是古代善于卜筮的人。

❸瘳（chōu）：病愈。

❹淹煎：形容小病缠绵。

❺僝僽（chánzhòu）：烦恼，愁苦。

第五十出

重圆

【双调引子·谒金门】〔净扮道士上〕情一片，幻出人天姻眷。但使有情终不变，定能偿夙愿。

贫道杨通幽，前出元神在于蓬莱。蒙玉妃面嘱，中秋之夕引上皇到月宫相会。上皇原是孔升真人，今夜八月十五数合飞升。此时黄昏以后，你看碧天如水，银汉无尘，正好引上皇前去。道犹未了，上皇出宫来也。〔生上〕

【仙吕入双调·忒忒令】碧澄澄云开远天，光皎皎月明瑶殿。〔净见介〕上皇，贫道稽首。〔生〕仙师少礼。今夜呵，只因你传信约蟾宫相见，急得我盼黄昏眼儿穿。这青霄际，全托赖引步展。

〔净〕夜色已深，就请同行。〔行介〕〔净〕明月在何许？挥手上青天。〔生〕不知天上宫阙，今夕是何年？〔净〕我欲乘风归去，只恐琼楼玉宇，高处不胜寒。〔合〕起舞弄清影，何似在人间。〔生〕仙师，天路迢遥，怎生飞渡？〔净〕上皇，不必忧心。待贫道将手中拂子[①]，掷作仙桥，引到月宫便了。〔掷拂子化桥下〕〔生〕你看，一道仙桥从空现出。仙师忽然不见，只得独自上桥而行。

【嘉庆子】看彩虹一道随步显，直与银河霄汉

【吴评】

“作者本意与《传概》【满江红】相发明，普天下有情人皆当稽首作礼。”

连，香雾蒙蒙不辨。〔内作乐介〕听何处奏钧天，想近着桂丛边。

〔虚下〕〔老旦引仙女，执扇随上〕

【沉醉东风】 助秋光玉轮正圆，奏《霓裳》约开清宴。吾乃月主嫦娥是也。月中向有《霓裳》天乐一部，昔为唐皇贵妃杨太真于梦中闻得，遂谱出人间。其音反胜天上。近贵妃已证仙班。吾向蓬山觅取其谱，补入钧天。拟于今夕奏演。不想天孙怜彼情深，欲为重续良缘。要借我月府，与二人相会。太真已令道士杨通幽引唐皇今夜到此，真千秋一段佳话也。只为他情儿久，意儿坚，合天人重见。因此上感天孙为他方便。仙女每，候着太真到时，教他在桂阴下少待。等上皇到来见过，然后与我相会。〔仙女〕领旨。〔合〕桂华正妍，露华正鲜。撮成好会，在清虚府洞天。

〔老旦下〕〔场上设月宫，仙女立宫门候介〕〔旦引仙女行上〕

【尹令】 离却玉山仙院，行到彩蟾月殿，盼着紫宸人面[②]。三生愿偿，今夕相逢胜昔年。

〔到介〕〔仙女〕玉妃请进。〔旦进介〕月主娘娘在那里？〔仙女〕娘娘分付，请玉妃少待。等上皇来见过，然后相会。请少坐。〔旦坐介〕〔仙女立月宫傍候介〕〔生行上〕

【品令】 行行度桥，桥尽漫俄延。身如梦里，飘飘御风旋。清辉正显，入来翻不见。只见楼台隐隐，暗送天香扑面。〔看介〕“广寒清虚之府”，呀，

【吴评】

“幻化之桥，行过即灭，随步显三字写得神妙。”

【吴评】

“句句照映收拾，不冗不漏。”

【吴评】

“天上而兼有人间之乐，真是胜也。”

【批注】

这是当时文人的幻想，所谓“神仙而兼富贵”，今天看来，未免可笑。

这不是月府么？早约定此地佳期，怎不见蓬莱别院仙！

〔仙女迎介〕来的莫非上皇么？〔生〕正是。〔仙女〕玉妃到此久矣，请进相见。〔生〕妃子那里？〔旦〕上皇那里？〔生见旦哭介〕我那妃子呵！〔旦〕我那上皇呵！〔对抱哭介〕〔生〕

【豆叶黄】乍相逢执手，痛咽难言。想当日玉折香摧，都只为时衰力软，累伊冤惨，尽咱罪愆。到今日满心惭愧，到今日满心惭愧，诉不出相思万万千千。

〔旦〕陛下，说那里话来！

【姐姐带五马】【好姐姐】是妾孽深命蹇，遭磨障，累君几不免。梨花玉殒，断魂随杜鹃。【五马江儿水】只为前盟未了，苦忆残缘，惟将旧盟痴抱坚。荷君王不弃，念切思专，碧落黄泉为奴寻遍。

〔生〕寡人回驾马嵬，将妃子改葬。谁知玉骨全无，只剩香囊一个。后来朝夕思想，特令方士遍觅芳魂。

【玉交枝】才到仙山寻见，与卿卿把衷肠代传。〔出钗盒介〕钗分一股盒一扇，又提起乞巧盟言。〔旦出钗、盒介〕妾的钗盒也带在此。〔合〕同心钿盒今再联，双飞重对钗头燕。漫回思不胜黯然，再相看不禁泪涟。

〔旦〕幸荷天孙鉴怜，许令断缘重续。今夕之会，诚非偶然也。

【五供养】仙家美眷，比翼连枝，好合依然。

【吴评】

“到月宫而不问嫦娥，急觅蓬莱之约，直映出半月来凝望之情。”

【吴评】

“钗盒自定情后凡六见：翠阁交收，固宠也；马嵬殉葬，志恨也；墓门夜玩，写怨也；仙山携带，守情也；璇宫呈示，求缘也；道士寄将，征信也；

天将离恨补，海把怨愁填。〔生合〕谢苍苍可怜，泼情肠翻新重建。添注个鸳鸯牒，紫霄边，千秋万古证奇缘。

〔仙女〕月主娘娘来也。〔老旦上〕“白榆历历月中影，丹桂飘飘云外香。”〔生见介〕月姐拜揖。〔老旦〕上皇稽首。〔旦见介〕娘娘稽首。〔老旦〕玉妃少礼，请坐了。〔各坐介〕〔老旦〕上皇，玉妃，恭喜仙果重成，情缘永证。往事休提了。

【江儿水】只怕无情种，何愁有断缘。你两人呵，把别离生死同磨炼，打破情关开真面，前因后果随缘现。觉会合寻常犹浅，偏您相逢，在这团圆宫殿。

〔仙女〕玉旨降。〔贴捧玉旨上〕“织成天上千丝巧，绾就人间百世缘。”〔生、旦跪介〕〔贴〕“玉帝敕谕唐皇李隆基、贵妃杨玉环：咨尔二人，本系元始孔升真人、蓬莱仙子。偶因小谴，暂住人间。今谪限已满，准天孙所奏，鉴尔情深，命居忉利天宫，永为夫妇。如敕奉行。”〔生、旦拜介〕愿上帝圣寿无疆。〔起介〕〔贴相见，坐介〕〔贴〕上皇，太真，你两下心坚，情缘双证。如今已成天上夫妻，不比人世了。

【三月海棠】忉利天，看红尘碧海须臾变。永成双作对，总没牵缠。游衍[3]，抹月批风随过遣，痴云腻雨无留恋。收拾钗和盒旧情缘，生生世世消前愿。

〔老旦〕群真既集，桂宴宜张。聊奉一觞，为

至此重圆结案。大抵此剧以钗盒为经，盟言为纬，而借织女之机杼以织成之。呜呼，巧矣。”

【吴评】

“此剧月宫重圆与《牡丹亭》朝门重合，俱是千古奇特事。”

【批注】

这指出了这两部作品都具有的浪漫主义特色。作者所写这种生死不渝、真心到底的男女爱情，既然不可能在宫廷生活中出现，那只好让这两位主人公在虚无缥缈的仙境中团圆。这当然不免幻想。

重圓

上皇、玉妃称贺。看酒过来。〔仙女捧酒上〕酒到。〔老旦送酒介〕

【川拨棹】清虚殿，集群真，列绮筵。桂花中一对神仙，桂花中一对神仙，占风流千秋万年。〔合〕会良宵，人并圆；照良宵，月也圆。

【前腔】【换头】〔贴向旦介〕羡你死抱痴情犹太坚，〔向生介〕笑你生守前盟几变迁。总空花幻影当前，总空花幻影当前，扫凡尘一齐上天。〔合〕会良宵，人并圆；照良宵，月也圆。

【前腔】【换头】〔生、旦〕敬谢嫦娥，把衷曲怜；敬谢天孙，把长恨填。历愁城苦海无边，历愁城苦海无边，猛回头痴情笑捐。〔合〕会良宵，人并圆；照良宵，月也圆。

【尾声】死生仙鬼都经遍，直作天宫并蒂莲，才证却长生殿里盟言。

【吴评】

"此尾声是结本剧，后尾声是结作者之意。"

〔贴〕今夕之会，原为玉妃新谱《霓裳》。天女每那里？〔众天女各执乐器上〕"夜月歌残鸣凤曲，天风吹落步虚声[4]。"天女每稽首。〔贴〕把《霓裳羽衣》之曲，歌舞一番。〔众舞介〕

【高平调·羽衣第三叠】【锦缠道】桂轮芳，按新声，分排舞行。仙珮互趋跄，趁天风，惟闻遥送叮当。【玉芙蓉】宛如龙起游千状，翩若鸾回色五章。霞裙荡，对琼丝袖张。【四块玉】撒团团翠云，堆一溜秋光。【锦渔灯】袅亭亭，现缑岭笙边鹤氅；艳晶晶，会瑶池筵畔虹幢；香馥馥，蕊殿[5]群姝散玉芳。【锦上花】呈独立，鹄步昂；偷低度，风影藏。敛衣调扇恰相当,【一撮棹】一字一回翔。【普天乐】伴洛妃,凌波样;动巫娥,行云想。音和态,宛转悠扬。【舞霓裳】珊珊步蹑高霞唱,更泠泠节奏应宫商。【千秋岁】映红蕊,含风放;逐银汉,流云漾。不似人间赏,要铺莲慢踏[6],比燕轻扬。【麻婆子】步虚、步虚瑶台上,飞琼引兴狂。弄玉[7]、弄玉秦台上,吹箫也自忙。凡情、仙意两参详。【滚绣球】把钧天换腔,巧翻成余弄儿盘旋未央。【红绣鞋】银蟾亮,玉漏长,千秋一曲舞《霓裳》。

〔贴〕妙哉,此曲。真个擅绝千秋也。就借此乐,送孔升真人同玉妃,到忉利天宫去。〔老旦〕天女每,奏乐引导。〔天女鼓乐引生、旦介〕

【黄钟过曲·永团圆】神仙本是多情种,蓬山远,有情通。情根历劫无生死,看到底终相共。尘缘倥偬,忉利有天情更永。不比凡间梦,悲欢和哄[8],恩与爱总成空。跳出痴迷洞,割断相思鞚[9];金枷脱,玉锁松。笑骑双飞凤,潇洒到天宫。

【尾声】旧《霓裳》,新翻弄。唱与知音心自懂,要使情留万古无穷。

谁令醉舞拂宾筵,张说　上界群仙待谪仙。方干

一曲《霓裳》听不尽,吴融　香风引到大罗天。韦绚

看修水殿号长生,王建　天路悠悠接上清。曹唐

从此玉皇须破例，司空图　神仙有分不关情。李商隐

注释

❶拂子：又叫拂尘，常用麈尾或马尾制成。

❷紫宸人面：指唐明皇。紫宸，唐宫殿名。

❸游衍：游乐。

❹步虚声：道士诵经礼赞时的一种腔调。据称这种腔调宛如众仙缥缈步行虚空歌诵之声。这里形容仙乐缥缈宛妙。

❺蕊殿：蕊珠宫，神话里仙女们居住的宫殿。

❻铺莲慢踏：南朝齐废帝萧宝卷，曾用金叶莲花贴地，让潘妃在上面行走。

❼弄玉：相传是春秋时秦穆公的女儿，后嫁给擅吹箫的萧史，双双乘凤仙去。

❽和哄：哄骗。

❾鞚（kòng）：有嚼口的马络头。此处作羁绊解。

后 记

洪昇（1645—1704），字昉思，号稗畦，浙江钱塘（今杭州）人。他出生于一个没落的名门望族，从小就受着良好的文学熏陶，写得一手好诗，后来移居北京，“以诗有名京师”，但性格耿直高傲，常常“白眼踞坐，指古摘今”。师友又多是明亡以后不出仕的名士。所以洪昇一直找不到一官半职，在北京做了二十多年的国子监生。康熙二十八年（1689），因伶工们在佟皇后丧期内为他专场演出《长生殿》，被削籍而回家。晚年抑郁无聊，纵情山水，在浙江吴兴落水而死。

洪昇一生写过许多诗，传世的诗集有《稗畦集》《稗畦续集》《啸月楼集》。他写过十多个剧本，流传下来的只有《长生殿》和杂剧《四婵娟》，他在文学史上的杰出地位，还是由他的剧作赢得的。

《长生殿》以安史之乱为背景，写了唐明皇李隆基和贵妃杨玉环的爱情故事。关于李、杨的故事，安史之乱以后，便在民间广泛流传。在唐代就出现了《长恨歌》和《长恨歌传》那样影响深远的作品。这些作品把李、杨的爱情悲剧和安史之乱联系起来描写，批评唐明皇荒淫误国，有一定积极意义。《长恨歌》的作者白居易是当时的进步诗人，他本身在爱情上有过痛苦的经历，在描写李、杨的宫廷生活时，就把他“不得哭，潜别离；不得语，暗相思，两心之外无人知”（见白居易《潜别离》诗）的痛苦经历和“愿作远方兽，步步比肩行；愿作深山木，枝枝连理生”（见白居易《长相思》诗）的进步爱情理想溶注进去，歌颂了李、杨爱情的生死不渝，这就形成了作品主题本身的矛盾。宋代的乐史又根据《长恨歌传》和《明皇杂录》《安禄山事迹》《开元天宝遗事》等笔记材料，写成《杨太真外传》。这篇传记给后来的戏曲创作提供了丰富的资料。元代以它为题材的杂剧有：关汉卿的《唐明皇哭香囊》，白朴的《唐明皇秋夜梧桐雨》《唐明皇游月宫》，岳伯川的《罗光远梦断杨贵妃》，庾天锡的《杨太真霓裳怨》《杨太真华清宫》等，但流传至今的只有《梧桐雨》一种。《梧桐雨》基本承袭《长恨歌》的主题，写了李隆基的荒淫误国，又写了他对杨玉环生死不渝的爱情，对唐明皇内心活动的描写非常细致，达到了很高的艺术水准。但作者又根据唐宋以来笔记小说的传说，写杨玉环私通安禄山，招致了安禄山“渔阳鼙鼓动地来”的后果，这显然是出于封建文人“女色亡国论”的偏见。明人吴世美《惊鸿记》过多地铺写梅妃故事，又夹入李泌辅肃宗中兴事，剧本内容庞杂，主题也不够鲜明。洪昇“荟萃唐人诸说部中事及李、杜、元、白、温、李数家诗句，又刺取古今剧部中繁丽色段以润色之”，经过“十余年三易其稿”的辛勤劳动，把“旧霓裳，新翻弄”，写出了轰动剧坛的《长生殿》。

《长生殿》是一部抒情味很浓的悲剧。它既是爱情的悲剧，又是政治的悲剧。唐明皇原是一个颇有作为的皇帝，但久安思逸，寄情声色，弛了朝纲，引起权奸构衅，藩将叛乱，坏了江山，使生民涂炭，自身也落得爱妃殒身，皇冠落地，在凄苦悲凉中度过晚年。作者巧妙地把爱情故事和政治现实结合起来描写，既写他们沉迷奢侈的爱情生活给政治带来悲剧的后果，又写他们政治上的松弛、失误促成他们的爱情悲剧，彼此纠缠，互为因果。

“三千宫女如花面，那个春来无泪痕”，封建皇帝的宫廷，向来就是宫女们的牢狱，包括那些失宠的妃嫔在内。只有其中个别天生丽质又擅长各种技艺的妃子，有可能暂时得到皇帝的专宠，过一段称心如意的生活，她们的后果也都是不堪设想的。我国历史上所艳传的赵飞燕、杨玉环就是这种人。一个是封建宝塔尖端的皇帝，一个是倾国倾城的女子，他们的结合当然要引起人们的羡慕，包括白居易、洪昇这样进步的诗人、作家在内。洪昇说李、杨的爱情是帝王家少有的，因此要为他们写一曲爱情的颂歌。

历史从中唐发展到清初，换了好几个王朝，封建经济内部逐渐出现了资本主义萌芽。在上层建筑，伴随着动摇封建伦理道德的个性解放思想，在一夫一妻制的封建家庭里也在滋长着接近于现代个人性爱的恋爱观。洪昇在《长生殿》的《传概》里说：“今古情场，有谁个真心到底？但果有精诚不散，终成连理。万里何愁南共北，两心那论生和死？……借《太真外传》谱新词，情而已。”这种生死不渝、真心到底的男女爱情，带有一定的理想色彩，它不可能在李、杨的宫廷生活里出现，因此洪昇也只能借用《太真外传》的历史故事来表现他的爱情理想。

作为李唐的皇帝，李隆基对杨玉环表示的爱情，一方面是尽可能满足她的奢侈享受，如曲江游赏、华清赐浴，从四川、南海给她取来鲜荔枝等；另一方面是满足她的权位欲望，包括杨国忠的拜相与三夫人的受封在内。这不仅引起宫廷内外各派势力的斗争，同时加重了人民的负担，加剧了封建王朝与广大人民之间的矛盾。处在贵妃的地位，杨玉环为了争取李隆基的宠爱，就必然要凭借她的聪明、才艺，投其所好，使他倦于朝政。这样，当他们在酣歌曼舞之中两心越贴越近时，在政治上难以避免地种下祸根，在爱情上也酿成悲剧。洪昇在《长生殿自序》里说："逞侈心而穷人欲，祸败随之。"这就是洪昇从李、杨爱情故事里总结出来的历史教训。

怎样解释在李、杨这样"逞侈心而穷人欲"的帝妃之间却会出现"真心到底""生死不渝"的爱情呢？作者认为他们都是天仙下凡的人物，天生有这种真心相爱的情根，因此在尘俗的泥潭里翻了几个筋斗之后，还会回到天上去，在另一个内无宫嫔争宠、外无奸臣弄权的真空世界里发展这种美好的爱情。还有，作者认为他们在爱情上所遇到的挫折、失败是痛苦的，但他们在失败之后，将会接受痛苦的教训，忏悔自己的错误，洗清身上的污泥，这就是作者说的"败而能悔"。今天看来，这样的设想未免荒唐可笑，但洪昇确是这样想也是这样写的。这使《长生殿》中不少场次，尤其是下半部，在描写李、杨生死不渝的爱情时，带有浓厚的浪漫主义色彩，体现了作者在当时所可能有的进步恋爱观，跟上半部描写李、杨宫廷生活的现实主义描绘互相辉映，达到当时传奇创作的最高水平。前人说，《长生殿》是"一部闹热《牡丹亭》"，从洪昇借李、杨故事所表现的进步恋爱观和浪漫主义艺术手法看，可以看到他和《牡丹亭》作者的前后承继关系。

从政治上带来的严重后果看，洪昇批判了李、杨的宫廷生活；从生死不渝的爱情看，洪昇又肯定了李、杨的败而能悔，连带也美化了他们在宫廷生活中的某些表现（如在音乐上有共同的爱好，在患难中能互相体贴），这就带来了主题思想的复杂性。还有一层，作者在描写安史之乱的事件时，始终把批判的矛头指向叛逆的安禄山和误国的杨国忠，以及那些无耻的降官们。作者还通过《侦报》《献饭》《骂贼》《收京》等出戏，颂扬郭从瑾、雷海青、郭子仪等爱国忠勇人物。作者对剧中人物所表现的爱憎态度，不管他是否明确地意识到，在当时条件下，读者、观众都会从字里行间或清歌妙舞中隐约感受到其所流露的进步意识。

明末清初是我国传奇戏创作和演出最盛的时期。洪昇由于熟习舞台、精通音律，所以他写的《长生殿》在艺术上既有精雕细琢的现实主义描绘，又有天上人间的浪漫主义幻想，这又带来前半部和后半部艺术风格方面的差异。由于作者的精心结撰和反复加工，这两部分都基本得到了统一，这在我国戏曲史上是了不起的成就。正因为这样，它在当时和后来都产生了深远的影响。清人梁廷枏在《曲话》中说："《长生殿》至今，百余年来，歌场舞榭，流播如新。"还称赞洪昇"以绝好题目，作绝大文章，学人、才人，一齐俯首"。

这部书原本的眉批，出于作者好友吴舒凫之手。吴有高度的文学修养，又真正懂得戏曲创作的窍门。对于吴的评语，我们认为精彩者大都保留下来，个别地方也提出我们不同的看法。本书参考徐朔方先生1958年的校注本，校正了其中的误字，标点有所改动。这次补注，亦参考徐注，谨此致谢。

（该剧简注由单长江写出初稿，李悔吾修订，因注者署名不宜多人，特作说明。）